里口山城市山地公园规划范围图

里口山风景名胜区规划范围为成大路以北、环山路环绕里口山区域，规划面积约57.39平方千米，涵盖了张村镇的福德庄、姜家疃、刘家疃、王家疃和羊亭镇的贝草夼、大北山、北上夼等7个村，整个区域分成东、西、南、北、中五个片区，包括了华夏城风景区、仙姑顶风景区和广福寺风景区，定位为“城市山地公园”。城市山地公园被威海市政府列为六大重点开发区域之一，是环翠区园区、景区、城区“三区”共融发展战略的重要板块。城市山地公园的发展将依托里口山优美的自然风光和地处城区的区位优势，着力推进休闲养生、运动健身、旅游度假等休闲养生养老产业的发展，加快完善各项配套服务功能，使其成为服务市区、带动周边、具有较强竞争能力，集服务功能、集聚能力和辐射能力于一体的养生福地、活力之山和休闲胜地。

▲流水似锦　李均伟 摄

▲春　剪　刘静平 摄

▲百年龙槐　刘巍峰 摄

▲晨　牧　沈志坚 摄

▲里口山仙桃园一角　吕　涛 摄

▲蟠桃采摘　李晓娟 摄

◀国家级登山步道
赵学军 摄

◀ 全国山地自行车冠军赛——花海穿行
杨 正摄

◀ 山里红 刘新龙 摄

◀ 秋实 于燕臣 摄

卧佛山及山前的广福寺外景
苗 栋摄

广福寺大雄宝殿内景
苗 栋摄

远眺仙姑顶
邹 峰摄

乡愁的温度

梁月昌◎著

中国石油大学出版社
CHINA UNIVERSITY OF PETROLEUM PRESS

图书在版编目(CIP)数据

乡愁的温度 / 梁月昌著. —东营:中国石油大学出版社,2016.9

ISBN 978-7-5636-5378-2

Ⅰ. ①乡… Ⅱ. ①梁… Ⅲ. ①杂文集—中国—当代 Ⅳ. ①I267.1

中国版本图书馆 CIP 数据核字(2016)第 235165 号

书　　名: 乡愁的温度
作　　者: 梁月昌

责任编辑: 邵　云(电话 0532—86981538)
封面设计: 赵志勇

出 版 者: 中国石油大学出版社(山东 东营　邮编 257061)
网　　址: http://www.uppbook.com.cn
电子信箱: sanbianshao@126.com
印 刷 者: 青岛国彩印刷有限公司
发 行 者: 中国石油大学出版社(电话 0532—86983437)
开　　本: 170 mm×240 mm　印张:19.5　字数:238 千字　插页:2
版　　次: 2016 年 11 月第 1 版第 1 次印刷
印　　数: 1—2000 册
定　　价: 80.00 元

序

PREFACE

这样一本《乡愁的温度》现在出版了。这是一件令人高兴的事。

作为里口山管委，事实上我们早已觉得有写这样一本书的必要了。在辖区工作的时候，我们会不时地听到各村村委的同志们，以及村里的老人们叙述当年抗日打鬼子的事，解放威海的事和种花生、地瓜，村里演剧等等的事……在他们或长或短，有时只是有一搭没一搭的叙述中，我们也依稀能够听到那遥远的战斗枪炮声和节日锣鼓声；也仿佛能看到那些山根里，夜晚的星星灯火和那些古老的一片片民居，那么幽静和温馨。

但是，我们无法挽留它们，还原它们以及挖掘出它们的内在精神。我们在事务性的工作中，在流水般的进程中，不得不放弃它们。时日在不停地流逝，我们测量、统计、规划、建设，在各种各样的具体项目中，眼瞅着那些叫作“文化遗产”的东西渐行渐远。

这是一些不能用图片记录，不能用建筑再现，也不能用某种物质形式来对外宣传、自我珍藏和供人们回想、欣赏、发扬其优良传统内质的“乡愁”。

我们在忙迫不休中，一直没有忘记这件事情。

这是一件重要的大事体。

记住乡愁，就是记住根本。正如习近平总书记所说的，“必须留住青山绿水，必须记住乡愁”。

问题是怎样才能将它们记录下来，传之于世，传之于子孙呢？

忽然就想到，请一位作家来写这样的一本书。这一切，不正好是一本书的内容吗？

就找到了梁老师。因为他长期以来一直从事本土人文历史的挖掘，而且还曾写过一本书《行走的里口山》。

而梁老师也对里口山一带的历史文化遗产写作意犹未尽。

双方由此而“一拍即合”。梁老师在亢奋的情绪中踏上了全面采访的路程……

这是一本富有看点的书。

读者可以在其中读到你闻所未闻的故事，这些故事有的让你捧腹大笑，有的使人潸然泪下，有的又使人掩卷长思。它为你提供了远自古代、近到现代的生活场景、风俗人情、众生态相；与此同时，作者还为他描述的旧景旧事、景区内的传统习俗，给予了透辟的分析、精准的评价和周密的思考；也可以说作者在字里行间一直投入了一股浓烈的思想情感、冷静的深长思索和不拘一格的现代探讨。比如他在以往村村过年唱大戏的民俗中，发现了潜藏在民间的一股文娱力量，以为这股力量现在尚未得到全面发掘；比如从乡村私塾的历史中，作者发现了我区乡村追求文化知识一贯的执着，使我们能够明白，只要我们在那里传播现代文明信息，一定会收到显著成效的；比如乡村求雨的习俗，在过去是我区乡民的一种信仰，而在今天，它只是为了获得一种心灵的平静……

就是这样：我们里口山管委，在为天下游客准备好了观赏的生态景点，登山、骑行路径以及休闲的场所之外，还有这样的一本书。

那么，就让我们沿着这本书而走向历史幽深的未曾开发过的风光吧。

是为序。

威海市环翠区里口山风景名胜区管理委员会

2016年8月

目录

CONTENTS

第一章　最忆春来绿树成村 …………………………………… 1

一　怀揣着绿色的思念,回家 ……………………………… 1

二　村树,青枝绿叶里的村庄史 …………………………… 5

三　村树,村庄的精神旗帜 ………………………………… 10

四　从"树神崇拜"到环保意识 …………………………… 14

五　倒在胜利前夜的一棵树 ……………………………… 18

六　外环沿途村树情况 …………………………………… 23

第二章　余音流响的四座庙 ………………………………… 33

一　乘凹而居巘的艾山庙 ………………………………… 34

二　里口山里的"八角楼" ………………………………… 38

三　接纳中外游客的寿圣寺 ……………………………… 42

四　仙姑顶与仙姑庙 ……………………………………… 46

第三章　卧佛山中的空谷幽兰 …………………………… 51
一　里口山的千年佛缘 ………………………………… 52
二　董氏山园和“卧佛山” ……………………………… 55
三　王书强(法号:虚空)修佛大事记 ………………… 61
四　“祖师一定会回到故乡” …………………………… 66
五　空谷幽兰广福寺 …………………………………… 69

第四章　青春金线编制的日子 …………………………… 72
一　沿着“共青团团歌”上溯 …………………………… 72
二　早期的共青团员 …………………………………… 76
三　“扫盲”战线上的故事 ……………………………… 80
四　“上山下乡”的共青团员 …………………………… 84
五　战天斗地　改造山河 ……………………………… 89

第五章　大刀向鬼子的头上砍去 ………………………… 93
一　挑在枪刺上的人头 ………………………………… 93
二　恐怖所散发出的气味 ……………………………… 97
三　刘家疃岗楼覆灭记 ……………………………… 102
四　来他一个“下马威” ……………………………… 107
五　14 岁的“老八路” ………………………………… 112

第六章　18 里血染“担架道” …………………………… 117
一　“保卫战”中的一条“延长线” …………………… 117
二　古陌岭下来的第一个彩号 ……………………… 122
三　“榜”出来的担架道 ……………………………… 126
四　担架边上的“青妇队” …………………………… 131

五　在终点站:曲家河和上下炉 …………………………… 138

第七章　社戏和乡村“名导” ………………………………… 142
一　“社戏”:祭祀“土地”的戏 ……………………………… 142
二　社戏之盛数百年 …………………………………………… 147
三　田垄间的“乡村名导” …………………………………… 153
四　演员·观众·环境 ………………………………………… 158

第八章　长夜中的“黑色俱乐部” ………………………………… 163
一　权威的命名 ………………………………………………… 163
二　向“说书人”致意 …………………………………………… 167
三　“说书人”溯源 ……………………………………………… 172
四　讲故事的“资质” …………………………………………… 175
五　说书人的“流通货币” ……………………………………… 179

第九章　东山西耩栽地瓜 ………………………………………… 184
一　一篇有关地瓜的作文 ……………………………………… 184
二　地瓜探源的扑朔迷离 ……………………………………… 188
三　生长在地瓜芽子中的爱情 ………………………………… 191
四　地瓜储藏中的苦辣酸甜 …………………………………… 196
五　当“地瓜潮”狂涨的时候 …………………………………… 198

第十章　乡学:从《三字经》到《国语》《算术》 …………………… 204
一　七只鸭子和一只鹅 ………………………………………… 204
二　“门侧之堂谓之塾” ………………………………………… 209
三　来自“上议院”的旨意 ……………………………………… 213

四　愚智相去30里 …………………………………… 217
五　冬学运动、识字班和小学的普及 ……………… 221
六　《蚂》文中的后续故事 ………………………… 225

第十一章　盖头的蒙启与丧礼变数 ………………… 226
一　火红的盖头进夫家 …………………………… 227
二　盖头起落的那一刻 …………………………… 230
三　盖头一路颠过的里程 ………………………… 234
四　无处不在的“红娘” …………………………… 241
五　特殊的婚姻形式数典 ………………………… 245
六　“倒头马”和“呢咕呐” ………………………… 247
七　丧事的从俭与铺张互变 ……………………… 248

第十二章　旧俗五种备忘录 ………………………… 252
一　祈雨:苍天下的跪仪 ………………………… 253
二　花样百出的巫术和陆离的“海上方” ………… 261
三　浓郁的家族意识和祖宗崇拜 ………………… 265
四　“扯广线”扯出来了仁义道德 ………………… 269
五　机智的“应对”和尖厉的话锋 ………………… 272

第十三章　里口山九大自然景观 …………………… 278
一　老孤庙顶主峰入云 …………………………… 279
二　佛儿顶圆静如佛 ……………………………… 280
三　断腰沟横切一道沟 …………………………… 282
四　哭女崖前哭不休 ……………………………… 285
五　凉水湾里水凉凉 ……………………………… 287

六　蟾蜍石上有“蟾蜍” …………………………………… 288
七　牛仙山与砘打夼 …………………………………… 290
八　砘打夼下的王师傅洞 ………………………………… 291
九　英雄山:邓家寨 …………………………………… 292

后　记 ……………………………………………………… 296

第一章

最忆春来绿树成村

一　怀揣着绿色的思念，回家

中国人在澳大利亚的悉尼有个“中国城”。中国城里的“福建会馆”，有一副对联写得有味：“春来绿树成村，对景忽生归棹想；雨后青山满郭，登楼常作故园看。”①其中的“绿树成村”，我想，大抵可以作两方面理解和欣赏：一是春天到来的时候，村子里处处绿树拥簇房舍，仿佛只是因为它们的组合、排列以及呼应，方才烘托出了村庄；二是单独地仰视、打量一株粗壮宏伟的大树时，看着看着，你会觉得它自身就是一处擎到了半空中的村庄。那几条通往远方的主枝，愈远愈细，仿佛呈现出透视状态的街道。那些较细的枝枝杈杈，仿佛是街道中伸向两旁的幽深的居巷。立体的、复式的，巷里又分小巷，最末

---

① 关于悉尼中国城中的对联，见于 1993 年 1 月 18 日《文汇报·〈中华文摘〉版》，《悉尼中国城的华人对联》一文。

的小巷在遥远的东南角或西北隅的高空中，像梦一样地恬静而缥缈。而一串一串，一片一片，一团一团，一派一派碧绿的叶子，像浓郁的云，像起伏的山，像山中的峡谷，像峡谷里精致的窗户，像窗户里明亮的眼睛……

仿佛有男女老幼在其间穿行和活动；似乎时而有喁喁私语，于风中隐隐传了过来；时而又有嘈杂之音，哗哗啦啦响成一片。

我们每个从乡村走出来的人，事实上都怀揣着这声响、这形象和这颜色，就像怀揣着温馨的母爱和袅袅炊烟而东奔西忙一样。我们走到哪里都把它们带到哪里，它们在我们心里就像少年时埋藏在心灵土地中的奇特的种子，越到了某种人生的秋后，越会呈现出它迷人的姿态。它弯曲的树干一波三折；它体积庞大、结构复杂的树冠，在风中像世事运演般地起伏不定。它让我们想到了个人的命运和村庄的经历，使我们恨不能抱紧它的躯干大哭一场。村庄的大树，是我们重要的乡愁之一。

羊亭村西的山上，早年孙、刘两姓的墓地中有棵“黄连杈”①，树干需 4 人合抱，9 根树杈如 9 条蛟龙。树皮皴裂成均匀齐整的“龙鳞”。花红如火，所以人称“火连杈”。这火连杈，事实上正是燃烧在村民心头上的一团火。他们骄傲地提起“羊亭三大景”②的时候，黄连杈被排在了第一景。人们喜好在远处打量这棵村上不平凡的树，打量它的树形、树荫和它所流露出来的那股精神。就像端详他们族中英雄的形象。他们去威海城里赶集，走的是经过里口山，翻到李家

① 黄连杈：树名的一种俗称。事实上就是黄连木。槭树科，落叶乔木，雌雄异株。广布于我国黄河流域以南各地。生长较慢，木质细密、坚硬。

② 羊亭村早年有民谣曰：“羊亭三大景：黄连杈、高丽顶、西大井。”

夼的那条“担架道”①；当人们归来，走到了里口山的佛顶附近时，不走了，站在了山头，手打眼罩，向东南家乡的方向瞭望：一下子就望见了那棵黄连杈。这真是一个原地不动的奇迹！此时恰恰是黄连木开花的季节（夏季），一树的红艳，如一把红伞擎在远处。这仿佛是一声召唤：快回来吧，离家已经不远！这标志着村子那边，有等待着他们的物件，有让他们加快脚步的理由。一个村庄的徽章，光艳耀眼地挂在身上，让人想一想就会感到温暖。所以每当人们离开村子，离开黄连杈，他们便开始了一种漫长的隐隐的思念。而每天回家，又都是怀着又要见到黄连杈了的喜悦而归来的。

村人到羊亭山区拾草，在贝草夼那儿，在北观北山上，离得哪怕再远，只要一站在山背上，朝家乡那儿一望，就会一眼找到那一挺红伞。高高擎起来的红伞，像有人在那里行走，像猎猎的军旗在那儿飘扬。他们得抓紧把搂来的草装好，背上肩头，投那旗帜而去。

阮家口子村的黄连木树，距今四五百年

然而，1958年（也有一种说法是1966年），黄连杈居然被砍伐了！伐时有树汁溢出，如血。

1958年，我们知道，那是一个怎样的年代，民间中的恻隐之心已被狂热之火吞噬得无影无踪；如果是1966年，更糟糕，“文革”已经开

① 担架道：从北上夼翻山到达李家夼，然后进城的那一条山路。因战争时期我方抬担架的队伍经常由此而过，所以这里人称“担架道”。见本书“传承中的‘红色民俗’”等。

始，“破四旧”在市里已到了尾声，那么，在乡村中砍伐一株古老的树木就应该是理所当然的事了。

戚家庄村的黄连木树，纪念牌上写着“树龄 350 年”

一关一关，总是逃不过的，终于被杀伐了。杀伐之后，又过去半个世纪左右，黄连杈变成了一个美丽的传说，一代一代传下去，历久弥新。

长峰村的小河边，有两棵家槐。也不知有多少年了，仿佛是和村庄同步而生，(元代)一直存活至今的。仅是这寿命就已经让人刮目相看了。(世界丛氏宗亲联合会所立的《长峰双龙槐碑记》中，记为“逾九百岁”；民间说法不一。)当年，夏天，孩子们跑到河里洗澡、戏水，把衣服打湿了，就脱下来在哗哗的河水中搓巴搓巴，然后一抖搂，就搭在了老槐树上；而人又一头扎进了河里……孩子中有一个长大后，离开了村庄，去了香港。到晚年的时候，频频入梦的不是别的事物，正是老屋顶上升起的袅袅炊烟、村中那哗啦啦的河水以及河旁那葳蕤的古槐。所有的思念都是绿色的、青翠的。而正好又赶上了香港回归，老者终于得以圆了他的回乡梦。他怀揣着绿色的思念，回来了，他迫不及待地去看他梦中的小河……而原来的河道业已不存，盖上了楼房。古槐还在。可不再是河边的古槐了，而是被尴尬地夹在一片楼房之间的一个褊狭的空地上。老者，背起手，围着古槐转。转了一圈又一圈。后来他心惊肉跳地发现：原来这两棵树的树干，都已经空洞，空空洞洞。它们活着，事实上是仅仅活的一层树皮罢了。老者的眼里不觉淌下了两行热泪。他为这空洞，想了好久，难道就没有办法使这空洞充实起来吗？填进块活木行不行？或者干脆往里面填土行不行？他咨询过林业专家。专家笑答："人衰老了，换心脏、换大脑行不行？行，但是现在不行。"

还有，这两棵树的枝枝杈杈里，当然地长进去了许许多多人的许许多多的故事。它们，可以说是村庄的母亲树呀；也曾经是两棵多情的爱之树呀！那时，年迈的母亲多少次站在树下，等待着她们的儿子从远方归来。直等到夕阳西下，大树和母亲的影子都被拉得很长、很长。那时，大讲"阶级斗争"的时候，村里有个地主富农之类成分的姑娘传说约会她的心上人，到大树底下会面；他——村中现今已年近八旬的某位老者——传说权衡利弊、踯躅再三，最终还是选择了失约。母亲不在了，姑娘远嫁了，据说的许多遗憾大抵也被时光抚平，而两棵大树还在……

临走的时候，那位香港老人出资，委托村民们围着这两棵古树，建了一圈儿石墙，使树木处在一个平整而较为宽敞的地方——这大概是一个人，面对着远比自己强大而又进入衰老期的生命，所唯一能做到的事了。

与其说这是对古树的一种保护，不如说，那是对往昔的我们的深情的回首、思念、感动甚至还有一些历史制造出来的忏悔……

二　村树，青枝绿叶里的村庄史

关于树木，纪伯伦①有一句话是这样说的："假如一棵树写自传，

---

① 纪伯伦：黎巴嫩20世纪的诗人、小说家，曾被誉为"艺术天才""黎巴嫩文坛骄子"。

那么也会像一个民族的历史。”而，如果它能够的话，那么大概会比人书写得更棒……

张村有一棵古槐，大约有160多年的树龄，已被郑重地选入了《威海市古树名木》之中。数任村官中都因为村庄的改造、建设，而有人动过伐树的念头。一提，村民们无敢哗然者。因为理由是充分的，难道真能让一棵树挡住了村庄的发展吗？树，毕竟是一棵哑木啊，再怎么说也不过是一棵树啊？但是，这种不反对却是一种面对着巨大的无奈而发出的“病痛”的反映：老少爷们真的是自那日起就真像得了重病一般地长吁短叹、神情黯然。这种黯然神伤是只有在怀念一个人的时候才有的。这种情绪像乌云一样压着村庄，别说是盖新房子建新楼，你就是将他们请到金銮宝殿，也无法让他们释怀。

只能绕开它，只能让它与村庄共存。

而事实上，在“最危险的时候”，它确实和村庄共存过。1938年，当侵华日军初进威海的时候；不久的一天中午，两个年轻的八路军武工队员，偷袭了一次日伪军在张村的岗楼！像捅了马蜂窝一样，岗楼里的日伪军立刻展开了追捕。在万分紧急的时刻，两个队员逃进了村中一家居民的院子里。日伪军马上包围了村庄。很快，全村的男女老少全都被押在了村口那棵古槐下面。

那是个冬季，寒风凛冽，抽打着阴冷的土地。日军雪亮的刺刀，在阳光下闪着刺眼的白光；机关枪的枪口，从一个锃亮的圆圈里，向外冒出一股幽深的阴凉；一匹伸着火红长舌的狼狗，冲着人群发出死亡气息的急喘。静默。全场陷入了僵硬、冰冷又幽暗无底的静默。

唯有古槐，在风中发出一阵阵树枝咔嚓咔嚓断裂的响声。冬季，树叶落光，树枝显得很脆。“大槐树啊大槐树，到了这个份上，你可有办法么？”人们只有在心中祷告这时唯一在场的神明……

古槐仿佛是在呼应着人们恐惧、紧张而又无助的神经——发出了一阵更加清脆的咔嚓之声，好像又有枝条被风从树干旁边撕扯下来，而树却挺立如故。

日伪军军官，提着手枪，把头仰向了树冠，瞅了两眼。像疯狗面对着石头那样，最终做不出任何反应来。

而这时候人群中的老村长董树亭，却好像从这哗哗啦啦的响声中受到了舍车保帅的启发——他迈步从人群中向翻译官走来："请，请，请你跟我来，我有事儿跟你说！"

老村长煞有介事地把翻译官领到了村中自己的家中。"什么事？"翻译官问。"别慌，别慌，你等着。"老村长在房檐底下的一块石板下面，掏呀掏呀地掏出了一包大头洋。他将这包大头洋送到了翻译官手里："拿着，拿着，长官，全村人的性命都在你手里了！"

受了贿的翻译官，回到了大槐树下，花言巧语地一番摆乎，给全村老少解了围，日伪军牵着大狼狗沿着张村南河套，溯流追了过去。

老村长顿时像一堵颓垣断壁似地瘫坐在了大槐树下，寒风中汗水却将衣衫湿透。他半天才爬起来，面朝着古槐连磕了三个响头："古槐呀古槐呀，长寿通神的古槐呀……"

而山后坡的李家夼人，对大杨树的敬意，无疑又是与他们对祖宗的崇拜和尊崇分不开的。李家夼的那棵杨树，据省里鉴定，已有四五百年的树龄。有人说是建村时为先人亲手所栽；有人则干脆说是先人从灵璧①带过来而栽植的。我留意了一下，似乎古人在安村、立庙等时候，皆有一种随之植树的习惯，以求那低垂的树叶遮掩住村落或是庙宇的景致。这么说来，我们不妨认为古杨和李家夼是同步的。李家夼的大杨树可能就是李玉（明代弘治二年威海卫指挥佥事）所植

① 灵璧：即安徽省灵璧县，系李家夼先人的祖居之地。

的杨树；也可能是李兰（李玉之子，威海卫明代指挥佥事）和李仁、李逢时（李仁为李兰之子；李逢时为李仁之子。皆为明代威海卫指挥佥事），可以想见李家这一门边卫的防倭将军们，他们白昼（或夜晚）在卫所或在沿海地带研究、定夺和演练与倭寇作战的方案或技术、战术；休息时便回到了大杨树跟前，在宁静的九峰山下，在乐曲似的杨树叶子的响动中，将军的呼吸渐渐平缓了，均匀了；鼾声渐渐地浮上来了，杨树茂盛的叶子拍打着他们的梦乡……

李家夼村远近驰名，距今约有 500 多年的大杨树

张村镇的黄家皂村：早年，村庄中间有个“小广场”，是一处村民休息、集会、娱乐的地方。那里当时曾有一棵枣树：既在秋天给村庄提供大红枣儿，又是一棵极受关注的“风景树”；更重要的是，它满身印满了一九四几年“抢盐案”的痛苦记忆。那时闹“盐荒”，村民们守着盐滩却吃不到盐。他们就自发地去“抢盐”。结果被“盐务科”（正是这一机构名称，使我知道了，那应该是 1946 或 1947 或 1948 年的事）里的“盐狗子”（盐警）驱散。抓走了村民五六人，关在鹿道口盐务所里。村董黄学进和也是村里管事的黄丕海两人带上村里凑上来的一包大头洋到盐务所里去保人，才知道大眼睛黄义海挨了毒打！理由很荒唐，嫌此人长相满脸凶气，一看就是个土匪料子；事实上黄义海憨厚老实，规规矩矩。“盐狗子”相他的脸，越相火气越大，便动了杀气，抡起牛脊皮鞭（用牛脊背上的那绺儿皮革，做成的鞭子）阔劲儿狠抽，抽一鞭又一鞭。据事后黄义海说，那疼，就像用刀犁的一样，就像火烧的一样……

村人从此和“盐狗子”结下了仇。

事过之后，某个星期天。一个“盐狗子”带着所里新来的小兵，进村闲逛。走进了村里小广场的地方，也就是那棵大枣树跟前。

所谓仇人相见，分外眼红。村民们一见那家伙哼着小曲，逛逛荡荡地从西面走过来，走在他曾经驱赶、殴打和讹过钱的土地上；正到大枣树下。人们一拥而上，将那个“盐狗子”捆在了枣树上。一个大男孩，正在旁边自家的猪圈里倒粪，见曾经抓过他的人怎么跑到眼前来了；提着倒粪的二齿钩子，从猪圈墙头翻将出来；跑到枣树下，一钩子刨到了“盐狗子”的脚上；顿时“盐狗子”一声惨叫，血流如注；把小跟班的吓坏了，解开了“盐狗子”的绑，撒腿就跑掉了；大男孩本也没想把事情办成这样，只是打算吓唬吓唬那“盐狗子”，事已至此，他也吓坏了，头也不回地跑掉了。

大男孩往文登跑。本想去投八路军，却忙中出错走了东道，结果错投了国民党的游击队。

巧了，在游击队里又遇到了被自己刨了脚的“盐狗子”！真是冤家路窄，谁知这“盐狗子”回去后居然也投了军，并且当了这队伍里的一个小头目。“盐狗子”不几日便把大男孩报了长官。国民党游击队把大男孩拉到了村庄小广场中的那棵红枣树下，一铡刀铡成了两截！

母亲抱着枣树哭儿子。

父亲在枣树前烧了香纸。

那一年枣树结的枣子，有一股浓浓的血腥味。

后来，一个村庄建房的茬口，人们将那棵枣树刨了。也不能不刨：它叫人看一眼，眼泪就吧嗒吧嗒地落了下来。

三　村树，村庄的精神旗帜

树木，尤其是居于人群当中的高大的树木，由于长期与人息息相通，事实上是极容易成为人的精神旗帜的。它潜移默化着人的形态、气质和特有的品貌。

那站在村口、河边或者村中间的一棵或者两棵，往往被人们遗忘了年龄的村树：它使春风风人、夏雨雨人，它是村民最便捷的大自然；最贴近的老师，最不易觉察的精神参与者和最有力的影响者。里口景区之北的王家钦村，始迁祖明朝时在今王家钦村一带买下了一片“庄子”①，而始祖之所以看中此地，决计在此安村，主要就是因为这里前后曾有两棵相貌堂堂的白果树啊！（两树于新中国成立后被伐）白果树结的“黏米”果，我就不说了。单说它们的形象和气质：村前的那棵白果树，枝繁叶茂，葱茏可爱；村后的那棵，树顶上的枝杈盘曲着，远看像一个攥紧的拳头；而另一枝杈又向外逸出，恰似挑出来的一个大拇指。你若自东方向村里走来，行到神道口的半坡上（即喜雨顶山坡，现已削下），远远就能望见它，它大老远地伸出手、挑着大拇指，好像在说：“看，王家钦村，真是好样的！”

既是一部村庄史，更是一句热烈的赞语。一句强有力的鼓励。一面绿色的村旗。村人望了它，就平添了一股自信、自励和勇气。

区内蒿泊西南的小天东村。丛氏六世祖丛彪，系明朝工部尚书丛兰的属弟。四五百年前从文登北营村迁来威海今小天东之地。初来时，选址安村，像王家钦村的先祖一样，引起注意的倒不是阴阳风

① 庄子：我们这一带，老人们时常提起的“庄子”，即山岚。因为那时有看守者临时居住在山田的小窝棚里，故称此山中田地为“庄子”。

水之类，除了土地河流之外，重要的是一棵长得极其特别的树木，那树木在刹那间感动了寻觅者。那是村东土冢子上的一棵人称“老牛筋”的树。树倒不太高，不过三四米吧，却是由两棵树攀缠一气，如麻扭曲，一齐拔上去的。（现已不存）这种团结合作的精神，这股竞争进取的风貌，这番骎骎日上的气象——忽然使寻觅者明白了，自己路经数处挑不出任何毛病的山水，却为何总是迟疑不决的缘由了。他明白了，自己要寻的正是这样一种象征和鼓舞呵！丛彪彼时正好膝下有二子，那么这棵聚劲的“老牛筋”不正是他们绝妙的教材吗？这教材又不是可以代代相传的吗？果然，这小小的村落，到解放前夕，仅有人口 28 户，却拥有 864 亩土地；多的拥有土地 120 多亩，次之的拥有 60 多亩，一般人家也均在 30 亩以上。到土改时，该村的地级①又高，全村除了两户，由于只有五六亩土地而划为贫农以外，其余的全是地主、富农和中农、上中农。所以小天东那时成了闻名遐迩的“地主村”……

还有，家族坟茔土地中那高耸的黑油油的树木。家族坟茔，在当时的观念里，那是世代先人阴魂聚集的地方。早年，也被视作为一个冥界中的“村庄”。那里的树木，自然也是一个家族的精神体现和品质向往。所以多植红松，多植龙柏或坚硬的柞树，以显示其后人的人格取向和价值追求。在范家埠村西，直到北山，即今公墓以东，100 多亩的土地——全是丛氏的坟茔。百年前，丛氏埋葬他们的老太爷的时候，顺手栽了一棵叫“青冈柞”的树木，成了整座坟茔中的标识。

柞树，书上常作“栎树”。生长缓慢，木质坚硬，像某种性情迟缓而胸怀灼见的大人物一般稳重沉着，富有智慧。而“青冈柞”乃“柞中

① 地级：按土地质量、亩产数量所划分的土地级别。亩产愈高，地级愈高。土改时，北方的土地一般分为 10 级。

之柞”。它的树皮开始时是发青的，长成以后也比较光滑，而不似普通柞树那样凹凸不平、硬涩难触；它的叶子也比一般的柞树叶子更有光泽，看上去总是油亮亮的；并且树木也不招那种一般柞木十分容易招的本地人称为“哈虫”的害虫。丛氏坟茔地里的这棵“青冈柞”，粗若一抱有余，高约丈许，在广阔的土地中倔强地坚挺下了数百年之久。

1948 和 1949 年，垦坟场而分地时，杀伐了这棵青冈柞。杀伐时，用的是两条七八尺长的“快马子”①接在一起，仍没有将那棵青冈柞割透；无奈，只好就着站立的树木，当场破开了板材，这才把青冈柞放倒。一棵树的被伐倒，是一个壮观甚至有些悲怆的场面。倒下尚且如此，可见站立时该是怎样的一种气派！

这一带的丛氏历代出过志士英豪、人才济济，不胜枚举！

而，这集聚财富及人才辈出的一切，难道真的和树木有关系吗？

难道树木数百年来就没有以它的精神和风采影响过、启发过那些在它的俯视下而长成的村民吗？大家在各自的视线中天天面对着它；丛氏在祭祖的时候，大概也无不顺便瞻仰了那棵青冈柞，这一瞻一仰，心头难道不会因此而种下来一种微妙的东西吗？这东西渐渐培育起来，我们才知道，其实这正是一种被叫作气概、气质、品行、精神之类的对于人来说恰是至关重要的东西。

那天和谷家洼的书记谷源强聊起了早年村庄周围的树木。谷书记认为，按其姿态、其价值、其数量多寡，如果把它们排座次的话，那么前 7 名应为：一、楸树。里口山里至今楸树很多，而且楸树挺拔高耸，其木材为其他树木所不及。“桑梓”的梓指的正是楸树！里口山中为何至今楸树较多？盖由于其“原生态”尚存之故耳。二、松树。

---

① “快马子”：方言。旧时割树用的一种锯子。锯身纯粹是锯条，两端装有木棍，以作拉锯的把手。

松树在里口景区内，其数量大抵是最多的。其品格可以阅读一下陶铸那篇著名的散文《松树的风格》。三、家槐。亦称国槐，国之槐也！区内居民对此树早年曾有一种特殊的“家槐崇拜”。四、杨树。可自茅盾先生的名篇《白杨礼赞》中发现其朴素而伟大的品貌和“树格”。五、柿子树。今仍以里口山里最为多见。而且那种古老的“磨盘”柿子，依然有之。六、杜梨子树。以里口山之南坡，羊亭那一带和里口山的东南坡，今嵩山街道那一带，先前较多。最多者是曲家河那一带及谷家洼等村。后来，大约20世纪60年代，由于果业队为了杀灭卷叶虫和食心虫而兴起了给果树喷农药；果树上的虫子便跑到了杜梨子树上，此树遂毁。七、枣树、椿树等。早年几乎没有一个村子没有枣树或椿树。谷书记说：“差不多每个村庄都不下于100棵！”

在岳家庄走访的时候，受访者中有一位86岁的老者，耳背。我开始时问的就是村里自古至今有关树木的情况。我是写在纸上递给老者的。老者以为我是专门来调查古树名木的，结果在整个调查的半天中，老者一直在跟我谈论村子周围的树。我一听，天哪，仅岳家庄的村树就够写一章书的了！如果说村树是村庄的一面旗帜的话，那么岳家庄的众多村木，可真称得上彩旗飘扬了！

只可惜大概有一半没有能够保留到今天。而岳家茔地中那一棵伟岸的松树，因为有了铁的成分，无法下锯，奇特地保留至今，成为一株传奇让人感慨系之。村民岳丰秀，好打猎，为了防止松树遭割，用土枪“呼呼”地朝树干打进了两筒铁砂子。从此不管是什么锯条，一上去，牙齿立马就“咔嚓咔嚓”地折断了。

至今，经有关部门鉴定，此松已迎着村民挺立了四百多年，而且仍将坚挺下去，幸哉！

四 从"树神崇拜"到环保意识

庄士敦在他的《狮龙共舞》①中，讲了一个一百年前，发生在望岛村的有关树神崇拜的故事：

> ……那是望岛(Wang-tao)村的一棵槐树，它享有的名声已经远远超出周围的村庄。仅仅一两年前，一场大灾难降临到望岛的村民身上。在一个回忆起来就觉得可怕的夜里，这棵著名的树着火并被烧毁了。人们大为惊讶，因为这个灾难似乎无法挽回；但是当地有智者挺身而出，他们宣称树神已经厌烦了这棵老树；迁移到几码远的村里街道上的一棵小一些的树上……

原文分为两段，因为比较冗长，恕不全文转引。而所表达的意思，归纳起来应有如下几条：

(1) 百年前的威海卫，特别在望岛附近地段，存在着一种令人感到栗然沉重的树神崇拜。

(2) 人们认为树神一般寄居在村中某棵著名的树上，但也可能是"较小一些的树上"。

(3) 那时的人们"认为树和树神的能量驱走了疾病"。②

(4) 因此"人们不仅用破布来装饰"树神，而且还在"它的树枝上挂着写满表达感谢和崇敬的箴言和句子的布条"。③

(5) 威海卫百年前的树木崇拜，如同在叙利亚(以及欧洲和世界

---

① 庄士敦及他的《狮龙共舞》一书，均见本书第二章"余音流响的四座庙"中注。

②③ 此处引文，仍属上面所引庄士敦在《狮龙共舞》中的那段话，在省略部分中。

各地)曾发生过的对树神的原始崇拜一样。

弗雷泽在《金枝》①中,对于早期人类对树木的崇拜,其研究是极为精到的。他认为原始社会常常把树木看作神,认为它是帝王神人的体现。树木崇拜不仅见于野蛮民族,而且在欧洲农村的许多仪式中也有遗迹可寻。弗雷泽的论述在全世界都具权威性。他还特别指出了中国典籍中的那些有关记述。他的那段话是:

> ……中国书籍甚至正史中有许多关于树木受斧劈或火烧时流血、痛苦或怒号的记载。奥地利有些地方的老农们仍然相信森林中的树木是有生命的,从而不许人无故在树上用刀割。他们的祖辈相传树木同受伤的人一样感到刀割的痛苦。当砍伐树木的时候,先向树木祈求宽恕。在上巴列丁利特(德国莱茵河西岸地区),老年樵夫在砍伐葱郁挺秀的树林时,还仍然悄悄地祈求树灵宽恕。同样,在伽基诺地方,伐木人恳求他所伐的树木饶恕他。吕宋(菲律宾群岛中的主要岛屿)的伊罗卡诺人在原始森林或高山上砍伐树木时,首先念诵祝祷之词,大意说:"我们奉命前来采伐,请勿惊扰不安!"他们这样是为了求栖身树林的神灵不要迁怒于他们,因为这些树木神灵能够散布疫病,残虐为害,惩罚犯者……

这些今天看来充满了愚昧,充满了迷信的可笑的树木崇拜,事实上就在刚刚过去的昨天,还是乡间百姓固守的信条。于是,我就把上面在庄士敦的《狮龙共舞》中抄来的故事讲给今天的望岛村的老者听。然而老者们却一脸茫然。他们说,这村里先前曾有好几棵家槐,

① 弗雷泽和《金枝》。弗雷泽,全名詹姆斯·乔治·弗雷泽。20世纪英国著名人类学家、宗教、历史学、民俗学者。著有:《图腾信仰》《金枝》《图腾信仰与异族通婚》等。

都被村民所崇拜，不知庄氏指的是哪一棵……

事实上是哪一棵倒并不重要；我只要证明，先前我们的乡民，在享受村树制造出来的美和它奉献的树荫的同时，也曾有过程度不同的树木崇拜。证明，我们现在的环保意识和生态保护意识，不是从天而降的，而是经过了一度的昏暗、一度的蒙昧、一度的求索之后才逐步达成的。又正是由于经过了这样的曲折的认知过程，因此这种意识也就显得很坚定、很强烈。所以一般的村树都被在四周砌起了矮墙，以防其遭到冲撞。李家夼的村树，多年来村民就已经形成了不折树枝、不劈树杈的习惯。以至于外村人反以为此树大概有什么讲究，因而不敢对它轻举妄动。至于挂彩绸，我们都见过它身上的红绸一年四季满身披挂；但是现在的披挂——各村的村树差不多都是如此——与过去，与庄氏所说的"用破布来装饰"时的心理意识，已经判若云泥。那种战栗的敬畏早已荡然无存，那种无助的祈求也不复存在，如今的挂彩绸，只是一种愉快的祝福，是对新生活的祝贺，是对我们自己的庆典！

陶家夼，一度崇拜的是陶家祖茔，村西山头的那棵"轴条树"。轴条①（一种当地人用来编筐编篓的灌木）年头多了，竟长成了大树：这也许被族人视为是先人灵气之所化②，所以清朝时一定是存在着一种崇拜的，故而养着养着就长成了一棵直径20多厘米的树木。这时候就更加崇拜，而且更加保护了。后来，经过了艰苦的斗争和艰难的历程，解放了，新中国成立了；走合作化道路了；开始组织起来发展生

---

① 轴条：方言，即雪柳。开白花。落叶灌木。叶子披针形或卵状披针形，花有香气。

② 威海陶姓的始迁祖陶钺，是威海卫第一任指挥佥事。至第十代祖，陶易，由贫苦子弟而读书成才，（颇有些"轴条成树"的意味）后来做了江苏布政使。

产了——这一切，无一不有力地冲击着古老而愚昧的树神崇拜，而一步步地逼近着现代环保意识。所以，村人先前即使再怎么缺乏烧柴，也没有人敢去西山动一动轴树，如果说那还仍出于对祖上荫庇的希冀和信仰；那么最少自新中国成立以后，直到1965年因农业学大寨而平坟整地，把轴树掘拔之前的这段时期，人们就是在解除了种种崇拜的思想禁锢之后，纯粹以对待一棵树的态度来对待那棵雪柳了。当然也还是保护的，而那是以保护自然环境的概念来保护的。

阮家口子村的雪柳树，俗名“轴条树”，树龄大约30多年

更有甚者，是将树木和某种人文精神结合起来，从而使对树木的保护具有了人文价值和精神品味。北竹岛一九七几年在村大队部的前道口，栽了几棵杨树。后来修建“大润发”商场时给毁了。而其中一棵，被村委领导和村民勉力保留了下来。开始，他们是觉得此树应该留一棵作为一个纪念；后来想来想去又把它和君子之风联系了起来——人们把它移到了村南金线顶，并且命名为“九思杨”①。

当然，曾经的树木崇拜是古老而深笃的，当社会进入到近现代，它真的就会绝对消失殆尽吗？自然也是不会的。比如“返祖现象”吧，尽管由猿到人的转变早已完成，然而，在人类离开类人猿这么久远了的今天，仍能听到在世界某处有长尾巴的人出现的消息。更别

① “九思杨”，取“君子有九思”之意。语出《论语·季氏》：“视思明，听思聪，色思温，貌思恭，言思忠，事思敏，疑思问，忿思难，见得思义。”

说是告别一种情感式的习惯了。还是望岛，尽管人们已不记得“树神迁移”的事，但是在三五里之外的某村，竟再次出现了树神的概念。甚至这概念还被人物化了。在那个村子里，有一棵极受人们敬重的树木。一位朋友神神秘秘地对我说：“有人在家中供奉着树神的牌位呢！而且对外宣传说，树神就是通过她来显灵的！你可不要对外讲起……原来那树有一位‘树神’，后来死了，结果又传给了这位新人。”那是怎么传的呢？我问。朋友说：“通过村中的巫医传递的。这位老太太生病，找巫医看。巫医说，你回家供树神，病即好。而且树神要通过你现身，你就是新的树神……”

在轻轻的叙述中，我仿佛又看到了庄士敦记述的百年前望岛树神故事中的“智者”和其他的人。我忽然感觉到，现代环保也许并不只是轻轻松松地保一保就万事大吉了；它还有更深邃的任务。那关系到一种惘惘依依、藕断丝连的肉眼甚至很难发现的物质。

五　倒在胜利前夜的一棵树

那棵古老的银杏树（地方上称为“白果树”）的被放倒，大概有六七十年了。它的被割伐，在周围大大小小的村庄里，那就是一件大事体；而且直到如今仍然被老人们不停地诉说着，连同当时的锯工们自编的“割树号子”①……

树是羊亭北观“寿圣寺”那里的两棵如今已无人能准确地说起它们的年龄了的树。不仅仅是北观村，羊亭的那一带，你去多少次都会

① “割树”：区内方言为“gǎ 树”。我体会，这“gǎ”字，较之“割”更尖锐，更凌厉，更具杀伐的意味。所以尽管我写的是“割树号子”，而在心里却总会念作“gǎ 树号子”。号子的内容是反复的，大体是参照一首古老的民谣改造而成。

大北山村位于原家庙院落一角的一棵银杏树，树龄大约五六十年

有人多少次地讲起那两棵古老的银杏树。在人们屡次地描绘中，我突然想起了李渔在《闲情偶寄·种植部·槐榆》中，所提到的一个叫作“夏屋”的诗意的概念①：人可能聚众在树下纳凉；可以在树杈间放上一张桌子，围坐下来打扑克；可以躺在更高的树杈上看书——这不是宽大敞亮的房子是什么呢？这绿色的“建构”又是多么令人心仪啊！然而，正像再漂亮的“夏屋”，在特殊的时候也难免遭到拆毁一样，再美好的树木，在需要的时候也难免要被割伐。人，到了特定的时刻还要付出生命的代价，何况树哉？

首先是时势极其特别：20 世纪 40 年代后期，威海解放前夕。在那样一个时刻，前方的手榴弹却一时显得匮乏起来，急需抓紧赶制，急需木料当手榴弹把柄！然后又是木料的一时难以筹集。于是，那个曾经为人们崇拜的对象，进入了思谋的视野。

没有人想到，是否可以用其他树木把古树替换下来。似乎没必要想这些。

到那时候，解放区的人们业已消除了树神崇拜。（而新的“环保

① 李渔在其中说：“树之为荫者，非槐即榆。《诗》云：‘于我乎，夏屋渠渠。’此二树者，可以呼为‘夏屋’，植于宅旁，与肯堂肯构无别……”

意识”尚没有建立起来）当人们以政治的眼光打量一棵树的时候，它也就只有使用价值而已。而且，这是多么重大的使用啊！对比一个地区的解放，对比光明的到来，这“牺牲”是天经地义、无可推卸，甚至可以说是微不足道的！

也有一种说法是一九五几年，为了给学校做课桌和板凳——这同样也使割伐显得理所当然、理直气壮、义正词严。为了党的教育事业，为了乡下孩子们有更加优越的学习条件，为了我们的事业后继有人，这牺牲同样也是为着更大胜利的牺牲！

（但是严格来说，古树被割伐，实在是树神崇拜已除，新的意识又未建立，在这特殊的认识空白地带所上演的悲剧。）

然而后来的木材，到底有多少用到了前线；还是用在了学校，就没人知道了。反而是有人竟在长条座椅上发现了它——当然，那也可能是做手榴弹柄的剩余或做课桌、板凳的下脚料。但总是引起了村人的不安。

那一年村里有人到过一次文登，进过一回文登街上的大礼堂，坐在礼堂中的长条椅子上。椅子是新的，新刷的油漆还有一股子浓烈的松香水的气味。坐上去以后，才知道那是白果木的木条！一种直觉使这位北观人总觉得椅子所散发的气味，分明就是北庙那儿的白果树所分泌出的气味。现在那位老人已经不在了；而当年受访时，他那虽无证据却坚信不疑的神情，仍历历在目。坐在文登的礼堂

望岛村的银杏树，系明朝所植，高约18米，今夏（2016）在周围环境改变之后，意外地长势良好。幸哉！

中，他耳畔响起了近乎瀑布降落的哗哗声，那是先前白果树在风中时常发出的响声；哗哗声里还夹杂着有节奏的悦耳的“啪嗒啪嗒”声——那是熟透了的白果，不停地跌落到地面上的响声。他当时是在礼堂里听戏，但是听的什么，他却浑然不知。他眼前那时出现的，只是如云般的绿色枝冠。接着又有四五人坐在树杈间打扑克。月光把光华透过叶子的缝隙，筛出来若干个大小不等的圆斑，泻落于桌面上、扑克牌上和人的脸颊上……舌尖也奇怪地泛出了一股甘甜的、面面的、小毒的味道，脑袋有点儿微微发晕……

忽然，他听到了屁股底下，传来了发自某个很远地方的“嘎”的一声。他不敢再坐下去了，他站了起来，他逃也似的离开了礼堂。白果树木材有筋无骨，不擅承担重物，本来是不宜用来做长条椅的木条的。既已做了，已经就勉为其难了，又怎么能让它断在我的手里呢？

北观人对北庙那里的白果树，爱恋的感情无以复加。

当年割树的时候，找北观村里的人来动手，是怎么也不肯的。我们同意割，但我们却不能亲手来割！于心不忍哪！只好从张家疃、河北村（皆属羊亭镇）请了一帮老弱的割树“刀斧手”，也并不算工钱，只把割下的木料卖他们一点儿，权作补偿。

秋天，秋杀的日子。

凌晨，没有月亮，启明星却分外耀眼，像一颗硕大的钻石探看着大地。“刀斧手”们起来了，最老的一个从枕头下掏出了酒瓶，老哥儿个轮着一人灌了一口老白干。然后两眼红红地披衣下地。锉锯。三棱钢锉，和每一条割树锯上的每一个锯齿都狠狠地摩擦一遍，相抵相挫，发出一声声刺耳的令人无法忍受的怪叫。

杀伐事实上已经在北观村民的心头开始了。

这令人战栗的声音，首先引发了人们对那两棵古树的久远的回忆。人们记起了白果树对村人和游人的种种好处以及它所表现出来的此刻无疑被夸张了的神性。有一年,过个什么节,周围许多小学生都来到寿圣寺玩耍。而正在人们游兴十足的时候,突然一阵风起,把白果树的一根五六米长的树枝横空折了下来;而树枝却在空中左闪右躲,终于没伤一个人地降落下来。还有一年,人们打算在庙前面修建一座前厅:怎么看也有两根树枝儿碍事,就打算明天找来梯子,将那两根树枝儿割了。可是等第二天人们抬着梯子过来,那树枝竟然自动地升高了起来,你怎么修建也不碍事……

可是今天却要把它们割了!

可是这割还是必需的!

锉锯的怪叫在头顶上嘶喊。有人塞起了耳朵。家家都把门户关紧。

老哥儿几个高高地挽起袖子,开始了艰难地割树。

“哧嘎哧嘎”地割了半天,才刚刚割进去了一层皮儿。为了集中起力气,也为了破除沉闷,领头的割手喊起了自编的“割树号子”。他坐在割树的上首位,割着割着,随着拉锯的节拍,突然就瞪大了一双眵巴巴的双眼,拖拖魅魅地不知是向谁问上了一句:

人老人老哪,先从哪处老呀!——哧,哧,哧,是拉锯的声音。

坐在下首位的一位“老哥儿”,也瞪开了双眼,随着拉锯的节拍,回了一句:

人老人老哪,先从头上老呀!——哧,哧,是拉锯的声音。

上上下下,所有的锯工一齐跟着拉锯的节奏,喊上了:“白毛儿多呀,黑毛儿少哇!”——哧,哧。

这本来是民间里早年流行的一首古老的民谣,诉说着老年人身体发生的衰老和表现着对人生不幸的哀叹。而经过号子的“拿来主义”,人们听得出,成了一首对古树即将消逝的挽歌。仿佛那树就是号子中所说的那位老人,该经历的都经历了,该体验的都体验了,雨雪风霜，寒来暑往，世事沧桑，如今，该豁上去一次了，该壮烈的时候就得壮烈，该入土的时候就去入土，我们本就打土中来，坚守在这块土地上，守来守去把自个儿守老了，老得浑身嘎巴嘎巴响，那么好吧，咱就随着这劲儿，摇哇摇哇摇到奈何桥……

听到这半似安慰，半似哄孩子睡觉的割树号子，村人从家中走来了，从村外的田野中走来了，从四面八方聚拢来了。都跟着一起喊这"割树号子"。奇怪的是，没有编排，没有训练，而喊出的词儿却是完全相同的。

六　外环沿途村树情况

通过对全区民风民俗的普查，我发现，区内各个村庄，差不多都有一棵或两棵，或多棵"村树"。这些村树，可能已有数百年的树龄了，至今仍然在人们的呵护之下，待在楼房旁边的一个木栏围成的或者砖石砌成的池子里；可能早已不存，今天的这棵树是近年来（一般也有三五十年）所培植的新的村树。

它们挺在村口或村子当中。它们仿佛是一枚有生命的"村标"，仿佛是一种永恒的"留守"。

我们曾经的苦难和幸福，我们那一片片苦辣酸甜，全都镌刻在它的年轮里。现将里口山风景区，外环公路沿途各村的村树情况列表如下：

村名及村树	古时，“树木崇拜”时期的村树					如今，在“环保意识”下，仍受重视的村树				备注
	树名	树龄	旧时面貌	崇拜程度（非常、一般）	消失或仍存及消失原因	树名	树龄	目前状态	受重视程度（非常、一般）	
王家疃（后里口）	龙爪槐	说法不一：有说两三百年；有说四百多年	位于原董氏山园的“三观庙”前；高约12米，树冠遮地半亩有余，树粗如瓮	非常	仍存	龙爪槐（与左是同一棵）	同左	过去的位置，现在变成了一户人家的门前。树干齐胸处有一个腐烂的树洞，洞里有汁液淌出	非常	龙爪槐是国槐的变种，又名蟠槐。其木质坚硬，且形象优美
福德庄										仿佛由于村中早年庙宇崇拜过盛，树木不兴
张村	家槐	160岁	位于村西北路口。粗约两抱，高约10米。枝繁叶茂	非常	仍存	家槐（与左是同一棵）	同左	过去的村口，现在树起了一片楼房。家槐被一个石围墙围起。树木健旺	非常	家槐亦即国槐。木质坚硬；久服其实，延年益寿

续表

村名及村树	古时，“树木崇拜”时期的村树					如今，在“环保意识”下，仍受重视的村树				备注
	树名	树龄	旧时面貌	崇拜程度（非常、一般）	消失或仍存及消失原因	树名	树龄	目前状态	受重视程度（非常、一般）	
柳东夼	柳树	90岁	位于最早的村中小河边；合作化初期，牲口在此积肥，越积越高，成了个“牛上台”。当时树木葱郁，是村之一景	一般	仍存	柳树（与左是同一棵）	同左	过去柳树所在的位置现在已接近村中央。树木尚旺，人们用铁管子支固着它，不使偏塌	非常（村民越来越珍惜他们仅有的这棵古树）	
田村	家槐	三四百年、五百年等，说法不一	位于村西头。自古以来一直受到村民的敬畏。枝粗不足一抱；树高五六米	非常	家槐不存。是由于年久树衰，被风刮倒。现又发了几条新枝，仍受敬畏	榆树	五六十岁	现位于村西，有两棵20世纪四五十年代的榆树，被砌池保护起来	一般	

续表

村名及村树	古时，“树木崇拜”时期的村树					如今，在“环保意识”下，仍受重视的村树				备注
	树名	树龄	旧时面貌	崇拜程度（非常、一般）	消失或仍存及消失原因	树名	树龄	目前状态	受重视程度（非常、一般）	
寨子	家槐	据说五六百年	旧时位于村中吕氏家庙门前。郁郁葱葱，树荫很大，是村人聚集之所	非常	20世纪末，因村庄改造修公路，老树渐死	家槐	三四十岁	仍在原家槐旧址，现在这里已变成了村口大道的中间位置。新换的一棵家槐在此刚刚萌活	非常	
大岚寺	松树	百年	在村旧时的南河边。有一抱多粗，不甚高，树姿却异常优美	一般	仍存	松树（与左同一棵树）	同左	仍在原址，现在却成了楼房的一角。村里将其四周以铁栅栏围起，成了一道风景	非常	

续表

村名及村树	古时，“树木崇拜”时期的村树					如今，在“环保意识”下，仍受重视的村树				备注
	树名	树龄	旧时面貌	崇拜程度（非常、一般）	消失或仍存及消失原因	树名	树龄	目前状态	受重视程度（非常、一般）	
戚家夼	（旧时无崇拜之树）					刺槐	50多年	树粗不足一抱，高过10米，生长茂盛。位于老年公寓之南	一般	50多年前为个人所植；今改造村庄后，保留下来，当作纪念
陶家夼	轴树	百年	在原村西的陶氏祖茔中。在此长出一墩“轴条”，族人护之有加。因而长成了一株“轴树”。树粗百多厘米，高不过四米	非常（当年，即使再缺乏烧柴，也无人折它一条枝干）	1965年农业学大寨，平坟，将此树一道刨了	无				所谓“轴树”学名为“雪柳”。落叶灌木或小乔木。叶绿花白，枝条可编制筐篓

续表

村名及村树	古时，“树木崇拜”时期的村树					如今，在“环保意识”下，仍受重视的村树				备注
	树名	树龄	旧时面貌	崇拜程度（非常、一般）	消失或仍存及消失原因	树名	树龄	目前状态	受重视程度（非常、一般）	
戚家庄	黄连权	五六百年，大约安村时即有此树	原在村庄小河边，两抱来粗，大约十米高	非常	仍存	黄连权（与左同一棵树）	同左	仍在原址，却是楼间一个小广场里	非常（有木板在楼周围围起）	黄连权即“黄连木”。夏季开花，有红、黄、粉红的
	松树	五六百年	进村，道南	一般	仍存	同左	同左	仍在原址，仍如旧	一般	
望岛	家槐	数百年	村分三个小村，家槐在孟家疃中央，健壮而又茂盛	一般（村人倒是常爬树上向全村喊铁皮喇叭，故称“村广播电台”）	大约于20世纪七八十年代被伐					

续表

村名及村树	古时，“树木崇拜”时期的村树					如今，在“环保意识”下，仍受重视的村树				备注
	树名	树龄	旧时面貌	崇拜程度（非常、一般）	消失或仍存及消失原因	树名	树龄	目前状态	受重视程度（非常、一般）	
望岛	银杏	500多年	原村西观音殿前之树，又高又大，极其茂盛	非常	仍存	银杏（与左是同一棵）	同左	仍在原址，现在面对的却是一片高楼大厦。而树却有七层楼高，粗约四人合抱	非常（村人都为此树的前景担忧）	
长峰	古家槐（两棵）	一说为三五百年；而从氏宗亲会为之所立碑上记为“九百岁”	原在村庄小河边，树平均两米，枝干虬曲，苍古气象	非常	仍存	古家槐（与左是同一棵）	同左	仍在原址，修筑了一个池子，把古槐围堵了起来	非常（从氏宗亲会把它当成从氏发展史的见证看待）	

续表

村名及村树	古时，“树木崇拜”时期的村树					如今，在“环保意识”下，仍受重视的村树				备注
	树名	树龄	旧时面貌	崇拜程度（非常、一般）	消失或仍存及消失原因	树名	树龄	目前状态	受重视程度（非常、一般）	
蒿泊	榕树	约300多年	在村西南，原来的田地里。粗约五抱。树姿美好，特别开花时节，是村庄的一道风景	一般	后来村庄因盖房，而伐之	无				
大天东	家槐	约300多年	在原村之西南角。两抱粗，六米多高	一般	2000年时，因年老而自行倒掉	杉木	四十多年	在村西南角，长势如塔如峰	一般	
范家埠	家槐	400多年	在离村不远的地方，生长茂盛	一般	一九七几年，因村庄改造，扩建，而伐	法桐	五六十年	在村民的爱护和管理下，长势良好	非常	

续表

村名及村树	古时，“树木崇拜”时期的村树					如今，在“环保意识”下，仍受重视的村树				备注
	树名	树龄	旧时面貌	崇拜程度（非常、一般）	消失或仍存及消失原因	树名	树龄	目前状态	受重视程度（非常、一般）	
王家河	枣树	不知有几百年	在村西王吉忠的门前。一抱来粗，高两米	非常	树老自枯	杜梨树	数百年	一抱多粗，高约两丈。仍结果	非常	
羊亭	火连杈	三四百年	在村西的一块土地中，成为当地的一道重要风景	一般	“文革”时破“四旧”，被伐	无				火连杈即黄连木。因开红花，故称“火连杈”
港头	黄连杈	数百年	在艾山庙前。但却属于村中之树	非常	一九五几年被伐	无				
大西庄										

续表

村名及村树	古时，"树木崇拜"时期的村树					如今，在"环保意识"下，仍受重视的村树				备注
	树名	树龄	旧时面貌	崇拜程度（非常、一般）	消失或仍存及消失原因	树名	树龄	目前状态	受重视程度（非常、一般）	
义和										
大北山	银杏树	五六十年	在原来家庙（后来家庙成了空屋）院里。直径四五十厘米，高十四五米。比家庙房子还高	一般	仍存	银杏树（与左是同一棵）	同左	保护良好	一般	
	侧柏	百年	村头的一棵老树，高耸挺拔	非常（挂彩者众；上香者亦有之）	四五年前在一场大风中被刮倒					

第二章

余音流响的四座庙

最晚至明清时代，威海的庙宇多得全国少见。这里的很多事情，闹不闹就和僧、和佛扯上了关系；求神拜佛那时已成为人们生活的常态；赶庙会、给神佛过节已是固定的习俗。而里口山景区一带的庙宇犹可谓“极中之极”，其密度和其中有名者又在威海首屈一指。于嵯峨起伏中，差不多逢山必庙，逢庙就香火旺盛，神佛“居之与朝廷同尊”①。这在彼时，即是本地一道道独特的人文景色，更是人心的一处处寄存之所……

到现在，这些来自于唐、宋、明、清等不同朝代的建筑，都早已外化成了理论上的“废墟”。废墟也是文化，而保存废墟也不容易。正如余秋雨先生所说：“中国历史太长、战乱太多、苦难太深，没有哪一种纯粹的遗迹能够长久保存……”②

事实上先前的废墟，从外形上看早就还原成了山体、平地，或则

---

① 《说文解字注》中释“廟”：“……从广朝声。……谓居之与朝廷同尊者。”

② 见余秋雨：《文化苦旅·莫高窟》，东方出版中心，2007 年 7 月版。

几复重建了他物，或则开辟了通天大道，一派沧海桑田、历史更迭的莽然之象。

但是印记总是会有的。那岁月流转的印记，那风云盘桓的印记，像洪水掀动时潮刃子标线残留在岸边岩石上那样，庙宇给人们的印象或多或少地留在过来人和后来人的心灵的石岸和口头的岸边。有时会由于某种原因，突然涌动，把旧日的经历海市蜃楼一般地在另一时空卓然再现；有时由于突然地憬悟，人们会以现代辽阔的胸襟，打量旧日的虔诚，同时又挟带着它，继续前行。

这时，它会成为我们久久的回味与反思。

那么，现在，如果让我从区内先前大致 20 多个庙宇①中，综合其当日之盛以及日后之继，挑出 4 个余音最为流响者，他们应该是这样的四座：艾山庙、八角楼、寿圣寺和仙姑庙。

一　乘凹而居巇的艾山庙

艾山庙不仅在现里口山景区一带，在整个环翠区境内，在方圆百里之内，都赫赫有名。

它因为几个奇特而著称于卫城西南。

(一) 位置之奇

“乘山势之凹，而居斯山之巇。”这是断续出现于明朝的一篇《修建艾山庙碑记》中的话。碑文的记述栩栩如生又楚楚动人；我前些年曾经通过黄家皂村南的高丽山、火云顶而到过一次艾山，事过将近 10

① 参见 1986 年版《威海市志》中的“佛教寺庙一览表”“道教观庙一览表”和“其他庙宇一览表”。

年，那山势庙痕残留在脑际中的感觉，正和碑文中之所记处处相符，一一吻合。而描摹之功，尤其加深了我对艾山的印象：

“爱山去卫二十五里，西南之胜概也。厥石岈嵖，厥路嵚崎，厥草木畅茂，厥形势旁凸而中凹。山前山后，居民远甚，为风朝雨夕往来必由之路。故凡游客乘屐升高望远，则心旷神怡；行游出途，戴月披星，则魂摇胆落。时为乐土，时为畏途，识者鳃鳃计之。”

转引自《威海民俗网》中的早年的艾山庙

爱山（艾山）离开卫城25里，是卫城西南一带的名胜景致啊！那里的山石是嵯峨而高峻的；那里的山路是高耸及弯曲的；那里的草木舒展茂盛；（这里好像有一点夸张；或者当时的描写与后来的情况不符。现代以来，艾山基本上是一座“童山”，草木不甚茂盛。）那里的地形是两旁山丘凸现，与两山之间有一个较为下凹的地带。不论是山前或是山后，居民离这儿都比较遥远，而这儿是人们在晨风吹拂的早晨和倾雨飘落的黄昏，来往于山前山后的必经之路。（羊亭和张村，分属于里口山的山前与山后，中间被东高西低的里口山脉所阻挡，而艾山庙正处于这两地最短的连线上。羊亭自古就是威海卫西部的一个重要集镇，山后张村一带的村民要赶羊亭集，一般都会抄艾山这条道行走。而羊亭以西的人到张村，到威海，也同样要走这条山路。所以，这儿自古就是一条繁忙的交通要道。而直到20世纪80年代，这条山路上依然行人不断。这样大约一算，实在是一条跨越古今五六百年的故道!)所以大凡前来旅游的客人,足蹬木屐,登高远望,会盛感心旷神怡;而长途跋涉,披星戴月,经此而过的人,到此又会生出许多恐惧和胆怯来。于是这里,有时是人们脚下的乐土,有时也成为人们心中的"畏途",懂得它的人都小心谨慎地算计着什么时候走向它,经过它和走入它……

而这条路,决定了这座庙。这座庙日后就成了这条路上的一个符号,成了这条路响亮的名字。

(二) 动因之奇

碑文在"识者鳃鳃计之"之后,记录了一个神话般的造庙动因。碑文接下来写道:恰恰赶在僧真明来游历之际,为了这里的"胜概",为了这里的"升高望远",他实在不忍离开这个地方。这时真明心中仿佛有种想法在萦回。他就是觉得必在此地有所作为,必在此地下一点气力。不然就辜负了这眼前的景色和这天设的玄机。而做些什么?怎么来做?他却不知道。他真想把自己的想法谈出来,但是不能,思想的一时停滞,阻塞了他语言的通道……想的有些困了,他就把山地上的野草摊了摊,躺下睡了起来。而刚一睡着,便梦见东岳大圣(泰山碧霞元君)"飘飘然自天而降",她指点着满山星罗棋布的山峰勾画着房院的布局,明白地指示他在此地建一座庙宇。所以看起来真明和尚在艾山留居下来,是因为这里的山光美景,而实际上那是神圣在交通要道上予以接应啊!①

---

① 此段的原文是:适僧真明寻幽其地,徘徊不能去,盖心有願力,口欲言而未能也。班荆假寐,神忽来通,俨然东岳大圣飘飘然自天而降。点星峰、画垣局,谕以创建坛宇,卓锡缁流羽衣,虽曰山灵胜色,实则行人中道一大接应也。

这事情以我们今天的眼光来看，事实上真明的“假寐”乃是一种思考的延续。躺下休息时，他仍在思索在艾山这地方到底干点什么合适？而“神忽来通”那不过是灵感突显的形式而已。

笔锋又一转，“梦觉之际，言犹在迩耳”①，真明于是就殚精竭虑地筹划起来，又约了好善之朱泰、王忱、胡惠、丛让、姜安等等，一起费心劳神，带领着很多善人捐俸修庙。结果，“得我卫世胄诸君子洎林下缙绅，捐俸输囊，群孤攒腋于斯山之山巘”②。

（三）修隧道之奇

修庙，却并不按部就班地奠基建房，而是先开掘隧道再论其他，这恐怕在全国各地的庙宇建筑中也是一奇！“启土开工，深八尺，广五尺，远五丈，迂回曲折，因势利导”②，然后“石条砌其房，石梁压其面，前后两窍如门，连亘无痕，洞达无碍”③，这才——“建泰山行宫其上”④。

这是为什么？这行宫下面的山洞，到底是行人洞，还是通风洞？两种说法具备，前种来自史籍记载：除了“修建艾山庙碑记”以外，康熙本《威海卫志》中写得更加直接：“爱山在卫治西南二十五里，两峰交插，中开夹道，卫人石甃合之，上为平台下空洞，为山前山后远近往来必由之路。”然而这种说法也遭人质疑。后一种说法来自于民间，说是开隧道是为了不使庙宇遭受风损，不使庙宇于风侵之中倒塌毁损云云。很多学者和专业人士都不同意这种说法。庄士敦在其威海卫民俗研究著作《狮龙共存　威海卫》的一条注释中说：“我们不要嘲笑中国人在这方面的坦率，除非我们对约克塞特瑞顿(Setterington)

① 引自明碑“修建艾山庙碑记”。
②～④ 引自明碑“修建艾山庙碑记”。

地区的优秀民俗也保留了部分嘲讽，在这些地方通常认为雷雨天气里，应审慎地把房门打开，以便让进来的闪电出去。”……

还有，这泰山娘娘庙竟是和尚来修道家庙，而道士又一度念起了儒家的经书和佛家的经书。①

还有，艾山庙中那个武功高强，能“飞檐走壁”的神秘的反清道士于小辫……

甚至，这遥远的乡愁还扩散到了国外。我在《威海卫记忆》立家的“寻踪艾山庙”中，有一节《英国人与艾山庙的“不了情”》，读到：英国人里斯希望立家先生能在查访中找到一位叫“李成启”的，在英国创立道教文化的19世纪的威海人，其在威海卫的家族史……

威海卫古老的庙宇，在威海卫曲折的历史背景下，在历史的扭结中，不知不觉竟与英国乃至欧洲许多国家在接受中国的道教文化时，连接到了一起。

二　里口山里的“八角楼”

“八角楼”，就是后里口董氏山园②中最靠近山园大门，也即最靠近村中道路一侧的那一处旧有的建筑。由于“建国前，园林已基本废毁，‘文化大革命’时又遭破坏。今遗址可辨，碑碣尚在。”③这是20世纪80年代的话。而当我为了写作《行走的里口山》而前去造访它时，已到了2010年。20多年过后，遗址还可以寻觅得见，碑碣还可以

① 据立家：《寻踪艾山庙》（威海记忆2014年第3期）介绍，一九四几年，庙里使用的经书有《孔教真理》《佛教真经》和《道教真派》。

② “董氏山园”，参见本书第三章“卧佛山中的空谷幽兰”。

③ 引文见于1986年版《威海市志》。

见到三两块。有人说，这里曾经住着位守望的老人，是他把那些遭毁的八角楼零落散布于多处的残砖断瓦都一块一块地摭拾起来，有模有样地放在一个角落里，他把拆楼时扔下的石头，以一个下圆上尖的造型直挺挺地垛在场地当间；他把几块刻有《地僻诗》的残碑摞在了一起，那么利落，那么整洁，仿佛就是一种肃敬的纪念，一种无言的挽留，一种无声的，但却有棱有角的特殊的语言……

这不就是现在八九十岁的那一代人，对“八角楼”顽强的记忆吗？

而今天，离 2010 年又过去了五年。当年给我介绍八角楼的人，又多有不在；那里，原先地面上的瓦砾土堆依稀难寻。而那仅存的残碑——据说，已被村委拉走，收藏。这又是一个信号，一种态度的呈现和一种情愫、一种识见的表明。

也许，正是这样的“表明”，使我不由得将“八角楼”列为区内“余音流响”的四大庙宇之一。

八角楼，这董氏山园中寿命最长的建筑，影响了从古代到现代数百年间的人们。

首先是关于它的档案，既留存在历史典籍，如清代的《文登县志》、康熙本和乾隆本的《威海卫志》《威海市志》等之中；更留存在一代又一代的民间口传当中。在里口山一带，甚至更远的地方，你只要提及“八角楼”，就像提及邻家的厮守多年的老奶奶一样，人们往往都能说出她的完整或不完整的基本档案资料：

八角楼。八个角。上下两层。上一层是玉皇大帝所居的“天堂”；下一层是“阎罗王”主持的冥府“地狱”。楼基占地约两亩。明末建造初成。清雍正四年（1782—1786）由董氏十二代孙修葺过一次。清中期山园毁于山火，而八角楼得以幸免。“文革”时终遭拆毁。

第二，它当年的内容，总是时时被人记起，又或有意或无意地传之于下一代。这也许是因为这里的展示太过生动和形象了吧，所以见过它的人提起来总是津津乐道。尤其底层中的那些阎罗殿、那些罪人在这里得到了最后的审判而去接受各种酷刑。其次是塑像,堪称是恐怖的艺术。活灵活现、如闻其声、如见其人,不乏震慑歹人、警醒世人的作用。甚至于其对丑行的凶残地惩处,令人毛骨悚然,不寒而栗。什么油炸、火烧、磨推、锯锯、刀劈等,无不让人惊恐难忘。那油锅灶下熊熊的火,那油锅里滚沸的炸,两个鬼差高高地擎起一个赤身裸体的罪人,往锅里扔,将落而未落之际——那沸油的“渍渍”声,那罪人的喊叫声,那落进油锅的“扑通”一声,那油炸的“刺刺”声,全在无声的泥塑中万声齐发,震动着屋梁,震动着空气,震动着心胆。这幽暗中的惊心动魄的一幕又一幕,曾在多少代山民的睡梦中反复上演过。这对于“恶”(我这里所说的“恶”,是概念上的“恶”;对于具体内容应作具体分析。)的更恶的惩戒,正是佛教威猛的一面啊!

要是你怕,你就行善好了。

正如狄奥多罗斯在其著述中所评论的:“关于地狱里的事情的神话,尽管说到底完全是虚构的,但能使人们虔诚和正直。”

八角楼,就是一本摊开在空气中的书。用不着你有多少文化,哪怕不能断文识字也可以,只要你瞥一眼,只要你过来走一趟,你就可能会过目不忘,而且传之于后世。

而反过来看,我们今天又有几本书,给人留下的印象能抵得过早已毁而不存的八角楼呢?

第三,它的外形及它的登高望远,那种感觉,让人怀念。八角楼的外形,根据人们口头上的描述,再结合《威海市志》中的“里口山清代董氏山园复原示意图”,我们即使与那时隔着半个世纪,大致也能想象得出它的外貌。如同站在一条一眼望不到边的大河的此岸,而能够在晴朗的早晨,清晰地看到对面那高低不齐的建筑以及街巷中的人影,甚至听到从彼岸传过来的隐约的声响……八角楼,楼为八角。楼檐上,每一条拐角处都是一条“龙脊”,而龙头一律外探出去,作凌空欲飞之态。这就是八角楼式建筑的一个普遍特点:雍容而华贵,古朴而严谨,稳定而活跃,瓦走檐飞,气韵灵动。而里口山里的八角楼,从图上看,有三层楼基,亦呈八角,向上收起,接着就是楼体的第一层,按东南西北分置四门,又在其余四面开出四个窗户,可谓“八面来风”;一层上又有一层,在设置上虽一如第一层,八面、四窗、四门,却整体显得紧凑而秀气。

楼为八角,这在当时的威海民间,差不多就是奇观了。那时候,甚至连威海城里,楼房也是极为罕见的。于是赶上节假日,城里城外,各个学校的先生就一起拉了他们的学生过来,开开眼界,长长见识。这时八角楼就以它的二层建构,给同学们提供了“欲穷千里目,更上一层楼”诗句的现实诠释。一种新奇的感觉占据了同学少年的心,占据得满满的,心在“扑腾扑腾”地跳。当他们已到耄耋之年而回忆起少年游八角楼时,那种激动仍能从一个遥远的地方,重回心怀。

那时,朋友间炫耀的一句话就是:“你到过八角楼吗?”“站在楼上向外看过吗?”

有时回答者却令人扫兴:“我家就住在里口山里,哪个星期还不上回八角楼?”

而论起登楼之所见,我想,在一个山根底下,再远,看的无非还是山,不过是更远更深的山罢了。但是这已经足够了。对于一个住惯了平房的孩子来说,光是爬那一级级楼梯,大概已叫人兴奋莫名了吧。

还有,由于这怀念,使人连同它的围墙,连同那片遗留下来的当年的看庙的石屋、石屋前的那棵凌霄花(拆庙时,一起被拔掉了)也都一起进入了人们的记忆。八角楼的围墙,东墙约 50 米,北墙约 10 米……石屋的墙上还嵌着一只玲珑的马吊子,像一个优雅的标记……

凌霄花，当时在威海还是少见的花种，如今也不多见，那时就已经很老了，花枝盘曲，叶子油绿，花朵却红得像燃烧的火……

也由于怀念，据说有好几个商家几度打算复修八角楼，从而几番和这里的住房户谈搬迁事宜……

三　接纳中外游客的寿圣寺

说“寿圣寺”可能知道的人有限；可是说“羊亭寺”，满羊亭及周边的当地人就没有不知道的。甚至连小孩子也学着大人的口吻，闹不闹就羊亭寺如何如何。你问他“你见过羊亭寺吗？”他会说，“见，我是没见过。赶我出生的时候它早拆了……可是我知道！”而在北观村（寿圣寺就在该村的西山那儿），人们更多的是叫它作“北寺”“北庙”。

至于庙的规模、布局、设置、环境、人气等，当地人更是耳熟能详。

寿圣寺，另一名叫“观寺祠”，一座佛庙，建于宋朝，供奉观世音菩萨。庙分前殿和后殿两进。两进之间有一个大香炉，供香客上香之用。后殿外，左边有三支石碑。后殿内，后墙的前面，有十八罗汉的泥塑浮雕像，正中是观世音菩萨的泥塑；佛像上方又有各种飞禽走兽的浮雕。右院墙。墙内两侧的两个水池。庙院内西南角那儿有一盘石碾，而庙外还有一个和尚用来打谷的“场”，名曰“和尚场”。

庙产达50亩地，归庙僧所有。民国时期庙中有和尚六人。

庙于解放初期被拆除……

当然这些陈旧的资料性信息，不可能由某一个老人或后辈人全部提供。我前后去过北观村不下五次，资料正是由这里一点零散的口述，那里一点片段的回忆凑集而来的。然而这并不妨碍寿圣寺在不同的人心里的不同形象。这些形象从给人的总体感觉、总体印象上讲，是完全一致的。它的身影是浓重的。它的气息是温馨的。它的钟声是悠长的。

人们尤其念念不忘庙外那两棵古老的银杏树。在庙门之西，和院内那盘石碾子相对应，两棵古树一公一母。公的须七八人合抱，才能围过来；光树木的高度就在一丈开外。而且树上又出奇地长出了一棵柏树，直径亦达 8～10 厘米。树大成村，这棵雄性银杏的一条条伸出去老远的枝枝杈杈，就像一条条愈向远方愈显仄逼的透视状的老街深巷；那些枝杈最初的结汇处，又基本是平坦的，像一个农家的院落，宽阔、坦荡、舒畅——每年夏日，都有人攀爬上来，在这儿摆下一张桌子，五六人围坐，吆三喝四地打起了扑克。庞大的树荫笼罩下，可以造出直径达 10 丈的那么一个清凉之地呢！

母的，就是 5 丈地之外那较小的一棵：粗约一人合抱，高约 3 丈。树高，秋来那缀满枝头的银杏，被一下子高高地举到了半空，叫人干馋而够不着。人们只能老老实实地在下面等着，等着那些熟透了的果子"瓜熟蒂落"，然后就出现了像杜甫写的那种"山寺月中寻桂子"的场景。每天、每夜树上都掉下来黄白腊的一片果子，人们正在俯身拾取的时候，就听见有新的果子"噼噼叭叭"地打在背上，打在地上，成了一阵阵黄色的"银杏雨"。

树上长树。树上围坐打扑克。树下拣"白果"——这是现代社会中多么令人称奇地美啊！然而就像仙景一样轻轻一触便荡然无存，现在悔之已晚，（树木被伐，参见本书第一章"最忆春来绿树成村·倒在胜利前夜的一棵树"）空留惆怅……

今天，我们转过脸来面对那些伐木的年代，我们除了惊叹，还能说什么呢？尤其对于北观村寿圣寺白果树的杀伐，甚至还是为了"革命的需要"呀！我们还享用过所伐下来的木材，我们这才忽然感到了切肤的疼痛！于是先前那场悲剧的场面，便一再在经历者和未曾经历者的眼前，像水中的倒影一样晃动不已；伐树的"号子"也在人们的耳畔愈来愈尖厉和震荡……

庙里的主持，民国（含英租）时期是一个叫丛常兴的人，丛常兴，那在当时当地也应该算是这山间野旮中的一道“风景”。他据说有学问，怎么来的学问？来出家之前在家里念书念的。可是后来不知为了什么事情，丛常兴突然感到“报国无门”，从此转身向佛而断绝红尘，剃度出家，作了和尚。头发没有了，但是学问还在，而且出家以后他又研究佛家经文，以致在本地颇有名气。一个满腹经纶的人，待在三面高山围堵的“西山”根下，青灯黄卷，独敲木鱼，偶尔与施主说几句没头没尾的话——这不是一道“风景”吗？这真是一道风景，一道文化的风景。这风景后来就吸引了一位苏格兰人。这人就是当时的威海家喻户晓、大名鼎鼎的庄士敦，庄大臣。那时候正赶上英国人强租威海卫，庄士敦正是1901年到1930年期间，英国殖民政府派到威海卫来的政府秘书、正华务司和南区行政长官、威海卫文职行政长官。

庄士敦或者首先是一个学者，然后才是一个学者型的殖民地里的管理者。他有着崇尚大自然的个性；有着崇尚质朴和学识的个性；也有着探索威海庙宇、探索胶东风俗民情的巨大激情和爱好。而这一切，使他和丛常兴走得越来越近。

两个人——这里必须说明，庄士敦不但是个中国通，尤其是个威海通。他对威海话的精通几乎不亚于他对家乡话的熟稔——往往就在西山旷野的庙宇之中，促膝长谈，往往通宵达旦；后来庄士敦有时干脆就在寺里住上几日，所考不仅仅是一座庙，同时也关乎更广大、更深刻的课题。

在庄士敦的《狮龙共舞》①第十六章“龙：山岳崇拜、佛教”中，我

---

①《狮龙共舞》一书，庄士敦著，刘本森译，江苏人民出版社，2014年7月第1版。

读到这样的话："(威海)这一地区现在没有一个修道院，但是峡谷里仍有道院和佛寺，每个寺院里都有一两个出家人，可以轻易地看到，佛教徒通常占据着最好的位置。"在这几行文字中，我读出了丛常兴的身影。

书中提到了唐朝，然后说，"总体来说，这种繁荣似乎影响到多阶层人民和帝国的每一个角落。即使相对贫穷和荒凉的山东东部地区，也分享到了灿烂帝国首都的光辉，尽管这一位大帝国在年轻的欧洲国家看来像是梦境，但她无疑是当时世界上存在的最强大、文明程度最高的国家。"这几行，我仿佛也能看到丛常兴的影子：尽管那些在强大帝国统治下的佛教徒们实在应该是丛常兴者流的遥远的源泉，而你看那一群模模糊糊的足迹，岂不正有一双履痕和丛常兴的一模一样，或许，用佛教的话说，那干脆就是丛常兴的前世。

或者反过来说，正是庄士敦在寿圣寺的时候，在他和丛常兴促膝交谈的夜晚，在一抹微弱的灯光下，使前者突然看到了丛常兴身上的一股唐人的余韵，从而使他看到了中国佛教最古老的源泉。这样，为他的一生重要的东方研究著作之一的《狮龙共存》填充了有力的学术的一笔。

而正当庄士敦夜宿寿圣寺的日子，北观村在 20 世纪 20 年代已经具有了现代旅游的模式和雏形。首先是庙宇，属于威海卫西南的一道景观；再就是庙前的那两颗一公一母数个朝代奇迹般遗留下来的活化石般的银杏树；还有青山、森林、峡谷、溪流……英国人还有其他什么国家的游客来了。中国威海的学生们来了。一帮又一帮，一队又一队。有外国人夫妇骑着两匹马的，有乘马车的(那种如今已不再流行的，前轮小，后轮大，车身成弯曲形的，可坐两人的马车。)，有徒步赶来的，有打着五彩的小旗的，有敲锣打鼓，鼓声"鼟鼟"地震动着林樾……前来焚香化纸，以为此地的观音最灵；前来"咔咔咔咔"地摄下中国北方的风景，而又因宗教带上了神秘的色彩；前来（来自外地的画家）当众支起一个庞大的画架子，调好了浓浓的油彩，把西山、佛庙、银杏都搬到了画面上；前来什么也不干，静静地坐在山石上，仿佛只是为了呼吸这里清新的空气的……

在北观村这边，庙前庙后，村内村外，许许多多的饭店、酒家、茶肆、旅馆都在繁忙的营业之中。而且每一天里都有新开张的，鞭炮之声不绝于耳。那时候乡间有句俗语："到北观，开饭店""要得笑，去北庙。"

现在，一提起旅游经济，景区内羊亭一带的人们，一下子就忆起了寿圣寺当日之盛。"旅游经济"对于他们，原来并不是新奇的概念，而是"古已有之"了。

四　仙姑顶与仙姑庙

毫无疑问，望岛巅峰山巅仙姑顶上的仙姑庙，之名气、之影响、之魅力是传统庙宇中传至今天之最大最隆最盛者。而且它的特点仿佛是，从遥远的"一点神光"①走来，愈走其光愈耀，愈走其途愈宽，其形象也就随之愈来愈光彩、愈高大、愈深入人心。最早的时候，大概仅仅是一块"铭恩碑"，记载了北宋真宗景德四年（公元1007年），辽国为海上遇救之恩，专遣使者来此"仙姑顶"，立碑致谢。郭仙姑之神明由此渐生。一个十分朴素的民间之女的原型。一个手巧心善的村姑的平民的身份。一种助人积德的善者的行为。似乎并没有什么掀天揭地的壮举，没有什么降龙伏虎的神勇，没有什么超凡拔俗的威力，只是那么温暖，那么平实，那么生活化、日常化和平民化。

---

① "一点神光"，参见广告图册《仙姑顶》中"慈航普度，光耀东海"一节。

转引自苗华洲、王波著《威海郭仙姑》中的原仙姑庙遗址

而这期间产生出来的“神圣”，才是最为老百姓崇拜的神圣，也是最难得的神圣。

在海上搭救遇难船队之后，她的乡亲将她确认为神的最有力的见证，是那个在望岛村一带的民间流传极为广泛的传说故事。这故事如果概括起来，可以称作是“仙姑借马”①的故事。从故事中，我们可知，成了神仙的仙姑，事实上仍然很平民，家里并没有马厩，也没有什么宝马良驹，这才不得不向大户田老汉求借。而互相拆借，互相提供，以解燃眉之急，这正是千百年来的国计民生啊！至于山地山岩上的石灰墨线被指为仙姑用烧火棍划出来的，则更是民间传说中常用的“借代”手法。

为了表达人们对这位美丽的民间女神的敬意，又有诸如“仙姑救子”“神猫下凡”一类的传说。

而最为有力、有意义的则是那现代的1938年，面对日寇侵略，仙姑所作出的反应。日寇飞机，轰炸山村，仙姑普施恩泽，不使一人伤亡。这是一个美得叫人流泪的真实的传说（日寇轰炸是真，无人伤亡也是真；而仙姑保佑说则只能算是传说）。在整个历史的进程中，国

① “仙姑借马”的故事，大意是说，仙姑庙原址石牛山上，因不堪顽童所扰，欲迁巍峰山。因托梦田老汉，求借枣红马搬家。途中，仙姑以火棍在地上划一道黑线，让田老汉有事来找。田老汉梦醒，查看马厩，见枣红马浑身大汗，知道仙姑家已搬完。忽发现驮篓里有仙姑所酬之两个金元宝……参见《仙姑顶》广告图册。

人愈到近代，苦难愈浓重，故此仙姑的形象就不可避免地越来越高大。炸弹一排排掼到了小小的望岛村，一朵朵死亡之花携带着火光，在屋顶上空“绽放”；而整个村庄竟无一人伤亡！这种不可想象的幸运，不用神祇来解释，仅仅指为“凑巧”几乎是不可想象的。

转引自苗华洲、王波著《威海郭仙姑》中的孙吉山先生手绘的原仙姑庙草图

它非常自然地让毫无反抗能力的弱势群体联想到自己信奉的女神。

而最近一次“仙姑显灵”，恰恰是在 2010 年 4 月 28 日的“仙姑玉像盛大揭幕”仪式上。那天上午，就在仙姑玉像揭幕前后，天气由晴转阴，出现了先雨后雪的奇观。仙姑顶上的山峦庙宇、岩石草木忽而笼罩在一片蔼蔼烟云之中，忽而又沐浴于丝丝春雨之下，忽而又银装素裹起来——这种奇妙的变幻，各种美景的交替，又一次不由得让人联想到了仙姑。人群中一阵阵响起了“仙姑显灵”的赞叹。仿佛真的是神的操控，要不然天气怎么会这么频繁地呈现出不同的绝美景致呢？当地早就有“下雨是仙姑洗脸；下雪是仙姑擦粉”的说法，而今天这不正是她高兴得又洗脸又擦粉吗？而这顺序又不正是女神梳妆打扮的步骤吗？

而据说其实此前，仙姑早就天天显灵了：参加仙姑顶开幕民俗表演的 600 多名演员都见到，开幕前的每一次表演彩排，没有哪一天不下雨的;彩排一完,雨也就停了。对此人们的解释是:“仙姑感动了!”“仙姑显灵了!”

而仙姑庙在规模上也越来越大,在形象上也越来越光彩夺目;在影响上也越来越名传遐迩。

最早,在海拔 375 米的巅峰山上,所谓“仙姑庙”仅仅是个“方八尺子”,由几块石板搭建而成;到了清朝康熙三年(公元 1664 年),仙姑庙得到了乡人的重修,规模有所扩大,并为仙姑重塑金身。此后,民国初年,又一次重修仙姑庙。

改革开放后的 1992 年 3 月,望岛村民为了传承和发扬仙姑文化,开始历年修建,逐年打造,终于围绕仙姑庙建成了一派初具规模的仙姑顶道教活动的场所。

2015 年修建的仙姑庙前脸

2015 年修建的仙姑庙全貌

而且，仙姑庙的庙会活动也把仙姑的故事、仙姑的影响以及对仙姑的崇拜，推向了更远的地方。最早在庙会上上演的节目，无非本地地方戏曲、地方杂耍等；到现在，庙会上演的节目，已由各地剧团送来，除了本地传统的剧目以外，更有东北的二人转、河南的豫剧、河北的梆子等等。庙会上的贸易也相当丰富，反映了民俗文化的多样性，不可小觑：各色的小吃摊上，彩灯琳琅，幌旗飘扬，捏面人的、编草鞋的、卖头花的、卖气球的，糖葫芦、年糕、插枣大饽饽、枣泥糕、麻辣串、烧烤、吹糖人、面糖人、塑糖人……

仙姑顶上的仙姑庙越来越火，已经超出了原本的求仙保佑的内涵，而扩展到了一种尊崇真善美、传承民族文化和乡民大狂欢的现实意义。

仙姑，在民间扎根最深的女神形象。盖因为她最民间化，生活化；而我们也都得在琐碎的日子中一天一天地过。故而我们最需要仙姑的指引。

而仙姑距离我们又是那么近若比邻；而我们又是那么容易得到她的神助——或许，她就是滨海大地和临海山地上的我们自己。

第三章

卧佛山中的空谷幽兰

“卧佛山”在里口山里，当然是古已有之，大抵应该是和里口山的诞生一起诞生的吧。但是发现它，乃至直呼出这个名字（于是，这发现几乎就等同于一种发明了）却是近年来的事。这事我们将在下面谈及。而卧佛山中的空谷幽兰，我指的是半山腰以下那一片苍翠之中的红瓦飞檐——气势恢宏的广福寺。寺院宽阔明净，不染一尘，晨钟暮鼓，空山梵响。虽然山脚下车辆拥挤，游客如织，商店，商铺，作买作卖，人生嘈杂，但是人们一旦进入了上面广福寺的山门，立刻把脚步放慢了，把喧声关闭了，把心放平了，随着眼前的台阶而逐级进入了禅境。

里口山景区目前最为耀眼的旅游地带，就是后里口王家疃那一带，而那里最耀眼的又是卧佛山下的广福寺。来这里拜佛修佛是信众们的日常性行为；来这里享受城市“隔壁”的宁静，又成了广大市民和游客的新民俗。而不论是佛家信众，还是游览观光的人们，只要一脚迈入了广福寺院，空谷幽兰的意境顿时呈现在了面前。

一　里口山的千年佛缘

佛教是什么时候，由谁传入了中国，首传者至今不能确详。而可以断言的是：中国禅宗的传世人是印度南天竺人达摩，达摩号称“东土第一代祖师”。达摩祖师先是从印度前来度化南朝梁武帝，而梁武帝却“不能契悟”。此后一般说法是达摩面对这时所出现的情况，便先从建业（今南京）北上洛阳，后又在少室山（因少林寺在嵩山中的少室山下，所以也有说是在少林寺的）面壁九年……但是，这其中最重要的是与南朝梁武帝的那一段不愉快：我们这一带的传说就是接着这个茬口往下说。这是本地关于里口山和佛教结缘的一种不见记载的“经典”。说达摩祖师一见萧衍不悟，转身携带经文，翻山越岭，直奔了东海之滨。那时候的里口山尚不叫里口山，荒滩野岭，根本没有什么人烟，大概也没有个正经的名字。然而达摩却早就将此山藏在心中。他从建业迅速来到镇江、南通，在南通的东海边，他顺势拐了一个直角，沿着海潮刃子一路北上，赶到了一个伸向海中的海岬之处：这地角在南北朝时颇有些天涯海角的味道，这就是日后曾影响过中国历史进程的地方——威海。

达摩在这里停止了远行的脚步，而在盘桓数日之中，他习惯性地走进了山林，到了今天进入里口山的道路上，当时这路还是一条被人的脚板生生踩出来的荒山野径。达摩料定，梁武帝即使后来悔悟，派人来追，追赶的人马也断不会踏上这条通山达海的幽径。他得以调整一下呼吸，平复一下心跳，一边沿山路朝山里面走，一边举目观望。但见：身左群山起伏、层峦叠嶂；身右又是山连成岭，众峰争耸；身后山径没入了荒原；身前又是山林深深、绿云叆叇，鸟声啁啾，林茂而场阔……达摩不觉叹了声：“好一处修行之所！”

所以说“天下名山僧占多”，为什么呢？那不是他们抢占的，也不是霸占的，而是历苦难、经折磨、受艰辛而行走出来的，“千里有缘来相会”的呀！

达摩便在山下打坐。

月落日升，风向变幻，影子长长短短，达摩打坐，纹丝不动。

这一坐，有人说做了几年；有人说坐了十几年；有人说坐了几十年。

而我扳着手指头算了一下，满打满算应该是九年①。

九年，打坐的身影化作了一座僧人打坐状的山峯，兀然而起，海拔 417.8 米。后人称之为“佛顶”。佛顶据说很有些灵气，“久旱之岁见云生顶上，辄至甘雨”②。周围民间，田村、张村一带有谚语云：“佛顶戴了帽，(指山头布满了乌云)定有大雨到。”佛教一旦进入了坊间，往往渐渐就变得很现实、很功用，再加上虔诚地合作，巧妙地附会，“显灵”的事也就在此间一千四五百年间层出不穷。这些佛的奇迹，使人的内心随着禅的加入，而更其深沉和宁静，使人的生命情感更加理想化和哲理化。

于是，大约清朝时期，这里出现过一座佛庙。

---

① 公元 526 年 9 月 21 日达摩渡江来到广州；公元 527 年 10 月 1 日达摩到达南京，渡化梁武帝不成，遂一苇渡江去了洛阳……威海这边传讲的达摩在里口山打坐，亦应在此年份。此后，到东魏孝静帝天平三年，即 536 年，达摩于洛滨坐化；彼时又有使臣宗云说他在西域见到过达摩“只履西归”——不论是坐化也好，不论是西归也好，此时达摩(按我们这边的说法)应离开了里口山。此年份和渡化梁武帝的身份，相差九年。所以说，假如此间达摩什么也不干，一味打坐，满打满算，应为九年。

② 见清·乾隆本《威海卫志·山川》。

地藏王菩萨在修成地藏王菩萨之前，也曾卓锡于里口山，在这里潜心修行之后又去了九华山。

初，盛唐时期，公元735年，新罗国（今韩国）王子金乔觉，弃王子之位而入佛，舍富贵之乡而参禅，以24岁的青春年华在韩国出家。之后，因为韩国的张保皋当时在赤山浦（今荣成石岛湾）法华院，金乔觉就先投了张那里。在那里修行了两年，之后，便来到了里口山。后来里口山里的“董氏山园”之所以建了座“地藏宫”，正是为了纪念这位日后修成了地藏王菩萨的金乔觉的。并且有诗为证：

九华连里口，
菩萨大愿中。①

之后，金乔觉又返身去了安徽九华山，并且在那里修成了地藏王菩萨……

假如金乔觉没有到过里口山的话，董氏山园作为一处官员的私人园林，大概是不会冷不丁想到在其园内建筑当中专门修造一所什么“地藏宫”的；更不会凭空写出那样的两句诗来。两者联系到一起，我们完全可以断言：地藏王菩萨当时来过里口山无疑。

随后，当五代取代了唐朝，鼎鼎有名的弥勒佛前身的布袋和尚，传说也背着个口袋，笑呵呵地来到了里口山。他曾在村口打开过他的“口袋乾坤”，好像说当时住在这里的隐士和村里的孩子都见到过：一钵盂、一木鞋、一片瓦砾和几块石子而已。而有一天，也不知是哪一辈子的哪一天，秋天，天色在蔚蓝中又掺进了一些乌灰的云，还透着依稀的紫。这样，一会儿乌灰漫延了起来，一会儿乌紫又占了上

---

① 引自董氏山园中董祚远：《地僻诗》。

风。和尚笑呵呵地将口袋张开，把整个儿天空装了进去。然后两手攥着口袋沿儿，摇了几下，口袋里有哗哗啦啦的响声，像有什么片状物在水中清洗似的。然后，和尚又把口袋张开，放天归天，天就陡然变得瓦蓝瓦蓝。而特别是到了晚上，天上的星星竟然比先前多出了一倍还多。人们这才知道，天空中原来有这么多星宿。直到今天，夜晚，你在里口山里看星星，会比在外面见到的多得多。

和尚每天都要爬到当年达摩的影子所化成的“佛顶”山上去，他爬得不紧不慢，而且半途中总会在一个固定的地方，坐下来，脱下鞋子，倒掉撞进去的沙粒。久之，沙粒越倒越多，竟然积沙成塔——里口山中早年有一座古塔，据村民们说，那正是布袋和尚倾倒鞋中的沙子倒出来的！

多么美丽的传说。

尽管不过是传说，但最少也在说明着里口山与佛教之间有着一种源远流长的联系。至今，时光过去了千年，村人每见有人圆头大耳，笑容可掬者，仍说这人“活现一个布袋和尚”——仿佛大家都认得那位曾跟他们先祖打过交道的布袋和尚。仿佛布袋和尚是他们世世代代的老邻居。无疑，这是一种传承的记忆、一种遗传性的识别。

而布袋和尚住在布袋庵里，“布袋庵”作为一个山名，至今仍在里口山里的群山之中挺拔着呢！

二　董氏山园和“卧佛山”

对于佛教这种特殊的文化现象，我比较赞同当代文化学者余秋雨先生关于佛教为什么在中国形成气候，并最终融入中国文化的四条解说①。其中第四条，原文是："佛教有一个严整而可辨识的弘法团队，他们有序、集中、大体统一、代不绝人，成了佛教教义的人格示范。"在里口山，这个团队，现在有文字可查的，最早在明、清两代，就是修建佛家意味极其浓重的"董氏山园"的福德庄的董氏先祖。其代表人物有董氏的五世祖（按迁来威海算起），时任威海卫指挥佥事、上谕掌指挥印的董逊，第八世祖董用威等，详见下表（因为"山园"富于佛意，所以其建园业绩即为他们的"修为"。而由于董氏世代信佛，他们的有关善行也在此表的同一栏中。）：

辈分	姓名	职务	性情	修为（建园业绩）
四世	董旺	明，山东都司威海卫世袭指挥佥事	目光长远，行有远谋	在购得福德庄的同时，"又东五里治别墅里口山焉"。[②]此为日后的"董氏山园"奠定了最初的物质基础
五世	董逊	威海卫指挥佥事、上谕掌指挥印	心仪幽僻，向往自然，为董氏的最终归隐，蓄下了第一滴"血统"之源	在里口山"建庵三楹""供佛饭僧"，画出了董氏山园——一座佛教为主的山园——最早也是最具有方向性的一笔

① 余秋雨的四个答案，简述之为：第一，只有佛教，全部聚焦于人的生老病死，研究如何摆脱人生苦难；第二，佛教经典的全本理论干净利落、鞭辟入里，不像其他原理那样地绕来绕去；第三，因戒律明确，为人们显示了参与规则；第四，有一个严整而可以辨认的团队。

——参见余秋雨：《问学》，陕西师范大学出版社，2009 年 10 月版第 226 页。

② 引自董氏族谱：《董氏亲缘关系》。

续表

辈分	姓名	职务	性情	修为(建园业绩)
八世	董用威	威海卫指挥佥事，万历五年的都指挥掌印	宅心仁厚，因此，时有叛离于封建习俗的行为	22岁时，夫人无子，恐董氏绝嗣，为其娶一少女为妾。花烛夜，董不入洞房，命此女拜自己为干爹。 女后嫁姜南庄毕氏。时，董将其在后里口中“三亩地”之北约200亩山岚，送以为嫁妆，“三亩地”从此姓毕。 姜南庄村西，旧有一座村桥，正是董用威所建。行人感其德，称为“慈善桥”
				续建董氏山园
九世	董遇时	威海卫指挥佥事	性耿直而宅心仁厚	强力推行替代苛捐杂税的“一条鞭法”，因而开罪了官场中的许多贪官。因而厌弃于官场，心常生归隐里口山之想
				努力续建董氏山园
十世	董祚丰	明威将军，威海卫掌印指挥佥事，后辞职	天性憨直，不懂官场之“道”，最宜远居山中	崇祯九年，有“营将协制之议”，董祚丰“面折不听”“辞辟里山”
				与董祚远、董祚昌等兄弟数人续建董氏山园，而最终告竣
	董祚远	廪生	与董祚丰同	除参与董氏山园续建工程外，另著有关山园生活的组诗:《地僻诗》
	董祚昌	进士	与董祚丰同	除参与董氏山园续建工程外，另著有关董氏山园修建始末的《山园记》
十二世	董渊	(清)庠生	应该也是董氏世代的那种善良质朴之性。具体不详	重修董氏山园

他们的后面，每一代都站着整个一大家子董事家族。他们，如今看来，正是那个弘法的最易识别的团队。

转引自《威海市志》中的“里口山董氏山园复原示意图”，就在此图中，包含着许多佛家建筑

而这种辈辈续建董氏山园的行为，事实上正是他们的修佛之为。在里口山这片花树葱翠中，充满了亭、台、楼、阁、祠、殿、宫、池等，多式繁杂的建筑中有一半以上是属于佛教，整座山园，发香庵、降魔殿、慈悲池、观音堂……禅意充盈，佛性发散。而如此反反复复的建筑，正是佛心的外化；教义的固聚和大善的支撑。

他们明朝时最早将“董氏山园”选址在后里口通往王家疃的“翻茧坡”，也应该是大有含义的。这里现在成了一个公共车的站点，名叫“三亩地”，而古时候文字记载中的名字是“鹅颈山”，大抵因为从前面那条南北路上折过来，当年又是山路，细长而又弯曲，才因此得名的吧。在此，面向东方，左手，小河之北岸，是“北天顶”（山名）“猫子耩”，群山巍峨；右手，小河之南岸，是“西大岚”（山名）“东大岚”（山名）、大楼夼、老鼠夼等，首尾相接，重叠交错；而前面更是一派起伏的山峦，尤现高深莫测。这种山川地理的结构层次，完全符合古人的“三远”审美原则①。自下往上看，北天顶可谓“高远”；站于夼前而窥夼后，称得上是“深远”；而登

① “三远”，系山水画的三种取景法。北宋郭思纂集的《林泉高致》中，载其父郭熙之说：“山有三远：自山下而仰山巅，谓之‘高远’；自山前而窥山后，谓之‘深远’；自近山而望远山，谓之‘平远’。”

峰远眺东面之山，又堪称“平远”。那时候的里口山，尚全然一派原始森林之态，山高林密，枝蔓藤缠，偶有白石裸露，碨磊嶙峋，这种气象已足够佛家驻留的了。而谁又能想到五百年以后呢？

五百年以后，山势固不会（如果没有地壳运动的话）有太大的变化；而“三远”还会依然如故吗？

有一个神秘的传说，耐人寻味。董逊的时候，当他在鹅颈山下“建庵三楹”将成，是时恰是某日黄昏，日光暖暖。从东面深山里，令人耳目一新地跑过来一个戴着红兜肚的光屁股小男孩。直冲冲地跑到了坐在一块石头上歇息的董逊身边。

孩子突然问道：“你们打算祖辈在此建寺庙吗？”

董逊捋着胡须说：“是啊，这里佛意充盈啊！”

“那么，以后呢？五百年以后呢？”

“……”董逊忽地感到了一种茫然，同时也觉得这孩子到来的蹊跷，便问道：“你是谁家的孩子？”

孩子并不回答这主题之外的询问，只顾沿着自己的语言逻辑，说出了一句近乎谶语的话：“本来没有的，你能够造出来；本来就有的，却是看不见。”

转眼就到了五百年以后。山林像海水退潮般地眼看着就退了进去。树木一代少似一代，山也部分地光秃了起来——真正的佛意充盈之地，东撤到了有着达摩祖师传说的佛顶以西那一带。

这里有一片“卧佛山”，当然是古已有之，原来那里才是最适合禅佛留居之地！

神了，真的是一尊卧佛呢！佛头，一方裸露的且能大体上呈现五官的山头，正好枕着佛顶山之东、“釜台筒”（山口名）之阳的山岭缓坡上；然后山头的巨石，很自然地向下凹进去了一道，正是卧佛的颔颈；再向东，山岭又起，成了佛的胸和腹；此时山势渐东渐高，直到最高，又下：恰如卧佛支起来的腿与脚……

威海这儿建村大抵在明朝，五六百年的历史，此间，周围的村民进进出出，在里口山里翻过"釜台筒"而进入威海城里有多少次，在那里转悠过又有多少回？但是，但知道这儿是"八叉夼"，怎么就没有发现过卧佛之山呢？如果但凡有所发现，明朝时的有关记录威海的文字中及清朝时和以后的《威海卫志》中①，是一定会有所记载的；没有，说明一定是没人发现过。

还有，董家在里口山里幽居和建园长达五六代之久，怎么就没有人发现这卧佛之象呢？

明朝时期，邓心可农民起义军，屯兵里口山，山前山后地练兵、打仗，怎么谁也没有发现后里口东面山头上的这一道奇观呢？

抗战时期，国民党的郑维屏部也驻兵里口山，散兵游勇，满山乱窜，就在"卧佛"底下活动，怎么就没有一个人发觉呢？

是意愿不确吗？是慧眼不够吗？还是机缘不到佛心不足吗？

或者干脆就是人心与佛有违，与佛背道而驰，眼中焉能见佛？

而终于，到2005年，有一个名叫王书强的居士，在为佛事而奔走于后里口的山峰丘陵时，百忙之中向北一眺，他猛然发现了这尊横跨四五道山岭的逼真的卧佛形象！他不是里口山里人。也许正因为此，他对山脉没有习惯地熟视，没有一座座山头的孤立的概念，所以他得以很自然地将眼前的几个山头连成一气。这一连，突然有一道

---

① 威海之有文字记述，最早是明朝成化年间威海指挥佥人王悦所做的《威海赋》；此前其手纂过《威海卫志》一编，失于战乱而不见；今所存《威海卫志》，最早是清康熙年间毕懋第所撰的《威海卫志》，有手抄本传世；再就是清雍正年间郭文大所编的《威海卫志》，乾隆七年成书，乾隆三十五年刻板印刷。……直至1986年，由威海市地方史志编纂委员会编辑出版《威海市志》，均没有关于里口山里有"卧佛山"的记载，说明历史上一直无人发现。

奇观袭到了眼前：光裸的头颅、宁静的面目，挺上来的胸部、凸起的腹部、高高支起的双膝……都通过山头、山坳、山坡、山峰、山岭等，清晰而生动地表现出来。这大自然的杰作，直到此时才有了认可者和欣赏者。

过于熟稔常常是发现的大敌。长期生活在这里的人们，想来正由于这过于熟稔，以及经过了强化的习惯性观察——习惯于以孤立、分割和狭促的眼光看待事物，故而总不能发现自然的大面目。这面目的呈现，大概真的需要一个相对的陌生者，保有新鲜的感觉，需要具备联系天地、连接纵横、视群山为一体的目光；同时还要心中有佛，在一个适当的时机，突来灵感，才可以“妙手偶得”。

这也许与创作之某些时候的需要大同小异。

这一时刻是2005年9月份的一天是威海佛教协会重新到里口山，为后来的广福寺选址的日子。当时，在王书强的陪同下，参加者还有当时的威海市宗教局局长丛峰，在后里口东面的八叉夼一带观看地形地貌。

王书强高声喊道：“看，卧佛山！”；卧佛山随之名声隆起。

此时的王书强，已是山东省佛教协会常务理事；威海市佛教协会副会长兼秘书长；广福寺管理委员会副主任和威海市第九、十、十一、十二届政协委员。

此时，离开里口山里最早关涉到佛的建筑活动——董氏的“建庵三楹”，已有532年。

三　王书强（法号：虚空）修佛大事记

1985—1987年，王书强先在报社印刷厂干了四年半工人；后在威海印刷厂管生产；1992年5月，又调高区机关事务处工作。

1988年，始练气功。时有气功练习者百余人。

广福寺管委副主任，王书强居士，法号：虚空

【笔者按】 当时，练气功，自然是出于兴趣，大家在业余时间里聚在一起，以王书强、陶俊碱（女）、张永存（已出家）等人为发起者，组织联络了上百名爱好者，学练气功。练着练着，不断深入下去，气功便最终将他们引入了佛教。可见，练习气功是最初的源头之滴，日后的浩浩大殿正是源自于此！

1990 年后，学佛者较前练气功者，有增无减。

【笔者按】 佛教，正如余秋雨先生所说，它的"第一特殊魅力，在于对世间人生的集中关注、深入剖析"。"其他学说也会关注人生，但往往不集中、不深入……唯有佛教，绝不转移，永远聚焦于人间的生、老、病、死，探究着摆脱人生苦难的道路。"①它的主旨，它的爽快而直接，聚焦而透彻，像磁石一样将很多人的心灵吸引了过去。

1990 年 5 月，王书强带着一拨佛教信众，去荣成法华院参加寺庙开光。大家自费，雇了三辆大巴，颇有点浩浩荡荡的意思。此后，他们便经常跑到法华寺。那时法华寺的人气几乎全是靠王书强他们给造出来的，庙中很多杂务，事实上都是由王书强带领着信众给完成的。法华寺，一度成为威海这批信众的远程活动场所。

【笔者按】 王书强现在忆起当年频繁地奔波法华寺，觉得倒是

---

① 引号内的话，见于余秋雨：《中国文脉》，长江出版传媒 · 长江文艺出版社，2013 年 2 月版第 232—233 页。

一件很愉快的事。是的，只要想想佛教中的高僧大德，为了佛事所受到的历练，这历练对于修佛的人说来，可真的是一种幸福。就说汉族僧人向西取经的创始人朱士行吧，公元260年他从长安出发，在没有向导的情况下，而历尽艰险到达遥远的于阗……支持王书强他们的，不就是这种异乎寻常的动力吗？

1993年5月，多次跑当时的"宗教办"：由当时刘公岛海军训练团的教官张永存执笔，起草了申请报告，申请批准一个合法的修炼场所。得到的口头答复是：不符合上级规定，不予批准。

【笔者按】 当时他们尚没有一个固定的修佛场所；而上级对宗教又有着严格的规定，人数、历史渊源、出家人的加入等等。有一条不合乎要求，都不予批准。宗教，不是设摊摆铺，不是开场扮耍，需要各种条件成熟后才可以考虑批复。

1994年初，有居士向法华寺捐赠了一尊地藏菩萨石雕像，石像足有一人多高。

1994年10月，由王书强带队的居士们，捐款，在法华寺院内建亭，以安放上述地藏菩萨石像。此亭此像今仍在法华寺院内。

1995年5月，王书强又发动信众捐款，为上述地藏菩萨石像以及法华寺院里的观音菩萨塑像装金，并为释迦牟尼像打造佛龛。

1995年7月，向有关部门提出关于成立威海佛学研究所的申请。

【笔者按】 成立佛学研究所和开辟佛事活动场所，是两回事：前者是一个学术部门；后者是一个宗教空间。王书强和他的信众们，当然不会是一批研究者，所以这申请，事实上是一个弯路。而像世上所有的路一样,弯路才是唯一的近路。

1996 年 7 月,市“宗教办”已改为宗教局。王书强他们立即申请成立威海佛教协会。不成。并不是宗教局刁难,而是基本条件的确不够成熟。按照上级当时的规定,地区欲设佛协,必须有三个以上寺庙等。

修行,仍是修为不到。

1996 年 9 月,王书强辞去了公职,自己干起了打字、复印业务;后来连这个也不干了,全身心地投入到了修佛之中。佛事已经成了他的事业!

1997 年,到烟台参加竹林寺开光。

【笔者按】 此次开光活动,坚定了王书强将来一定要建一座免收门票的庙宇的决心。那天去了四辆大巴车,共 200 多人。一到庙前即被挡在山门外,每人收费 50 元。他们找人协调,勉强免了门票。但进了庙内,又强逼着捐款;又听人讲,有的地方建完庙就赶和尚,把庙宇变成一台造币的机器……王书强他们当场达成了共识:决不让铜臭污染了佛门圣地,决心建一座不收门票的庙!至今,广福寺落成三四年了,仍分文不取。因此,在这里要统计每天的游客量,是件很困难的事。

之后。修行、修行、修行……

1998 年 1 月,作为本市宗教界的代表,王书强被吸纳为威海市政协委员。

1998 年 8 月,王书强组织信众捐善款,抗洪救灾。

1999 年 4 月,市政府口头答复建庙,选址初定望岛。

【笔者按】 条件终于臻于成熟,机缘迫近。然而越接近成功的时候，事实上往往更有曲折的路要走。此前此后，王书强他们还要经历来自内部的分裂、来自外部的压力等艰难，才能走出关键性的下一步。

2000年8月28日，成立寺庙筹建会。

2001年8月28日，信众们为了建庙，纷纷捐款，捐达100万元。

2001年12月30日，威海成立佛教协会筹备委员处。

2002年1月，王书强被推选为山东省佛教协会理事。

2002年8月，烟台一居士捐来一尊香樟木千手观音佛雕像。

2003年4月17日，请来了觉照法师，前来协调居士的内部关系，促进将来建庙工程的顺利动工。

2003年5月20日，请来了甘肃的仁通法师作寺庙的教职人员。

2003年8月28日，山东省宗教部门对王书强他们此前所做的威海建庙申请，进行了批复，决定威海恢复建设寺院。

2004年1月底，仁通法师离去。

2004年4月，市委和市政府召开办公会议，宗教局参加了会议，正式确定威海建一座成规模的寺庙。

2004年6月，在市委书记办公会上，关于威海建一座规模性寺庙的意见，进一步得到了领导的大力支持和热情鼓励。

2005年9月，市有关领导、王书强等寺庙筹建人员，一道于里口山选择庙址。正是此时，王书强发现了八叉夼山岭上的“卧佛山”。

同月，王书强带领居士及信众，将“筹建会”由望岛迁到了里口山里的后里口。

2006年9月27日，里口山寺庙工程奠基。

2009年6月11日，大雄宝殿动工。

2009年10月，大雄宝殿上梁。天降大雪两小时。这时平时并不善于诗词的王书强突然口占一绝：今日吉时，瑞雪飘扬。佛光普照，宝殿上梁。施工现场，工人匆忙。齐心协力，隆灌栋梁。

……

四 “祖师一定会回到故乡”

我常想，如果传说不虚，南北时期达摩祖师来过里口山……然后明朝，佛又被董氏山园供奉于其中的“殿”“堂”之类的建筑中；同时大抵在清代，里口山的佛顶山上又出现过一座有名的佛庙——里口山堪称是佛祖的第二或者第三故乡啦！然而此后，由于种种历史原因，里口山和佛开始了一段为时不长不短的分离、失散，或者叫作分割。

而又终于，在此后的当代，在中国进入一个“追梦”的空前包容、空前开放、空前喧哗又空前宁静，多种信仰都得有自由的空间的年代：佛返里口。

由此我想到，佛界中的一段奇闻。

据新华社福州2015年3月22日电：“……福建省文物部门初步确认，匈牙利自然博物馆展出的‘肉身坐佛’（早在2015年2月25日，新华网称：《奇，千手佛像内端坐打坐和尚》。据英国《每日邮报》报道说这尊“佛像的历史可以追溯到11～12世纪，距今已有近千年，对其做完CT扫描及内镜检查后，科学家们发现这具木乃伊的内脏都被掏空。随后，该佛像被护送至匈牙利自然博物馆，展出至2015年5月。”）应是福建省大田县吴山乡阳春村1995年被盗的章公祖师像。”因此，福建省文物局提请上级主管部门，通过正规渠道，开展该文物的确认和追索工作。

而据悉，这尊“肉身坐佛”乃是一位荷兰私人收藏者，通过“合法途径”购买来的。此人在福州的消息传播后，突然于3月20日下午，从布达佩斯撤走。

“肉身坐佛”一时成了我国，特别是佛界的一块心病。人们都在担心着佛祖在海外的颠沛流离，都在盼望着佛祖的返回故里，而这返回的时日是否会成为现实，一度成了一个揪心的悬念。

此时，著名的考古和文化学者马未都先生站出来告知大家：“章公祖师，佛号普照，俗家姓名章七三，生前就是福建法化人。文字记载为北宋元祐年间坐化。”“章公祖师坐化后被塑金身，他生前念佛行善之地已度过了千年春秋，谁知一夜之间被黑手挟持漂洋过海，去了人生地不熟的荷兰，而且一去就是二十年……”而大家就是大家，出语非凡。马先生最后安慰大家：尽管追讨程序繁杂，困难重重，“但我认为章公祖师一定会回到生他养他爱他的故乡。佛法无边，达到彼岸。”①

关键是最后这一句，“佛法无边，达到彼岸”。是啊，既是佛祖，就有佛法，达到彼岸是一定的。

果然，话音刚落了一个多月，2015年5月8日的“参政消息网”上就传来了消息，道：“荷兰收藏家同意把肉身佛像捐给中国家庙。”说佛像的临时所有者奥斯卡·范奥维利姆通过领英写道：他相信它（佛像）应该回到故乡，“融入真正的佛教环境中”，“受到热情和欣赏他的人”的崇拜。

这真是件令人感到痛快淋漓的事，这真像马未都先生所说的：“佛法无边，达到彼岸！”（当然，这仅仅是整个“祖师回家”的第一阶

① 见2015年3月27日《威海晚报》A02版：《声音》。

段。到2015年末，章公祖师跨国追索，其取证已基本完成；此时“祖师回归”，又走上了国际法律程序。困难一度出现。到书稿初成日，那种热烈，未闻进一步的回归消息。而即使如此，藏家最初的那种反应，已让人感到了佛在全世界的影响力。）

而同样让人感到痛快淋漓的是，里口山里的佛像，也终达到了“彼岸”，回到了故里——这是党的宗教政策的力量；也是佛家弟子和居士们虔诚之心的能量；还是佛法令人拜服的功力！

佛法无边，达到彼岸。用这种联系后果的总结性的两句话，来结束本节，尽管作者感到是准确无误的，但显然又流于简单化了。事实上这是里口山与佛融开了大约数百年之后的一段漫长的“回归之路”。这路上充满了渴望、等待、焦躁、忧虑、失望、复苏、重燃、追求、幻灭、再起、执着、希望；又充满了荆棘与鲜花、冷讽热嘲与热烈地喝彩、逆风千里与云开日出；又刻满了创业者王书强居士和他的同伴们以及来自各地的高僧大德的不懈追索、饱受煎熬、坚韧地坚持、筚路蓝缕积极地进取的深重的足迹。

记得当时，当我第一回见到新落成的“广福寺”时，心想：这不知会是怎样一个“大人物”的策划，才有这等宏伟的建筑；而一了解，却原来并非什么“大人物”；王书强，工人出身，原来也不过是一介居士，平凡得不能再平凡，普通得不能再普通，是地地道道的“小人物”。然而，他身上的质朴、善良，甚至有点木讷，也许正是这些品行里，恰恰暗藏着一脉不可言传的“佛性”，决定了他将会在这条路上走得很远、很远……

五 空谷幽兰广福寺

就这样,“风雨过后见彩虹”:到 2012 年 5 月 16 日广福寺开光。从开工之日算起,时过 3 年;从筹建会建立之日算起,时过 12 年!从心存此念算起,时已过了将近 20 年!当然时下(本章文稿完成之日)庙内还在继续施工四层的藏经楼,包括法堂、卧佛堂、万佛殿、藏经楼等;而整个寺院占地 56 亩,已成定局。广福寺成为全威海市佛教信众心中的中心地位也确定无疑。

此时,威海的佛教信众也已达三四万人。

远远望去,就在卧佛山那边,天然卧佛的胸部山岭之半坡上,一片飞檐红顶点染着碧绿苍翠的山林。偶有隐隐梵音飘散如烟;或见国画中一般的人物在台阶上悄然上下;还有一架塔吊在无声地转动吊臂——整个就是一幅《空谷幽兰图》啊!

而事实上当你真的走进去,也仍然没有喧哗、没有高声,唯有寂静如水的瞻仰、跪拜、祈祷和轻轻的诵经声。

一进山门的时候,门楣上横悬一匾,上书“广福寺”三个大字,字体敦厚而凝重,质朴而严整,出自中国佛教协会前会长传印之手。“广福寺”三个字又极富寓意:广,是广种福田、广修供养、广结善缘、广利群蒙。“福”,是修佛的最高成果之一(修佛就是福、慧双修)。当人们将脚步迈向了台阶,心就收敛了、放平了,这时首先映入眼帘的是山门殿中相对而立的哼哈二将。二将高各 4.8 米,在他们威猛而严厉地震慑和监视之下,在兵器的扫描之下,我们赶紧把内心最后的一点杂念收拾干净,跨入庙内。

庙内首先是左右两厢的钟楼和鼓楼,左边是鼓楼,右面是钟楼。内中各设巨鼓和洪钟,晨钟和暮鼓之声正是从这里发出的。“钟楼”

和“鼓楼”四个字，是寺庙管委会副主任、威海佛教协会副会长王书强居士所书，大致属隶书，呈现了他本人柔中夹刚、刚柔并济的心迹。

再往上是“天王殿”。殿内供奉有弥勒佛、韦陀佛和四大天王。弥勒佛高3米、韦陀佛高3.8米、四大天王各高4.8米。“天王殿”三个字为山东省佛教协会前会长明哲大和尚手迹。此后的东面是客堂，接待访客的地方。内中并供净土宗十三祖师的尊像。“客堂”二字出自威海市前宗教局局长杨子林先生之手。杨先生学识丰厚，二字大类于隶，却是极为罕见的隶——乃泰山摩崖石刻上的《金刚经》中的那种字体。西面是伽蓝殿，内奉关公塑像，高3.2米；周仓和关平塑像各2.3米。门额“伽蓝殿”三个字出自山东省佛教协会秘书长董镇华之手。

第三层，迎面两个佛龛，东面龛中供的是药师佛，约两米多高；西面龛中供的是阿弥陀佛，亦两米多高。两旁，西面是地藏殿，内奉地藏菩萨塑像高3米，两旁配闵公和道明父子，均2.3米。门额“地藏殿”三字，出自山东省佛教协会前会长觉照大和尚之手。东面是观音殿，内奉千手观音(中)高3米、送子观音(右)高3米、如意观音(左)高3米。门额上的“观音殿”三个字，出自威海佛教协会前会长、本寺主持智宝大和尚之手。

再往上就是大雄宝殿了。其中是一佛二弟子的格局，佛是释迦牟尼佛，高8.6米；二弟子，右是迦舍罗汉，高5.2米；左是阿难罗汉，高5.2米。大殿门额上矫健雄壮的四个大字，系采集了全国政协前副主席、中国佛教协会前会长赵朴初之墨宝。

站在大雄宝殿前面，四下展望，山脚下就是王家疃村中的那条穿村而过的河流，河与路并行，从东到西远得不见尽头，可谓“阔远”；每逢雨雾天气，眼前群山众岭一片迷蒙，可谓“迷远”；山峦起伏，景色优雅而缥缈，可谓“幽远”。加上前面所说的“三远”，在此“六远”之地①，耳畔时有隐约的木鱼轻叩、诵经的袅袅微音，又有居士经过的翩影、和尚合十的虔诚——我蓦然想起了8世纪时王维写过的一首诗：

广福寺大雄宝殿外景

不知香积寺，
数里入云峰。
古木无人径，
深山何处钟。
泉声咽危石，
日色冷青松。
薄暮空潭曲，
安禅制毒龙。

此时，我的心里出现了一种前所未有的大宁静。

---

① 在郭熙之提出“三远”（见本书第58页注）之后，北宋韩拙又在《山水纯全集》中增添了三远：“近岸广水，旷阔遥山者，谓之‘阔远’；烟雾溟漠，野水隔而仿佛不见者，谓之‘迷远’；景色至绝，而微茫缥缈者，谓之‘幽远’”后人合称为“六远”。

第四章

青春金线编制的日子

所有的日子，所有的日子都来吧，

让我们编织你们，用青春的金线，

……

有一天，擦亮了枪，擦完了机器，擦完了汗，

我想念你们，招呼你们，

并且怀着骄傲，注视你们！

——摘自王蒙《青春万岁》序诗

一　沿着"共青团团歌"上溯

这是一种无比珍贵的闪着光芒的金色记忆。

2003年所确定的由胡宏伟作词，雷雨声作曲的《中国共产主义青年团团歌》，让人们哗然开启了那两扇思念的大门。团歌唱道：

我们是五月的花海，
用青春拥抱时代；
我们是初升的太阳，
用生命点燃未来。
“五四”的火炬，
唤起了民族的觉醒。
壮丽的事业，
激励着我们继往开来。
光荣啊，中国共青团，
光荣啊，中国共青团，
母亲用共产主义为我们命名，
我们开创新的世界。

沿着这简洁的歌词，上溯到20世纪的70年代、60年代、50年代、40年代，我们也曾经是“初升的太阳”，“用生命点燃”过那时候的未来。那时候我们正年轻：轻捷的腰身。矫健的脚步。宽厚的肩膀。多沉重的担子都不会发软。宽阔而平整如砥的额头。上面覆盖着浓密黝黑或长或短的青丝。头发上时常冒着白色的热气，发梢上时常有热汗欲滴未滴的样子。朝气蓬勃。不太善言辞。在人们的一派赞誉中，不过挠挠头，莞尔一笑，又忙别的事情去了。

那一年的那一天，是合作化的某月某日。新生农业合作社的第二生产队，正在一块山根地里刨花生。这时乡长——一个腿带伤残的退伍老兵——急匆匆地来寻一个被人称作“通信员”的快腿青年刘戴宗。刘戴宗是个绰号，说他的腿快，就跟梁山泊里会“迭道法”的戴宗一般。刘戴宗和乡长同村，是个共青团员，而且是团组织里的一名骨干。他因为腿快，飞步神行，又姓刘而被戏称为“刘戴宗”。随着农业生产合作社的不断发展，乡里的事情越来越多，刘戴宗就经常主动地给乡长当上了“通信员”。头一回是乡长要去某村送一份区委下发的材料，乡长跛着脚，一扭一扭地蹬着辆破旧自行车，又三步两掉链子；那日二队在路旁田地里劳动，当时正在地头的道口上休息，刘戴宗和几个青年在打扑克。见到乡长过来，这戴宗就放下了手中的扑克牌，拦住乡长说：“来来，你下来，接着我的牌在这儿打，你把材料交给我，你说送哪村，我给你送去！”

乡长拗他不过，只好把那份并不保密的材料交给了刘戴宗。刘戴宗把公文袋朝身上一背，甩开大步就迈了出去。乡长连忙喊：“小叔（乡长按辈分叫刘戴宗是“叔叔”），小叔，骑上我的车！”刘戴宗回头说了声，“省着你的宝贝车，多骑两天吧！”一边说着一边兀自去了。

田头休息还没结束，扑克还没打完，就见刘戴宗从西边甩着大步往回赶呢！

此后，这种事就渐渐多了起来。乡长有些不好意思了，说：“小叔呀，你这么跑，我又不能给你记工分，可太亏你啦！”

刘戴宗说：“我不过是利用清早，生产队还没出工之前；或是中午，或是生产队正在休息的时间，替你跑个腿儿，这不正是共青团员理应干的吗？您说呢，乡长？”乡长只能喏喏，但跑信儿的时候却每每尽量避开着小叔刘戴宗。

这回乡长却跑到田间地头来找刘戴宗，不待乡长开口，刘戴宗就准知道，事儿一定是很紧急的。当时已经是下午了，区上直到中午才把通知发了下来，要求各乡抓紧送达各村生产大队的负责人，要他们明天集中到区上开会。那时电话线还没有拉到乡下，要一个一个村地发通知书，这就要求一个跑信儿的速度了。而刘乡长又恰恰有着腿疾，乡长就和刘戴宗商量，决定自己也骑着自行车来跑，也让刘戴宗帮着跑。刘戴宗跟队长请了个假，真像戴宗那样，十步并做两步地蹿了出去。那时他一如既往地在肩上扛了一把铁锨，这是当时大部分庄稼人的一个习惯，就像文化人的衣袋里随时插着一支钢笔一样地以备不时之需。

我这里是在如实地讲述一个景区内早年的真实故事。也许不能算是吸引眼球，也不够惊心动魄，若不是忆起那一段闪光的岁月，很可能人们压根儿就不会将这种事叙述出来。但是，如今回忆起来，这股热情，这种品质，是多么令人怀念啊！刘戴宗现在还活得很健康，70多岁，大概善走的人到得晚年身体都好。他到现在，脚步一端甩开来，肩膀一端晃起来，一般人想超在他前头，仍然是很难的。他说，那时候积极呀，事事都跑在前头，互助组、合作化、人民公社，不管是顺风顺浪，还是顶风破浪，我们总是听从党的指挥，站在青年的最前列。

所有的经历，如在昨天。哪一件工作也不是“事如春梦了无痕”，恰恰相反，这中间的任何一个细节，只要一提起，全部的事情都会倥偬倏亮地闪耀在眼前。

那一次，送区上的信回来，老人说他跑了10个村，全乡总共18个村，乡长蹬着车跑了8个，他徒步跑了10个，而且都是距离较远，甚至是需要过河的村子。一直跑到了将近半夜。赶回村的时候，走到村头的河边，踏上了河面上的那条独木桥。这是清朝时外村财主，嫁女到本村，为了闺女的探家方便，在河上架起了这座桥。至今已过百年矣！已进了深秋，幽蓝的夜空中悬挂着一轮下弦月，像一张被磨得只剩了窄窄的一绺儿的雪亮的镰刀头一般。月光下的河流显得尤其清浅，流光溢彩，奔走无声。

刘戴宗在河面上走了没几步，抬头向前一看，猛见桥当间，两条桥板接茬处，向下陷了一处宽宽的缝隙，有一条桥板已经快耷拉到水面了。他走过去仔细地查看。他脱下了鞋，挽起了裤脚，跳下河，从下面将桥板擎到桥墩的边角，再到岸上去寻来石头，重整了桥墩，搭好了桥板，又到岸上铲来了泥土，将桥缝铺平……赶回家时已经下夜两点多了。

第二天，秋播的、秋收的，放牛的、放羊的，村里人又纷纷踏桥而过。谁也没有发现这座桥曾在夜里发生过什么……

而党组织和广大青年之间，也正是靠着共青团这条特殊的桥梁和纽带，而紧密地联系在一起的。

二　早期的共青团员

区内较早开始发展中国共产主义青年团的年份，大概是一九四几年，威海解放之前。像党组织一样，那时的共青团组织也是一个地下的秘密组织，寒夜冰冷中的地浆的溢出。

我曾听城里人讲过王海的故事：威海城里人，中国人民解放军前空军司令员王海，一九四几年的时候，曾是育华中学的一名地下共青团员。那时的育华中学，共产党在那里发展革命势力，培育共产主义思想；国民党也在那里大肆地争夺青年学生。学校里就有了两种相对立的组织：一方面是“共青团”，就是共产党领导的中国共产主义青年团；另一方面则是国民党操纵的“三青团”。王海当然是共青团的团员，思想革命、活泼好动，又是体育运动场上的跑步第一名。（他善于跑步，王海的许多同学都知道。而正是这一特长，在关键时刻帮助他逃脱了敌人的毒手。）也许是因为他太出眼了，也许是因为对立面太警觉了，结果被“三青团”的团员报告到了国民党特务组织。就有国民党的特务前来捉拿。那是个中午，王海正在家里睡午觉，三四个特务闯进来不由分说地逮捕了他，押着就往南大桥那边走。特务们打算到南山根那片树林里，把王海枪毙掉。共青团员被绑着往前走。

他没有低头，他抬头四下张望。他在观察和寻找时机。走到一个拐弯处，他突然发动，三步两步就蹿出去 10 来米远，接着就飞跑起来。几个特务被这突如其来的变故弄呆了，一时竟忘记了开枪。而赶他们开起了枪的时候，所击中的只能是奔跑的共青团员所扬起的尘土了。

眨眼的工夫，共青团员钻进了树林，在树木的掩护下，他解开了身上的缧绁，一口气跑到了戚家庄解放区，他在那里参了军，后来又去东北，报考了初建的空军，驾着飞机抗美援朝，一举打下了九架敌机，成了闻名世界的空军战斗英雄。

王海司令员应该算是我党在学校里发展的早期共青团员之一。

共青团的发展历程大体上与共产党的发展历程是相伴相随的。共青团员对自己的要求也应该跟共产党员是一样的，要在广大青年群众中起先锋模范带头作用，要在广大青年中做出表率与榜样，并在社会实践中起表率作用。我在写下这一句话的时候，清晰地感觉到了笔尖上的凝重。别看这貌似是一句平常的套话，可是要做起来，那得要多么热烈的激情、深笃的忠诚、不怕牺牲的勇气和严格的锤炼啊！

而，又正是她那无比崇高的目标以及这些严格的条件，才深深地吸引着广大青年，使他们热望之、向往之、心仪之而步趋之。

闫家庄村最早的共青团员叫丛亭滋，是位 1948 年在战场上牺牲的烈士。1947 年之前，那时村里只有一名地下共产党员，支部设在北面数个村庄之外的河北村。开支部会，总是在黑漆漆的夜晚，需要走山路，越沟爬坡地到河北村村头、村岔路口朝东一拐的墙角处，有时候又是在村外那座荒坟的树下，三两支烟斗，红光明灭，那就是支部会会场了。有一次，晚上，天空还下着雨。闫家庄这位唯一的党员赶赴会场时，连一只鞋子也不知滑落到了哪里。罢罢罢，这只也脱了，以防也掉了没地方找。支部书记见状；也更是觉得闫家庄扩大党组织的时机到了，便说："老丛啊，我根据你们村的群众基础，批准你，在你们村发展党员，发展 3 个，你那里就是一个支部，以后的支部会你领着在闫家庄开会就行了。"

后来，1945 年，闫家庄发展了三名共产党员：丛德滋、丛兰滋、刘玉秀（女）。

刘玉秀有个年轻的儿子丛亭滋。刘玉秀介绍丛亭滋加入了共青团组织，丛亭滋成为闫家庄村的第一名共青团员。

这里囿于篇幅，事实上我们省略了很多重要的过程和细节：比如丛亭滋如何受到母亲行为的影响和母亲长期教育儿子的过程；比如母亲为儿子加入共青团所举行的仪式；比如入团宣誓的时候，母亲和儿子在一间逼仄的耳室里，那是怎样一种穿透黑暗的低沉而有力的声音……有人说，那时的入团应该不太正规，不会有一套誓词；我坚持一定是有的，而且大半就是母亲入党时的誓词，只不过把"党"字改成了"团"字。

这是多么动人的一幕！这一对具有巨大象征意义的母子，毋宁说是把党组织与团组织的关系，活生生地演绎到了一个家庭之中、一对真实的母子之间。这一对母子，值得我们向他们，致以新世纪的崇高的敬礼！

转过年，1948 年，丛亭滋即参军上了前线。不久，便成了烈士。

第一名共青团员，就这么瞬间为国，也为他自己的梦想，而捐躯了。

一九五几年以后，共青团才有了团徽和团员证，那么丛亭滋便是闫家庄的一位没有团徽和团员证的共青团员。但是，他短暂的跟党走的一生，就是他的团徽，就是他的团员证……

共青团组织永远记得他。

我走访过羊亭港头村，1947 年的老共青团员。之前，他们先是代表全村支援全中国的解放战争，到鲁南地区去出民夫，抬担架。临行时，村里就跟欢送子弟兵一样地为他们送行。让他们几个人骑骡子、戴大红花。放鞭炮。敲锣打鼓。在这之前事实上村党支部书记就已经跟他们秘密谈过话，让他们在执行任务的时候，好好表现，像前方战士那样勇敢，像胶东汉子那样吃苦耐劳，像亲人那样对待担架上的伤病员——到时候，村党支部等你们回来时，要在村里建立中国共产主义青年团组织；希望你们能经得起党组织和广大青年的考验！

他们就这样胸怀一个美好的梦想而进入了担架队。

民工们冒着生命危险，战斗打响不久，便冲到了火线上，去抢抬伤员彩号，以减轻部队的压力。

民工们日夜不停地长途奔走，为着早早把病号送到后方医院，以减轻他们的痛苦。他们小心再小心。重彩号由于伤痛的折磨，脾气变得乖戾而暴躁。连医生来换药，用一根木棍，蘸着药送到伤口上搌，触到了伤痛处，他们都要大声地斥骂；对抬担架的民工，就更不客气了。抬担架的开始时，只能在心里暗暗叫苦。

港头出民夫的青年，恰恰摊上了一个胯部被炮弹炸出了一个血窟窿的重彩号。他们小心翼翼地抬着走，稍一颠簸，担架上就叫个不停。休息完了后，有个别原本担的是重彩号的民夫，抢了别人的担架，抢了就跑；而把重彩号留在那儿让别人来担。港头的民夫，绝不抛弃他们原来抬得那个担架，即使有自觉的民夫主动过来换抬，他们也决不肯把重彩号让出去。他们一路上跟那位战士交上了朋友。那位身受重伤的战士，还非要港头的民夫来抬，别的地方的民夫，他还不让！长途漫漫。大路过后又是坑坑洼洼的山路，深秋，白露为霜，山路上白花花的一片。早晨担架往上一抬，脚下就发出嘎吱嘎吱的响声。担架上的彩号又烦了，“脚底下轻着点儿吧，别这么胡踏乱踢，这是存心折腾人还是怎么的？”港头的抬夫想起党支部书记的话，“要像亲人那样对待担架上的伤员！”他们沉住了气，不火不瞀，继续小心地往前抬。抬着抬着，后面的那个抬夫便说：

“同志，路上是一层霜，不干脆地踏上去，就怕犹犹豫豫摔倒了呢！我们尽量轻一点抬，你也咬住牙坚持一点儿，再过两日到了目的地，赶那时就好了！”

“……”

“同志，同志……”他们想再和彩号聊几句，担架上已发出了轻微的鼾声。

这令人愉快的鼾声，是港头村的民夫，用汗水、用爱心所换来的呀！

又有别村的抬夫前来和他们交换着抬轻重不一的彩号。他们说，“算了吧，这个彩号很特殊，我们刚摸出了一点抬他的规律；这一换，我们又得各自重新摸索各自彩号的特点……”担架上的彩号也说，“我跟这两个兄弟有缘分，他们抬着我，我在担架上，这伤口就快长得差不多了。”

还真不是说，在他们的担行、细心照料和宽慰、开导下，那名重彩号赶到了部队医院，竟然立马就能拄着拐下地迈步了。

回村后，他们这批（四五个）出夫的青年，都光荣地加入了共青团。

三 “扫盲”战线上的故事

新中国成立以后，有一件事情，正如王蒙先生所说的：

“这是最严肃、最激动、最幸福的事情，是解放后数亿中国人民每天都要认真做的一件大事，是旧中国和外国从来没有的一件规模最大的盛举，这盛举的名称就叫作‘学习’。”①

这学习，首先是从识字开始的。中国农民，世世代代有多少目不识丁的文盲啊！共产党的魄力大，扫盲！挡住了我们双眼的几千年的“盲”，这一回要一扫而光，一扫而清，一扫而亮！扫它个云开日出，扫它个重见天日！扫它个：先进思想、革命道理，在茫茫原野中、在绿色庄稼的上空，在久已麻木的头脑里——畅通无阻、雷厉风行！

扫盲，在农村中大概有好几次，而1956年景区内的那一次，教师主要是由共青团担任的。共青团在扫盲运动中做出了重要贡献。

在嵩山街道办事处那一带，我曾经试图就20世纪50年代共青团扫盲一事，做个统计表。它包括：各个村庄的教育者和学习者情况的两大栏目。而教育者这一大栏，其中的许多科目就已经难以统计了，比如教育形式、教育时间、教育场所、教育方法等等；学习者这一大栏，其内容就更不易填写，包括：他从接触某一汉字之始，是到什么时候实实在在掌握了？又用什么方法记忆？又是怎样逐步具有了简单的写作能力？不但多样，有时候竟是传奇的、顿悟的、令人不可思议的……

万事开头难。一个共青团员，当党支部在群众大会上宣布他，“明日起，就是咱村的扫盲教员”之后，他往往不会轻松自如地投入工作。通常他会受到来自各方面的考验。在乡村，这往往是识字人都要通过的一种“考核”。连上级派下来的小学教员尚且不能幸免，何况是就生活在他们中间的一个后生娃？考核他们的有时是肚子里装

① 见王蒙：《这边风景·下卷》第471页，花城出版社，2013年4月版。

了点古怪东西的人，有时候干脆就是个普通的农村青年。在田垄间、在阡陌中，他会冷不丁地问那共青团员一句："喂，盲老师，我刚刚在东山上把脚崴了，今晚上咱得请个假。哎对，顺便请教一下，'脚'我会写，你教教我那个'wǎi'字怎么写。"声音尖溜溜地伸过来，像一根怪模怪样的藤蔓。

"脚"，他会写；他就让你写这个"崴"字。

而，提问者，对于他们所提问的问题，总是无比精通。

赶晚上，那个问"崴"字的人拄着根棍子，一瘸一拐地赶来了。教室设在村南河边上的一个空屋子里，里面摆满了个人在自己家里搬来的样式不一的桌子。没有桌子的就坐在小马扎上以膝盖权当课桌。人那个多呀，黑压压的一片，老的少的男的女的，连多年不出门的病人都来了。已经上课了，教室里仍然吵吵嚷嚷。一个尖溜溜的声音凌空炸响："报告盲老师，今个多亏你帮我学了一个字；我在家里躺着没意思，就奓着胆子拄拐过来了！哎对了，顺便问一下，奓着胆子的'奓'字怎么写？"教室里霎时像一台轰鸣的音响突然被人按下了停止键，变得鸦雀无声。一种深处包含着各种眼神的静默，一种将会有不同的结果，而且每一种都会令人震惊即将出现在眼前的那种静默。年轻的共青团员，你有这个准备吗？不一定是业务上的准备，重要的是思想上的，你准备好了吗？

采访到此时，我忍不住问了一下受访者，"这个'zhà'字，确实很冷僻——你会写吗？"

"会！"受访者在空中挥舞出了一个"大"字，然后在"大"下面划出了一个"多"字。

"你大概就是那个扫盲的共青团员吧！"

受访者微微一笑。

那年冬，羊亭乡评选了一回“扫盲红旗手”，两位夺冠者，当然都是共青团员。一位是进度快，一个月教会了汉语拼音，两个月教会了四百个汉字。是经过测试的，而不是吹牛皮的。他特别是教拼音很有一套，他把汉语拼音编成了歌诀，让庄稼人赶着歌儿就拼出来了。比如“D、i 拼成‘地’，D、ing 拼成‘丁’”之类，使大家在学了拼音的同时，顺便掌握了汉字；而且有了拼音的基础就更容易学习识字了。

另一位，是从老威海一中①走出来的高才生，文学功底深厚，博古通今，当时在外地教中学，放寒假回来，做了一名扫盲班的临时教师。这人的教学似乎属于某种“联想派教学”（如果有这么一派的话），差不多总是在东扯西拉中，牢牢抓住了课堂注意力。他的课堂从来不用维持纪律，保证连一根针落在地上也能听得见。他讲到什么字，就拉开了有关的“呱儿”，有两个他当年讲过的经典段子，到今天还能被村人生动地讲述出来。

他曾讲过一个“商”字。他先拆开来分析（所以当时的被扫盲者，都说他会“拆字”。），“立”下一个常年不关的“门框”，里面就能养活八口人！以此来记忆此字，岂不能轻松有趣？接着讲了一个“老来红”的故事：某人开了一家百货商店，见别人总叫什么“百货商店”，嗨，我来一个“万货商店”。“万货商店”开张后，顾客盈门，货物也确实不少。那一日从外地来了位“客爷”，招呼伙计说：“我要一件‘四时’，今晚请你们送到某某客栈去！”客爷走后，伙计急忙告之于掌柜的，掌柜的也愁住了，“四时”，“四时”是件什么东西？他心想，“也没法去问那

① 老威海一中：今威海一中的前身。威海一中，原为英租时期，英国教会在威海创办的一所“安理甘堂”学校；1930 年，收回威海卫后，改为“育华”私立初中。解放战争时，又将此建成了威海卫第二中学、威海卫市立第一中学。此后又多次更名；到 1954 年定名为“威海市第一中学”。文中的“老威海一中”，指四五十年代的威海一中。

客爷呀，哦，你开的‘万货店’，却不知道‘四时’是什么东西，这东西你们店里肯定是没有了！”忽然想起柜上有位账房先生，知多见广，不知他是否知道？便去诉说原委。账房先生说，好说，今晚上我去一趟客栈。问，带什么货物去？什么也不用带。

客栈中，客爷与账房先生对坐。“‘四时’带来了？”“客爷听我说：甘罗，少年得志，战场立功，可谓‘早时’；梁灏，老来中第，拔得头筹，可谓‘晚时’；客爷，年在少壮，发财万贯，可谓‘当时’；小可，终生笔墨，两袖清风，可谓‘背时’——此四时正好备足！”这一应对，解了“万货商店”的围，把掌柜的高兴地着实奖励了账房先生一把。所以人送这老先生一个外号，叫作“老来红”。

还有“二桃杀三士”的历史典故，是在教“桃”字的时候捎带出来的。

就是这样的故事，让乡人传讲到如今。而事实上，这是在教农民识字的过程中，注入了知识的元素、娱乐的元素和启迪的元素。这是普遍为人们喜闻乐见的，而就趁着喜闻乐见的时刻，把认字写字的功课教授下去，就像趁着一场春雨过后，到南山种谷那样地合情合理。如今我们回顾这位共青团员的扫盲，它使一场党的文化运动，成为一种乡间的美好；它给乡村农民带来一种知识和见闻的愉悦、满足。

四 “上山下乡”的共青团员

在北葛拉向西北的那一条“川”①里，最里面是宅库村。宅库村自然地理环境比较特殊：东低西高。东面居民区那里地势较洼，所以先前被叫作“东宅窟”“西宅窟”；而愈往西愈高，及到了西山果园那

① 川：本地方言，即山岭间较平坦而低的地带。

里，海拔从50米升高到100米。那里，高耸的山峰在眼前突兀而起，好像天空下的一道屏障。而群山的后面就是里口山。在那里，“老北墙”（山名）“十八罗汉”（山名）“官帽”（山名）、鹰嘴石（山名）等，交叠而出，站在果园地带，可以远眺远处众多的村庄和田野，有种站在高原上的感觉。

这里的土地也别具一格：棕红色的。这颜色，在山坡上一片一片陡峭地裸露着，上面覆盖着苍绿的树木，红绿相映，对比成趣。这颜色，仿佛一种品格的符号：热烈、沉醉、爽朗、大度、坚定而有力。

山坡里有几排红房子，据说当年一批批这种性格的年轻的共青团员，就居住在这“知青村”里。

人走室空。红房子现在成了村里的仓库。共青团栽培的果树和管理过的果园，现在成了村委特地保留下来的一块集体经济的“自留地”，有十几个年长的果农，在守着那份先前由一群共青团员创下的产业。

宅库村西山上当年“知青”住过的集体宿舍以及由他们开辟出来的果园现貌远景

而当年创业者的名字，也仍然挂在经营者的口头上。“他们的领导姓王，叫‘王同洲’；王同洲与一个叫张小华的姑娘，他们二人，同一批在村里加入了中国共产党……”

那大概是20世纪70年代，威海比较偏后的一批知青上山下乡。还记得当时城里组织干部和群众“热烈欢送”的场面和气氛：敲锣打鼓。两辆军用卡车上，红旗招展。红旗下挤挤地站着下乡的知青。黄色的军用式背包。方正而显单薄的行李卷儿。没有徽章的军帽。

挥手。使劲儿地呼口号。卡车缓缓前行。夹道欢送。夹到南大桥以南，到陶瓷厂西大门旁的大道。到此，卡车踩了油门，向南驶去。在人们的印象中，下乡总是艰苦的，或者干脆说是“不幸”的，所以送行的队伍在沉寂中散开。能听到轻微的叹息声。

事后听说，车上的知青大概是二中的毕业生。又有人说，那带队的是威海驻军海军某某营级干部的儿子。

再后来，社会上有了传言和舆论，说那某某的儿子在乡下干得可响啦，被评为全市的模范共青团员。城里的社会被这最后的一批知青轰动了好一阵子。

再后来，进入了改革开放的前期，各地上山下乡的知情都返城了；据说，威海的那位下乡的先进共青团员执意要留在农村……

这一回到了宅库，就在知青生活和生活过的地方，我们谈论他们在村里时的那些事；我才知道了他们的一些活动轨迹。

当汽车从城里开到宅库西山“半山勒”①的时候，汽车“嘎”地停住了。原来这儿便是知青们的“新村”所在地了。

当时生产队为他们增建了一排瓦房。房子刚刚盖起来一个空壳，家里的墙壁还没有“漫”②好，火炕也还没有砌好。刚下车的知青们，放下了行李，呼啦一下就围了过来。他们一边动手干活，一边反客为主地请一起过来的村干部坐下来休息。这就是知青们进点以后的第一次亮相。你看这个王同洲，在别人当小时工时，他却在盘炕，一个白白净净的中学生，他怎么就会盘炕，他怎么就懂得什么风道、风口之类的技术？哪怕一个瓦匠、一个行家里手，有时候也不见得能

---

① 半山勒：方言，即半山腰的意思。

② 漫：方言。这里是指用黄泥和石灰抹墙。

宅库村西山上当年"知青"住过的集体宿舍现貌近景

盘出一铺好烧的炕;那么王同洲是什么时候学的?跟谁学的?这到如今也是一个不解之谜。而且这种"谜"一样的怪事,在王同洲那里多了去了——他不但能干,而且会干,会得赛过一个技术员,会得连内行也要向他请教!

在西山顶上,当年和知青们一起劳动过的宅库人,指着南面"灯后"(山名)下面的一层层梯田说:"那儿过去都是荒山野坡,都是知青他们,劈山开荒造出来的。"我说,"那么,他们会打钻、放炮吗?"他们说:"会得很呢!抡得那锤,装得那药、放得那炮,既安全又有效率……"我见他们越说越多,就拦住了说:"我明白了!"他们一齐用狐疑的眼神瞧着我:"你说他们怎么就什么都会呢?"我说:"那不就是毛主席的'不打无准备之仗'的战略思想吗?他们,在下乡之前,显然是通过了一段特殊的农村技能训练的!"

于是又谈到他们学毛著、写笔记,尤其是他们怎样把一本《钢铁是怎样炼成的》的小说,互相传阅,直到把书本读得缺边掉角,残缺不全。这时,我的眼前赫然站起了一个瘦削、刚毅、让人热血沸腾的共青团员的光辉形象:保尔·柯察金。

在王同洲这些知青的脑海里,始终装着的,正是这样的一个指路明灯的形象。

费孝通先生通过他的田野调查,曾以"熟人社会"这个概念来概括乡土社会的基本特征。在这个概念下,他还提出了一个叫作"差序格局”的农村社会网络。① 而同样在田野调查上下过功夫的梁漱溟先生又提出过“伦理本位”的乡村结构特征②——中国古老:传统的乡村,太封闭太保守太宗族太复杂了。令研究学者都探索不尽,莫衷一是;何况一个或一批对农村社会完全陌生的“知青”呢?他们突然间远离了自己的习惯环境,进入了一个“熟人社会”却一个“熟人”也没有;在早已形成的“差序格局”中,连一圈儿“涟晕”也没有荡得起来;在“伦理本位”中又找不到自己的任何伦理体系——如果要真的深入乡村最复杂烦琐的“差序格局”中去了;如果真的进入“伦理本位”中了,毫无疑问,结果是终将被淹没、被淘汰出局、被“差”出去老远老远。

我认为,知青毕竟是一个相对独立的团体,这个团体也需要自身的团结和锻造,这个团体,恐怕最终也没有彻底地溶解在乡村不同差序的生活经纬中。他们只管奉献,只管做,只管开山劈石、栽种果树和帮助劳动能力较弱的人;而绝不肯陷入乡土无处不在的“利益纠纷”之中。这使他们始终能够保持他们最初的纯洁和清净。他们始终能够很有礼貌地很谦虚地面对广大乡亲……这是一个课题。在回顾知青生活的时候,需要对此作深入地理论研究和学术探索……

① “差序格局”:费孝通先生用来描述农村人际关系的结构格局,说它如同水面上泛开的涟晕一般,由自己为核心,向外延伸,一圈一圈,以距自己的近远而亲疏。

② 梁漱溟的这一观点,认为从社会结构上讲,英美为个人本位之社会;苏联为社会本位之社会;当时的中国恰恰都不是……乃是伦理本位。缺乏集团生活之中国人,则一方面不知有团体,一方面不知有个人。

五　战天斗地　改造山河

景区内早年的共青团员，现在都在六七十岁到七八十岁之间。他们当年的许多活动，除了文艺宣传、文化教育以外，主要就是战天斗地，改造山河，以及村庄建设、支援边疆等等。这里重点回忆一下他们在战天斗地、改造山河方面所曾走过的光辉历程。

那时，他们所奉献的义务劳动，主要项目有：修水渠、打水库、筑河堤、搞建筑、打井、防洪灾、植树、挖鱼鳞坑、修梯田、整大寨田、抢种、看场、修道，以及参加公社组织的统一的各种野外劳作……

所利用的时间，主要有：清早，一般农民还在睡梦中的时候；中午，人们午休睡觉的时候；夜晚，特别是月亮地上，正好星星作伴月当灯。这是一天当中。而一年当中往往是生产队放假赶集的日子、过年过节，大年初一初二的日子。雨天，山上的社员往家里跑；而共青团员们都是逆向奔跑，而若是在山上，他们就顺便守在山上——看守水库大坝，防止山洪将水库、方塘等冲垮。

每逢这时，如果在村里，他们没有雨衣，也撑不住雨伞，就头顶着块面板、木板之类，往水库那边奔去。他们手里握着一把铁锨，在堤边守着，一端有危险，就毫不犹豫地跳下水去……

尽管业余的这几个时间是有数的，然而有时候，有的任务竟神不知鬼不觉地被人完成了。他是谁？又是什么时候来干的？至今还是不得而知。那时候提倡做“无名英雄”，做了好事，还不留下姓名，这才是共青团员所追求的啊！

后里口王家疃的老团员，到西山推柴禾，是吃早饭的时间去山上推的。他们边推车边吃饭，干粮就挂在车杆上。

戚家夼的老团员，劈石头、扛石头、修水渠。水渠从村西水库直通到“五大块”(地名)那里，不到两里地，生生被10来个共青团员在一个月的空闲时间内完成。

五家疃村南小河，从西河到下河有一里多远，共青团员专门利用晚饭后的时间来打眼、放炮、劈石，然后搬来砌河帮，砌了一条1.5米高的河帮。

……

田村的、张村的、羊亭的……差不多的经历，差不多的干劲，而各自的事迹又各有不同。除了义务劳动，在日常的生产劳动中，他们都绝对是一些响当当的劳动模范：要是按工作日记工分，他们就从早到晚，每一“气”①歇息时，总是最晚坐下来休息，每一“气”开始时，他们又总是最早站起来，捡起工具，走进田间；如果按劳动定额记工分，他们又总是找机会帮助那些体弱多病的人；到了记工分、吵闹不休的夜晚，最安静的仍然是他们；装车的时候，如果装的是粉尘类的东西，他们必定站在风头上；如果是锄地，他又必定专找地头地边，草多土硬的地方下锄；割麦，总要比人多跨一垅，又总是先行割到地那头；推车，又总是捎一大捆青芦草，甩进生产队的牲口棚里；要是赶大车，他们在上坡的时候宁肯帮着牲口扛车尾，也不甩起鞭子抽打气喘吁吁的牲口；他们走路总是带着一阵风；他们走出家门总是带着一张锨；他们坐，如钟；站，如松……

范家埠，20世纪60年代末70年代初，有一个当时闻名遐迩的“铁姑娘队”，队里总共10几个农村姑娘，全都是共青团员。她们在村西的一条山沟中扎坝修水库，名字就叫“铁姑娘水库”。当时这条沟里总共有四个水库，从外向里，第三个水库就是。现在仍有迹可

① 气：早年集体生产劳动时的一种劳动时间单位，“一气”大约相当于两个钟头。

寻。水库的修造者，那时她们正年轻。她们从老远的地方启动黄泥。她们像小伙子一样地推小车、打夯、喊着即兴编出来的夯号。休息时就坐在一起，评论着刚才喊出的这些号子。有时候互相赞扬，有时候提出意见，有时候嬉笑不已。她们打一层夯，垫一层土，垫一层土再打一次夯。

范家埠当年的"铁姑娘队"所修建的水库现貌

1条长40米，高40米，上窄下宽的拦洪坝，半年内，在毫无男子外援的情况下，修筑告竣。

那年我在一家小报社里上班，曾经专程去范家埠采访过她们的队长。那天下着小雨，我以为这样的天气，她们肯定有空闲；然而却是有人跑到工地上，专程把铁姑娘队的队长找了来。我见到队长披着一身蓑衣从山路上往村边跑，额头上的水珠分不清是雨水还是汗水。我记得她仿佛长着一张略带方形的、略微发黑的脸，笑多而话少。我得问一句，她才肯说一句，绝没有我想象中的滔滔不绝

范家埠当年的"铁姑娘队"队员刘娟。入队时17岁，是队里最小的队员，现年(2016)62岁

和豪言壮语。那时，我似乎多少有点儿失望。

而现在，当我写下这一段文字的时候，我对她们了解的深度以及表达的宽度，仍然是失望的。那关于青春的回忆，那用金线编制的日子，美好和光荣，奋斗和幸福，也许本来就是用语言难以逼近的……

老共青团员们，那么，现在，就再一次以当年的姿态，重复地宣一次共青团的誓词吧，让曾经的青春的血液再次鼓动起来，也许这乃是一种对青春岁月最好的追忆：

> “我宣誓：我志愿加入中国共产主义青年团，坚决拥护中国共产党的领导，遵守团的章程，执行团的决议，履行团员义务，严守团的纪律，勤奋学习，积极工作，吃苦在前，享受在后，为共产主义事业而奋斗。”

第五章

大刀向鬼子的头上砍去

去年(2015 年),适逢抗战胜利暨二战胜利 70 周年。考察民俗的旅途中,公交车里、村口街巷、受访人的家里,行走坐立之间,处处都能听到人们对日寇罪行的血泪控诉。轻轻一触,不绝于耳,就像一道不曾愈合的伤口的疼痛,在引发之后又一次的一阵涌流……

处处也都能听到人们对当年的革命武装和抗日将士的热烈赞颂。他们叙述、描摹、评价,那种细致生动和深刻,无不令人惊叹。我突然意识到,这血色淋漓的记忆历时 70 周年,如今已化成了一种顽强的“纪念民俗”,而且激情澎湃地在许多民俗中占据了核心地位。

那依然是一座活火山,从昔日的火山口上,依然向天空、向大地,喷发着火红的岩浆……

一　挑在枪刺上的人头

70 多年前的日本鬼子,在中国的土地上所呈现出来的非人性的疯狂,比野兽还要野兽十倍,连德国法西斯也望尘莫及,已在人类的暴行史上攀到了登峰造极的地步。他们在区内,凶残地杀人形式,主要有切割人头、狂施酷刑等等——

羊亭镇里有一位现在已 90 多岁的老人,当年曾是位地下交通员。他说,那时跑地下交通,路过城里南大桥的“轧伙沟”时,他多次见到悬挂在树上的人头。老人说,就在“轧伙沟”那儿的一个叫“张壁胡石”的地方①,从“张壁胡石”到南面的南竹岛,这一里多远的地方,悬挂了 8 颗人头。据说,8 颗人头全是八路军的人头。从鲜血淋漓到褪去了血色,看得清怒目剑眉的五官……老人每当走到这里,头皮就立刻紧了,觉得自己每一根头发都竖了起来。此时他感到自个儿一身都化作了他身上暗藏着的信件,脚步迈得更加稳当和速疾……

像不同的刽子手也有他们各自不同的“偏好”一样,这伙侵威日军竟习惯于切割人头,然后以人头向反抗者示威!

1942 年秋,西城墙头有个日本鬼子的岗哨。今骆驼公园东南,过去有个偏斜的十字路口:南通南门,西通寨子,北通西门。这儿又有个三岔路口,路口西面斜道那儿有几棵刺槐树,老年人都知道这几棵古老的刺槐树,这先前是西门外一道有名的风景。

而就是这一片“景区”,日伪时期却是阴森可怖。

日本鬼子在这里抓了两个中国人,枪杀了还不行:从颈项处将两个人的头颅切割了下来,用铁丝从腮帮那儿穿过去,挂在两杆步枪枪刺根部的枪管处,“玩”得饶有兴致!然后,由两个鬼子撅在肩上②,蹦蹦跳跳,人头在枪刺根上晃来晃去地向城里东北方向下去了。

---

① 张壁胡石:威海市里,今新威路南端陶瓷交通岗之斜对面,贴近山根处,先前有个地名叫“轧伙沟”。在“轧伙沟”界内有一处叫“张壁胡石”的地方。

② 撅在肩上:方言。重量担在肩上时,前轻后重,因以手压在肩前的一种负荷方法,称“撅在肩上”。

他们撅着人头，从西门外走到三角花园；又撅到今威海卫大厦西，隔街对面附近，那时的日军宪兵队住处；又过北门、十字路口；西拐，经过早年的市立医院；然后回到西门外岗楼；再把人头挂到西门外三岔路口西的老刺槐树上。

第二天，再将人头从刺槐树上摘下来，用枪刺挑着，撅在肩上去三角花园，去宪兵队，去北门……

撅着人头的两个日本兵，一路上不停地朝着路上的行人龇牙咧嘴，表演一种古怪的笑。这是一种怎样的笑？当年的亲见者给我这么讲述时，我先是想到了蒲松龄在《聊斋志异·饿鬼》中，称马永见了钱财时的那种笑，叫“鸺鹠笑”；而我立刻就否定了它，不，比鸺鹠笑丑陋十倍、百倍，那是属于鬼魔的，来自于地狱的狰狞的笑！

在长峰北山村，日本鬼子抓了一个也不知是八路军战士还是国民党的游击队员，就在村里就地行刑。他们折磨完这位战士后，决定铡下战士的人头。他们总是这样，一有机会就尽量发挥他们的“专长”，而且自鸣得意。他们在村里找来了一台农家铡草用的铡刀。把战士的头按在铡刀口里。先在伪军中提出一人，命令其来执行铡刑。那伪军哆哆嗦嗦地找了几根玉米秆子把被俘战士的脖子围住，然后颤颤抖抖地铡，可是不行，颤抖得没法开铡。日本鬼子军曹一把将伪军推开，叫了一个日本鬼子过来。

这是一个矮锉锉粗墩墩，像个谷个子似的日本兵。

日本兵双手抓紧铡刀柄，纵身向上一跃，又狠狠地往下一压，顿时一股鲜血喷了小鬼子一脸一身。战士的头颅叽里咕噜地滚落于地。

然后，那谷个子似的小鬼子，带血的嘴角露出了那种只属于鬼魔的笑。

他们企图，用这种笑来恐吓我抗日军民。

他们企图，以不停地制造残暴来吓退威海人民伟大的抗日斗争。

在望岛，那里的孟家疃，一九四几年村里有个国民党某部游击队的，叫王□山，受访人起初说大概是“王正山”，但想想觉得不对，村里姓王的根本没有个“正”字辈，那么应该是王□山就不好确定了。抗日斗争初期，威海有许多国民党杂牌军的游击队，他们真刀真枪地跟日本鬼子干过，因此日本鬼子也一度视他们为眼中钉。这王□山不知怎么落入了鬼子之手。被鬼子兵押着回到了望岛村，让他在村里辨认另一个国民党某部游击队的刘新海。

那是个深秋，棱棱霸气，簌簌风威。村里的老老少少不知怎么得到了鬼子要把王□山押过来的消息，都站在街头瞅着这惊心的一幕：明晃晃的刺刀。军靴趵趵地敲打着街面。王□山浑身鞭痕，血染单衣，令人不忍目睹。王的十个指甲全都向外淌着血，那分明是刚刚被竹签扎过的……看着受过酷刑的游击队员在街头上走去，人们无不惘惘然，汲汲然，如见故人丧。

鬼子不停地号叫着，意思大概是在问“刘新海的有？”

王□山，不时地回一声“不知道！”皮鞭不断地抽打在他的身上。皮靴不时地踢在他的腿上。他咬紧了牙关，只蹦出那钉子一样的三个字。周围的人群中，有人发出颤颤的哭声。

走到南面街巷的一个地方，鬼子押着王□山一步一步地向前走去，走去……周围突然一人挣脱了人群，拔腿冲向一旁，箭一样地夺路而去。小鬼子立刻意识到那人应该正是他们要找的刘新海，转身追去，那人一眨眼钻进了村边通向仙姑顶的山林。枪声响起，鬼子终归无果而归。

这边，皮鞭像雨点一样落在王□山身上。鬼子们一边下着狠手，一边哇哇的怪叫，望岛街头像窜来了一群争食的怪兽。

后来王□山被押到了望岛南山外，鬼子在那里又对他施用了毒刑。王□山上下两排牙齿全都挫碎在口中，然后和着满嘴的鲜血，猛吐到鬼子的脸上。那地方，也是巧，恰恰就是望岛王家的祖茔茔地。王□山在自己祖宗的茔地里，被折磨了一个多钟头。然后，在这里，他以自己的头颅表现了一个王姓的，也是中华民族的合格子孙的强悍！

嵩山街道办的徐家疃村，也有一个国民党游击队员，其遭遇也与王□山大体相似。

西风残照，衰草离坡，满目荒凉……

他们都被残忍地割了头。

——但是，这恰好应了那句古话：志士不忘在沟壑，勇士不忘丧其元！

当魔鬼的屠刀走过他们的脖颈，热血冲天而去！就在那一刻，魔鬼的屠刀在血肉间行进的半路上竟意想不到地发出了一阵坚硬的金属前来应击的铁声铮铮……就是这样，所有的因抗击而牺牲者，以自己的肉身淬砺了民族精神的千古光泽。

二　恐怖所散发出的气味

在现在里口山景区环道的西南隅，由羊亭往公路以北轻轻一绕，里面便是那个不过百十来户人家的于家夼了。村碑就树在公路一侧，倒是挺上眼的。然而旧时没有这么堂皇的标志，日本鬼子还是极容易地就找到了这里，然后就轻车熟路地说来就来——能在超低空飞行的鬼子飞机说来就来；沉甸甸的鬼子炸弹说来就来；荷枪实弹的鬼子兵说来就来——他们仿佛是“走溜了脚”，或者从威海城里，专程扑过来；或者从羊亭一带他们“扫荡”的山上，这帮杀红了眼的衣冠禽兽、食人生番返回时，朝马路这边一扭，就军靴橐橐地把刺刀端进了宁静的村庄，对准了手无寸铁的无助的村民的胸口，对准了耄耋老叟和垂髫少年……

天纵有涯，愤恨何限！

这是凭什么？凭什么公然践踏国际法？凭什么这么放肆地反人类？凭什么至今不肯认罪，连一个道歉的形式都没有？

1938 年 3 月 7 日，日军在威海全城毫无抵抗的情况下，悍然占领了这座古老的卫城。国民党威海卫管理公署代专员兼保安大队司令郑维屏和海军教导队长安廷赓，未做任何抵抗，望风而率部逃进羊亭一带乡下。

在这里，他们才开始对日军做一些抵抗。

所以侵威日军，一开始老是往羊亭的方向撒野使威，在打击抗日武装的同时疯狂地对老百姓实施报复。尤其是对于家夼。

也许是由于于家夼出了个国民党的“大人物”丛大文：“丛大文(1904—1949)，威海羊亭镇于家夼人，第 10 期黄埔学员。幼年入私塾，后随长兄赴哈尔滨，考入哈尔滨第一中学，学习成绩优秀，每次会考均一二名。高中期间，曾代表东北学生赴南京请愿，并当选为全国学生委员会委员。中学毕业后就读于南京中央党务学校、北京大学经济系，获学士学位。1931 年考入南京中央军第十期，结业后被分配到国民党部队……”①

当然，丛大文在反共、追随戴笠方面，榜上有名，但是当他作为一名黄埔军校的学员，一个热血青年时，丛大文开始时肯定是积极抗日的，他“抗日战争中参加过保卫上海的‘八·一三淞沪抗战’。历任连长、参谋、参谋处长、山东保安纵队副司令、副师长、军参谋长及国民党鲁东行署副主任兼威海卫市长等职……”②

---

①② 皆引自《威海记忆》(威海市城市历史遗产保护工作委员会办公室主办)2012 年第 2 辑，宋文斌：《威海籍黄埔学员》。

后面的职务自然是抗战以后的事，而毫无疑问在抗战时他已经是个一定范围中的“人物”了。对于这么一个曾经跟日本人交过手的、国民党军中的上眼的人物，侵威日军尽管摸不到他，但是尽力在他的生养之地发泄，糟蹋他的故土山水，祸害他的父老乡亲，却是使日本鬼子感到得心应手和快感顿生的事！但是必须说明，这种丑恶的行径是古今历史上除了二战的发动者，哪怕品行最坏的军事家也鲜有一试的！

还有，于家夼那时投奔到郑部、什么部甚至自己组织人马打鬼子的，还真是大有人在：孙逢亭、丛树金等，都是国民党的游击队员。还有个国民党游击队的叫丛平珠的人，自个儿领着五六十号人，驻在田村后峰西，也属于国民党的杂牌军……

日军总是跑到他们的老家来找茬，束手就擒的总是待在村里的手无寸铁的老百姓。

一位今年 80 多岁的老者，把事情的始末、来龙去脉，叙述得清清楚楚又异常生动。我对采访现场中的一位村委，一再提醒道：你们千万要把这位老人的讲述，哪怕用录音带录下来也可以，可就是不能让这份记忆失传了。这是日寇残害村庄的铁证啊！老人沧桑的颤抖的嗓音，使来自六七十年前的控诉显得真切而又恐怖。

1938 年（事后，我从有关资料上得知，那一年正是日军下乡攻击郑、安两部的年份）日军的飞机钻进了村子。老百姓也不知道该怎么躲，就知道躲在家里别出门。那飞机转悠着转悠着就扔下了两颗炸弹。第一颗是颗燃烧弹，扔到了村西南角王五邦家的房顶上。顿时房子着了大火。屋内有两个孩子，都坐在过道里，好奇地仰面星空。大火“哗”就下来了，两个孩子活活烧死。一个叫“谷龙章”，一个叫“丛逢可”。同时被炸弹壳崩死的还有丛逢可的哥哥丛逢玉。这旋即就是三条人命。

这颗燃烧弹另外还炸死了一个女人，这女人不是别人，恰是谷龙章的妈妈。当时，他妈妈的怀里还抱着谷龙章的小弟。由于妈妈护得紧，小弟当场并没有死，但在丧母后的数日，终于死掉了。这是第五条生命。

第二颗飞进了河东帮的一个园子里。当时，有个叫“孙逢礼”的人在场，登时遇难。

这第一次造访，就是六条人命。

难怪有人多年后，仍然一听到飞机响就吓得拉稀，这实在是日寇犯下的滔天罪行啊！

飞机进村的次数，几乎数不过来，不啻是家常便饭。炸弹谁也不知道咋会灌到自己头上，人人都在过了今天不知明天的情绪中苦熬着。果然，同年轰炸机又一回贴着房檐过来了，飞机上的膏药旗都看得清。飞机上的机关炮一阵阵地向下扫射，又有一个村民遇难，叫谷专心。

一九三几年的时候，日寇来了一个班，十几个人，钢盔都挂在肩后，步枪上都上了刺刀。他们直接瞄着张学勤家的房子就点了火。这时的张学勤正在郑部里干游击队；当时在郑部的还有张学胜、丛树金等。火，迅速地将张学勤的房子吞噬殆尽；接着邻居张学思家的房子也受到了连坐，被毫不犹豫地烧掉了一半。

恐怖，到处都是浓郁的、沉重的、逼人的恐怖！一直到日寇投降，于家夼一直浸泡在它的气味中而不得解脱。

最为逼近，日寇那比最为粗野的人还要恶劣百倍的疯狂的气息，就在人们面前飘荡；死神开叉的信子舔到了每个人的肌肤的时刻，终于在1941年2月夏天来临了。无疑是被汉奸报了。而是谁，至今不知。进来了一个小队，30多个人。刺刀端着，挨家挨户往外赶人。全都被押到了东井那儿，在那里集合，开始查找一名游击队员。机枪就支在对面的庙台子上。

空气一下子僵住了。又一股化不开的恐怖气味游荡了过来。越来越浓。老人说，奇怪，那天人们都说东井那儿有股子从来没有闻到过的什么气味，有点发腥，热烘烘的，起初有如游丝，后来渐如大雾，弥天盖地……

这就是人造的、恐怖的气味。

沉默。待在死亡的隔壁，静候死神叫号的沉默。整个东井像一个巨大的空洞，把人的血脉、呼吸以及意识全都吸收进去，使人成了仅仅是一个个等着挨宰的一声不出的羔羊。

那股生腥的味道，像麻绳一般缠住了人的颈项。

“不说吗？好，血洗开始！”声音从一撮小方形胡须下面的那两片嘴唇间，无耻地蹿跳而出。

沉默。那股异味在颈上勒得更紧了，几乎令人窒息。

这时，人群中突然走出了一个叫丛中和的人。这人闯过关东，见过世面，敢于说话。他先让紧绷的面皮在嘴角那儿向上吊了吊，开口说道：“这里的，游击队的，没有的。游击队的，跑了跑了的有！”他顺手向南一指，然后退回到村民之中。

就这么一句话，像一把灵敏的钥匙，竟就一下子不可思议地把魔咒打开了。日寇好像突然开悟，一声口令，立马跑步撤走，急奔西南去了。时间经过了两三个钟头，而人们觉得像过了两三年一般。

而村民的队伍里恰恰就隐藏着一个叫孙逢亭的国民党游击队员。

类似的故事，日寇用刺刀和机枪对准了全村手无寸铁的老百姓，在羊亭的北观村、在张村、在嵛山的南葛拉……多得不胜枚举，几乎成了惯例。因为到处都有人在抗日，他们就到处对老百姓展开了虐杀。在南葛拉，日寇在村里搜捕两个郑部的游击队员，把全村青壮都抓来了，只一人侥幸逃在北山上的一丛桲萝墩里，日寇从身边过而未被发现；村里其余的青壮却被塞到一个屋子里，日寇点着了房子，又用机枪扫。除一人从坑洞里爬出，脊梁撸掉了一层皮，其余全被烧死或打死。再就是在山上的那人得活。这人活到 85 岁，一生啥教也不信，唯敬北山上的那一丛桲萝墩，嘱其后人，我死后即葬于此墩一旁……

事情过去了 70 多年，那股恐怖的气味仍然在很多老人的记忆中呼之欲出。那是一种不容忽视的对人类肉体上的犯罪和精神上的凶杀。在清算日寇罪行的时候，一切都在清算之列！

三　刘家疃岗楼覆灭记

里口山活龙嘴那儿，日伪时期有一座炮楼，就在李龙王庙南面，隔着一条河炮楼正建在“活龙”的“龙头”上。有看风水的说：“压在那上面，绝不是什么吉祥之兆：龙角上头挂砖瓦，不是栽了就是垮！”

后来有人扳着指头一算，那炮楼使劲坚持了三年，也就寿终正寝了。

回忆当初，老者说，修那个家伙的时候，我 13 岁。我一算，那就是 1942 年。他说，“楼子”①是一个大圆筒子，外径足有 6 米，墙皮很厚，足有 3 尺，基础很高，分 5 层。下两层各高七八尺，三层矮点，四五层各五六尺，而且窗口也很大。楼子总高度达 8 米多②。还有一

① 楼子：威海人称侵威日军在境内修造的据点岗楼，为“楼子”。“楼”读第四声，在词中拖长半拍。

② 关于刘家疃岗楼的修建身份、规范尺寸等，《威海记忆》2013 年第 11 期中有一篇相关文章；今作者依采访到的数据写来——与彼文多有不一致之处。作者在此仍从受访人所提供的资料。

转引自《威海卫抗日纪实》中的“在威海卫西城门上的日军岗哨”

个方形的院子，院里有一个大平房。有围墙，占地两亩多。可着一个“活龙山”的“龙嘴顶”（龙头部位），都被它占满了。老者说，楼子修不到一半时不知被什么人，用铁锹、撬木杠什么的，把它给掀扒了；后来他们黑白派人看着，好赖修完。

说起楼子和村子的关系时，老者说了三件事：

俺家在庙前有块地。那年我忘了在地里翻地瓜蔓还是锄豆子，那天是个星期天不上学。我正在干活，一甩眼看见南疃姜兴洋推着自行车上来了。我听到楼子顶上有人对楼子下面圪蹴在龙王庙跟前的几个二狗子喊话：“底下有人来了，看看他自行车里装的什么？别让他走掉了！”二狗子们立刻来了精神，站起来，走到姜兴洋跟前。姜兴洋也不敢怠慢，赶紧停下了脚步，把自行车支了起来。这时楼子上也下来了人，二话没说，把姜兴洋按住就揍。姜兴洋鼻孔淌血，一边擦着一边喊冤，说俺就是在张村集买猪糠，老总就抬只手让俺过去吧！二狗子们打开自行车上驮着的麻袋，往外一倒，全是猪糠。这阵子村里来了很多人，都嚷嚷着给姜兴洋说情。二狗子这才扫兴地放了他。

楼子上的二狗子小队长姓丛，带着十来个二狗子，都是本乡本土人。有很多的百姓都认识他们，说某某是哪个村的，“扒皮认得他骨头！”姜兴洋一再来给村民们致谢，说那天不是大伙帮忙，这一关就不好过啦！

还有一件是二狗子和受访者家里发生的纠葛。楼子上有个二狗子，一年中最少到受访人家来两回：抱着床被子和一床褥子，春天来了一回，秋天来了一回，来让老人的母亲帮他拆洗被褥，讲好了给几个钱。年年都这么拆洗浆缝。可是闹着闹着就出来了蹊跷：那一回当母亲把拆洗好的被褥送给他时，他硬说不是他原来的那床，棉花又不对，里子又不对——总之是想讹她两个钱！要不是父亲听说后托了村里的帮办员，前去说情，这事还真就是个事了。

第三件是：楼子上有一个姓刘的，每年过来都会到村子里口刘氏宗祠去拜宗。1944 年春节，初一上午，他又来拜宗。而他一来就跟鹞鹰进林一般，村里的男子全部都躲避了起来，家庙里静悄悄的。只有他一个人在作揖、叩头……这时，他突然感到有一个冰冷的硬邦邦的而且又是他非常熟悉的东西，顶在了自己的后脑勺上。一种可怕的想法突然跑进了脑际，而再未待他多想，一个声音从某个极远又极近的地方，像锤子一样地一下一下地砸了过来："别动！拜宗，你还知道有祖宗吗？你回去准备着，到秋投降！"那声音说完，他僵在了跪垫上。赶他再回头时，一切都不见了，仿佛一场噩梦。但那东西顶在后脑勺上的感觉分明仍清晰地存在着，一直到他最终投降了的那天。

1944 年抗日战争进入了战略反攻阶段。秋天，威海卫八路军对当地的日伪军展开了声势浩大的政治和军事攻势。地方史上称"秋季攻势"。

姓刘的回到楼子上，把寺庙里遇八路军的事神神秘秘地告诉了他周围的几个二狗子。这几个二狗子又很快将此事传播给了楼子中的每一个二狗子。楼子里笼罩了一派丧钟被敲响时所发出的死亡气息。连厨房里的伙夫出来担水都不敢。他们都是在晚上奓着胆子从院子里(厨房在炮楼下面的院子里)溜出来,到戏楼(李龙王庙对面的庙上的戏楼)的东北面,在那里的一个水湾里,偷偷摸摸挑担水回去。

而越是小心越出事:在那段时间里,岗楼子上还起了一次火,一时间浓烟滔滔,火势冲天,可就是没查出来是何人所为。或许是自燃吧?

但是,一个强大的事实,不容忽视地存在着:彼时,羊亭三中队的八路军,就驻扎在近在咫尺的刘家疃、王家疃和姜家疃!

1944年这些八路军在独立营的统一领导下,聚集、分散,奔向多个战场,打围攻,打伏击,歼敌俘敌,节节胜利。而对于刘家疃这个据点,我军则运用了一种十分特殊的方式:这种方式的"特殊"之处在于它在起初的阶段,你几乎觉察不出它和攻克炮楼有什么关系……

八路军,差不多整整一个夏季,都在暗地里四处打探炮楼里每一个成员(其驻军全是当地人,日军无常驻者)的本人情况、家庭情况、生活情况,甚至个人喜好以及脾气秉性等。

然后就登记造册。姓名、籍贯、家庭成员、婚姻状况、生活来源,诸如此类,一一开列。这份在战争期间罕见的军事统计表,在日后漫长的岁月中,当然消损殆尽:而那是一宗多么珍贵的历史见证啊!

根据这份资料,下面的行动是:把伪军家属全部从四面八方,用骡马接到八路军驻地,开展说服、教育的思想政治工作;然后让他们在岗楼下向自己的亲人"说降";最终,将一座岗楼说倒了。

然而,当我后来从《威海记忆》中看到了那篇相关的文章时①,这才明白,关于岗楼的"说降"说,事实上不过是人们的一种美好愿望罢了。尽管在克服岗楼的整个过程中,说降在关键时刻起了可称得上

① 文章为已故的刘德煜先生所写:《里口日伪据点覆灭记》。

决定性的作用，但是如果离开了武装斗争，胜利也是绝不可能的。相关文章中的说法是：

1944 年农历七月初九刘局长（刘其章）在嵩泊敌据点内线人物的配合下，带领特工队一举将其攻克……七月十六日……刘当即命令大家明日在里口山会和，就这样拔除里口山伪军据点的战斗有了契机。

公安局特工队有十二三名成员，武器装备中最好的是一支“手提式”（类似冲锋枪），其他战士只有长枪和手榴弹。他们采取的战术是：“围而不攻，实行心战”……

可见，冲锋枪、长枪、手榴弹是一个基础，我军在战斗中随机采用了“心战”的战法，而并不是受访人所说的那种事先就把全部都押在了“说降”上，然后只管以说降来做准备。这大概是老人们的事后想象吧。

但是，“说降”毕竟来得不凡。文章后来说：

刘局长得知这个小队长非常怕老婆，大小事由他妻子说了算后，立即派人去韩家山（伪军小队长的家乡），找到丛的父亲和妻子。十九日上午，丛的老婆骑着骡子同其公爹来到据点下李龙王庙前……停了一段时间，丛妻再次开了腔，叙说着一路上八路军是如何护送的，讲他们都很热情等等。刘局长趁机向炮楼宣讲当时威海的形势……据点之门终于打开，经过一番商讨之后，伪小队长终于带着全班伪军走下山来，放下了武器……不一会，炮楼上冒起黑烟，火舌四蹿，好似点火的砖瓦窑。此时已是阴历七月十九日（9 月 6 日）的下午。

四 来他一个“下马威”

“下马威”这个中国民间常用的语汇，“原指官吏初到任对下属摆威风。后泛指为了表示自己的厉害一开头就显出来的威力”①。这就在事实上产生了两种截然不同的含义，或者说是在两种不同的场合下加以运用：一是权威者（或者叫强者）对一时处于弱势的大众，所施加的压力，所发的淫威，这个下马威包含了深深的贬义；一是弱者面对强者向自己发过了威之后，立即愤起，挫其锐气，折其锋芒。这种“下马威”无疑带上了浓重的欣赏色彩和敬佩的感情。

我在此，用的是后一种。

日寇于1938年3月7日，铁蹄踏入威海卫。

这时国民党郑维屏部和海军教导队安廷赓部退守至羊亭、柳林一线。日寇便跟进到了羊亭和柳林。

如果说谁先想给谁一个下马威的话，那当然是日寇先给威海各地军民劈头盖脸地来一个“下马威”；然而他们怎么也没有想到，随后的结果，反倒是反弹似的被对方狠狠地来了一个反击式的“下马威”。人跟人都是平等的；谁给别人一个下马威，你先得考虑考虑对方的感受。他能够忍受和屈从吗？日寇一上来就横行霸道，胡作非为，烧杀抢掠，到处修建据点；强逼各村送粮送草，稍有迟缓即捉人、拷打——他们以为这就算把自己的戏演足了，威海人这就服了；他们不曾看见暗中有多少双喷火的眼睛，不曾听见有多少攥紧的拳头正发出嘎巴嘎巴的响声；一个反向的“下马威”正于无声无形之处，迅速集聚。

---

① 引语见《辞海》中，词条“下马威”下的解释。

某日，一日军司令率队乘汽车而来。而此时，资料上①说“驻守在龙虎山、葫芦山、孤石顶一带的国民党郑维屏、丛镜月两部……经常扰乱公路上的日军汽车”，但他们的游击队袭击日军司令的事，资料中没有提及。(我是10年前和近期，两次听不同的两个老人讲述。)车到羊亭，也就是今里口山景区环道上西部的某个点。游击队则埋伏在百米之外的一条山谷中，这时他们身边有一件近似于历史文物一般的古老武器，清朝留下的一尊“抬杆炮”②。装填的却不是火药和铁弹丸，而是石子、锅铁、砂子等物，好像一个垃圾筒。

日军司令刚一开车门，迈步出来——一把杂物的扫帚，从头扫到脚。

为日军奇之的是：有一颗石英石好像贴在司令的胸口，但是一挖它就往深里走；跟着挖进去，竟仍往深里走，不久便让司令发出了惊人的惨叫……日军司令，在被送到大连的途中，疼痛而亡。

据说日军司令到威海后，总共死了三个。第二任死于何时何地，谁人之手，无从查考，只能付之阙如；这里再说1944年新升任的这位，也就是被打死的第三位。

这位大概是1944年刚调来威海的。那年日寇正在田村强迫老百姓给他们建什么工事，工程好像很重要，市里这位日军小队司令每天都在上午八九点钟的时候骑着摩托车前来巡察一遍。这家伙凶得很，新官上任，要给威海人一个“下马威”嘛：每天都有挨鞭子的劳工；

① 资料，指《环翠区党史资料·抗日战争专辑》，中共威海市环翠区委党史资料征集研究委员会编。

② 抬杆炮，即清末使用的抬炮。以火药发射铁弹丸的一种火炮，实际上是一种鸟枪，抬炮长一丈左右，重30多斤，射程不过百米左右。

人正在前面扛着石头走，后面就会被猛得踢上一脚；工地里一满是他“八嘎”“八嘎”的呕吐物似的谩骂。他后面紧跟着的正是那个人称“谷膘子”的翻译官。谷膘子，大概是北沟那一带人，因其懂日语却死心塌地地为日本鬼子服务，父母花钱供他读书、出国。好容易掌握了一门外语，到头来卖给了中国人的对头，连这点账都算不过来，威海人就轻蔑地称他“膘”，故有外号“谷膘子”。此时谷膘子正在日军司令的身后帮腔使坏，为虎作伥。这里有两个东西很重要：一是时间，每天的八九点钟；一是环境，在施工工地处，离寨子村西不远处有个卖甜瓜的瓜摊儿。

这一天，还是往日的那个时候，还是日军司令带着谷膘子，两个人骑着两辆摩托呼啸而来。快到工地时，打东面甜瓜摊上突然站起来一个貌似伪军的人，这人一手拎着一瓶酒和一包点心，一手向日军司令打招呼。日军司令见有人请客，就停车下来了，谷膘子也下了车。

二人刚将摩托停好，“叭叭叭叭”，甜瓜摊上突然站起来的那人连同他的也同样化妆成伪军的卫兵，两人迅速掏出腰间的手枪，连连射击，子弹穿过日军司令和谷膘子，主仆二人双双毙命。

射击者是曾经夜袭刘公岛的郑维屏的巡官王应心①。就在日军司令和谷膘子在这里大发淫威的时候，事实上他们早已落入了王应心的瞄准镜。

当然，要给侵略者一个教训，抗日军民是要付出血和生命的代价

---

① 击毙日军司令及谷翻译官的事，到底何人所为？坊间版本数种，这里采用的是张凤杰在 2009 年 6 月 13 日于《威海晚报》上载文的说法。（张文题为：《王应心率队夜袭刘公岛伪海军》）

的。羊亭高立顶那儿，20世纪80年代初，突然从外地来了一位青壮年男子，在高立顶的前坡徘徊良久，好像在寻找什么。看看天色向晚也未找到。于是他请教山上本村的一位老人。他从怀里掏出一块布，布上有用血迹画的一个草图。血迹因年久已变成了黑色。青年说，他爷爷年轻时曾在威海这儿的国民党某部当过游击队。抗日时期打日本鬼子，曾在羊亭一座叫高立顶的山上打过仗。仗打得非常残酷，敌人动用了飞机、大炮，全部本事都拿出来了；游击队死伤惨重，到后来参战的游击队员几乎一个没受伤的都没有……他爷爷是部队上的军需官，身上带着未来得及发放的兵饷。爷爷把这些兵饷埋在了战场上的某条山沟里。为了日后能够找到；为了万一自己死了，（那时他已身受重伤）别人也能找得到，他就撕下了自己的一块衣裳里子，蘸着自己的鲜血简单地画了这里埋军饷的位置图。兵败后，爷爷回到了故乡。他临死时把这张图交给了他的孙子……

这就是付出。而就是这付出，赢得了中国人的尊严。

最后的也是最彻底最完美的一次"下马威"，当然是1945年8月的那一次，当然是中国共产党领导的抗日政府、抗日武装所奋力给予的那一次。① 威海人民，7年的浴血奋战，谁给谁个下马威到这时才见分晓，那完全是一仗一仗拼下来，一次一次流血牺牲才换取来的呀！

1945年8月8日，苏联对日宣战。

1945年8月9日，中共中央和毛主席发出"对日寇的最后一战"的伟大号召。朱德总司令发布数道命令：坚决向敌人进攻，接受

---

① 本段所用资料来源于《环翠区党史资料》中戚国经：《威海卫抗日战争回顾》。

投降。

1945年8月14日，日本天皇正式宣布无条件投降。

此时是最后一步棋的时候了。事实上也是愈加暗藏杀机、愈加千钧一发的时刻。

东海地委和军分区成立了以张怀忠、张少虹和于洲等同志负责的威海卫作战指挥部。他们通过分析认为，龟缩的敌人，因为还有海上的退路，完全可能拒绝投降，顽抗到底。那么定下的作战方针就是：

转引自《威海卫抗日纪实》中的“1945年8月13日八路军对威海卫发动全面攻势，16日解放威海”

“以里应外合的迫降和强大的军政攻势相配合，以强攻为主。”

1945年8月15日，城市工委派人向市内日伪军司令部和伪专员送去了“胶东军区限日伪军在24小时内投降”的通牒。日伪军果然拒不投降，仍慢慢地拖延着时间；而另一方面，日军却于8月16日以飞机向城西李家夼一带，也就是今里口山景区东北环道周围的山村大肆轰炸。在这疯狂的背后，作战指挥部立刻发现，这事实上是在掩盖其逃跑的意图。

我方指挥部马上向各部发出了攻城命令，各部立即向城区不同的目标迅疾攻击。各部迅速占领了城区，歼敌百余。这是8月16日的事。那天除刘公岛外，威海卫全部收复。8月17日地级威海卫市成立。

8月23日傍晚，刘公岛上的日伪军乘船逃往青岛，威海全境光复。

而就在他们逃离之前，于仓皇中仍疯狂地孤注一掷地以燃烧弹和机关枪，轰炸了威海三处地方：今东山宾馆处的原英国建筑之“东大楼”；今四〇四医院东侧原四层楼的“东海饭店”；刘公岛上的山岭和陆地。岛上被炸得寸草不存，新中国成立后重新绿化，所栽树木，20多年后才勉强长成……

威海光复，是共产党领导的抗日武装在全中国收复的第一座城市，当时党中央和毛主席都非常重视，《毛泽东选集》里面有着记载。

五　14岁的“老八路”

羊亭北观村，是威海典型的一个西南山坳。它踞于里口山邓家寨之阳坡的山脚下，东、西、北三面都被里口山高耸的山岭严严围住，让山村仿佛一失足掉进了山的罅隙之中。这种纯属山区的地理环境，大概曾经是山村一度和贫困结下不解之缘的原因之一吧。说起来村里的耕地也是“半山半泊”，但是“山”是实实在在的山，土皮下面就是坚硬的石头，或者连土皮也没有，干脆就是赤裸裸的岩石；那“泊”事实上不过是南北山头之间夹着的那一绺儿稍微平缓的地带而已。那里戳破地皮，下面竟有着连绵不断的红褐色大小不等的圆磨磨的石蛋。最好的一块地叫“十亩地”：在西山相对的正中位置，有十亩地大小，土地基本才是土地。庶几乎免除了到处都是的沙石结构……像这样的村落，不仅北观，北观西北的贝草夼、北上夼、大北山等，恐怕都属这一类：海拔高度较高、岩石资源丰富、土地贫瘠、山穷水瘦。在旧制度的统治下，再加上这样的“天赋”条件，于是人民的生计一度陷入了不堪忍受的窘迫。

而越是在政治上遭受的压迫沉重，天然的地理条件又恶劣，这里的人们，越是“亲共”“亲八路”。

越是穷就越跟八路军走得近。

而八路军也分外亲近他们。

一九四几年的时候敌工站站长梁自修，敌工部部长孙竹、周野等，他们老是在羊亭这一带活动，几乎成了村子里的老住户；而当时的地下党，区委书记丛汉臣，事实上就住在北观村原国民政府13区（凤林区）区长的儿子王连华的家里。不但使王连华的家成了八路军的一个秘密联络站，也使王连华和他的哥哥成了八路军的掩护者和相当一部分重要任务的积极完成者……

在此期间，八路军、共产党的宣传，像磁铁一样地吸引着山乡中的那些衣着褴褛、内心却如钢似铁的山野硬汉。共产党的教育像雨露一样浇灌着穷苦人苦涩的心田。

所以，即使同时都是打日本鬼子，他们却总是远远地躲开那些国民党的游击队。那些乱七八糟的游击队，他们因为常常逼着老百姓烙油饼供他们吃，因此身上的那股油腥加汗馊所形成的近似于狐臭的气味，当官的那股傲慢姿态等，使人们避之唯恐不远。而再有什么阻力也要加入八路军，那是人们认定的目标。北上夼：要不是因为村子的东山根下住着国民党别动队的一个队长，他亲自拉了自己的侄子和另外两个人进了别动队，村里的青壮就纯纯是八路军了。村里当八路的有近20人。贝草夼：全村不过18户人家，只有一个人是国民党某部的游击队员，还有一个，先在王树芳手下干，后又投了八路军，后来干到了八路军连长。而一直就在八路军部队里的是6个人；北观：更是一个“八路窝”，全村百十多户，当国民党兵的只有两个，其中还有一个是被抓壮丁抓走的；其余一茬一茬当兵的，当的全都是八路军……

14 岁的“老八路”就出在此村。

这位“老八路”，14 岁时独自一人跑到“西边”一个什么地方，(至今家里也不知道那叫个啥地方)报名参军。部队里说，不成，小同志，你太小了，还是个孩子，个头连枪杆子都超不过呢……孩子不服气地说：“枪是死的，人是活的。我是长的，我天天长，赶明年不就长过了枪了吗?”

“……”“……”

孩子就是赖着不走，软磨硬泡，一直两个多月。

两个多月，你说他在那儿干什么？怎么个“赖”法？又唱歌，又表演，又帮助部队干活，人显得特别亢奋，特别精神。许多老兵都喜欢上了这孩子，有人甚至说，得，把他留下吧，就跟着我，我来照顾他！

两个多月过后，部队上破例给他开了个“入伍证明信”，证明这孩子已经是部队上的人了。孩子揣上了这个宝贝，凯旋而归。发证明时部队首长说：“行，你先回吧，给你这个证明，证明你已经入伍了。派个任务给你：回家，吃粑粑，长个儿，赶 16 岁再来!”孩子“叭”地来了个标准的军礼：“保证完成任务，按时归队!”

孩子心里揣着一个惊人的秘密，倒一声不吭。他悄悄把那张宝贝证明，藏在家里的一个笸箩底下；然后，吃粑粑，下地干活，长个儿。

两年后，他觉得个儿拔起来了，就带着那张宝贝证明信，回到了部队。首长一看，高兴地说：“嗬，这不是咱们的老兵吗？嗨，长个了，长个了，真是长个啦!”就这么将他收了下来。14 岁的老八路 16 岁时正式进入了八路军的队伍。

叙述着“老八路”的故事的是他的弟弟，一位 70 出头的老者。老者在兄弟中排行老三，老八路是他的哥哥，在兄弟中排行第二，所以叙述者总是称他“俺家老二”。

俺家老二在部队上，有一回天还未亮，他帮助伙房挑水，突然敌人的枪声大作。老二刚把井绳上系着的筲顺到井里，就觉得一半身子突然像是被什么钉住了一般。八路军一齐跑出来救人，一看，老二，从左边的胳膊到腿，被打出了“……”号般的一排洞，隔三四厘米一个，隔三四厘米一个，个个都在向外冒血；俺家老二，在阵地上和鬼子拼刺刀，这边拼着一个，那边又来一个，老二飞起一脚，踢得那新上来的鬼子七孔冒血，爬不起来；俺家老二，从小就爱摆弄马，在连队，那马术练得就跟杂技团一般……

在叙述者的描绘中，我通过“再造想象”，眼前像电视屏幕似地出现了“老二”快马追杀的场面：白天经过了一天的征战，到了晚上，山峦于朦朦胧胧的月光下，偃息静卧。在这时，那名被我军来回找了好几遍的敌酋，却正在夜色的掩盖下沿山路逋逃。斜刺中冲出来了老二，老二策马扬鞭，连马也没下，落下的马蹄正击中了敌酋的头颅，把那家伙击得像被揉皱了的画像一般，蜷缩于地。

过了几年，老二还不到20岁，一个偶然的机会，部队路过家乡，便安排他回乡探家两日。老二回来了。那时候老二大概就已经是个连副了，身上的军装都已经洗得漂了色，腰间扎着条武装带，使人显得戎容暨暨。就这两天里，村里的青年都踏烂了老二家的门槛。他们听老二讲部队上的战斗故事；讲八路军自个儿的各种故事，听得都入了迷。

差不多也就在那一年，村里有个13岁的小姑娘，自个儿就跑到部队上报名参军。也是巧了，那阵子八路军恰恰到村里来招卫生兵，结果被这小姑

转引自《威海卫抗日纪实》中的“攻克威海卫的八路军进行军事表演”

娘硬缠得没有办法，便破例收下了这个头上扎着两个羊角的小姑娘。据说小姑娘当时用的说辞也和老二那年的那一套差不多："枪是死的，人是活的，枪不长我长，赶明儿我的个头不就超过枪了吗？"

部队没有发证明给她，而是直接把她带走了。

队伍像洪流一般滚滚向前。雄壮的歌声传遍了四野，那战歌唱的是：《大刀向鬼子们的头上砍去》……

第六章

18里血染"担架道"

一 "保卫战"中的一条"延长线"

这是一条为威海的解放，做出过卓越贡献的"担架道"。

这18里的"担架道"，是由六七十年前的"威海保卫战"中的那一场著名的恶战而催生出来的。前方和后方，由此而联系到了一起。因而它是从一场战斗中的几个战场，通过来的一条延长线。或者毋宁说，18里担架道就是那场战斗的一部分，那些抬夫也是战士，是不穿军装的战士，他们的"战场"就在那条长约18里的"担架道"上。

《威海市志》中，有这样一条记载：1945年，盘踞在刘公岛上的日伪军狼狈逃走，人民军队进驻刘公岛。① 这简短的一笔，就是本地人称之的"威海第一次解放"。第一次解放以后，威海人民紧接着就开

---

①《威海市志》指威海市地方史志编纂委员会编，1986年版的《威海市志》。其中的《大事记·1945年》中，有这样一条记述。

始了恢复生产、土地改革、互助合作……生产和建设春潮涌动。而恰在此时，风云突变：1947年，国民党整编25师（一个整编师，即"整编"前的一个"军"①）108旅322团，在土顽和还乡团的配合下，乌乌泱泱，沿烟威公路向威海进犯。这叫什么？这不正是所谓的"树欲静而风不止"吗？

或者叫"一波未平，一波又起"。也许，这也是这块深入海中的东海尖端之角的多风多浪之地，在多舛的宿命中，所必须经过的最后一次劫难吧。

行军中的整编25师108旅322团。

行至牟平，忽遭我军东海军分区独立团的迎头痛击，一缩头又退回了烟台。

三天之后（1947年10月6日）。国民党军又改为海上发狠，一部乘舰进犯威海港，占领刘公岛，并登陆骚扰。遂后占领了棉花山。

棉花山战斗。

而正是从这时起，反击战开始打响：本文题目中所说的18里"担架道"，便行走起来了。那是一条血染的道路，就像一条受伤的长龙那样，忍着疼痛，咬紧牙关，急速地走着，走着。

那本来就是一条在漫长的岁月里一直潜藏在山林中的隐秘通道。那是一条铺设在山民心中的通道。先前，没有战事的时候，羊亭里口山阳坡的农民，过来赶威海集，走的就是这条道。那时人们称它是"赶集道"……

往事已经过去了60多年，硝烟早已散尽，枪声也久已远遁。60多年后，当我们回首俯瞰当年的战局，即使是一个军事的门外汉，也

① 参见2012年第三辑《威海记忆》，刘德煜文：《忆威海保卫战后李苠宣的访谈》。

能看得出蒋介石的黔驴技穷和孤注一掷。1947 年，老蒋在全国战场上节节败退，全面溃败；而我军正由战略防御转入战略进攻时期。10 月 10 日，中国人民解放军总部发布了《中国人民解放军宣言》①，提出了“打倒蒋介石，解放全中国”的口号。

而这时候，如惊弓之鸟的蒋介石，面对着一张红色区域在不断扩张的军事地图，像一个输红了眼的赌徒，忽然用一种貌似发现了一棵救命稻草的眼神，投向了地图上的山东，投向了胶东。他决定发动“胶东之战”，企图以占领胶东来切断我山东解放区与东北解放区的联系，从而挽救他们眼瞅着大势已去的败局。面对着解放军的战略转变，这就是那位独裁者的应对之策。

于是，排兵布阵，六个军、一个独立旅和各县的保安队，分头压向了胶东这块弹丸之地。另外还有飞机在天上配合。

于是，威海，似乎一下子成了一座国民党的正规军和共产党的地方武装相互争夺的“桥头堡”。

而在此，当我阅读各种资料和采访各种人物时，透过文字和声音，我依稀能够看到蒋介石那两条细长眼睛中所射出的针刺一样的光。还有那整齐的短髭下，阔大的嘴巴里发出的浓重的浙江口音。我想，大概也只有这样刁钻的眼光和长裂的阔嘴，才会做出和发出如此刻毒、如此偏狭、又如此狠毒而可笑的军事命令！而他的根本错误就在于：他实在没有看清威海这块老革命根据地；对这里的地方武装和这里民众的斗争特点的茫然无知；同时对里口山里这 18 里路的担架道也认识模糊。尽管他们有飞机专司轰炸，但是到底没有阻断担架的运送。他们到最后也不知道八路军的担架是怎么抬进抬出，又有多少在此地负伤的战士重返前线，后来重新成为国民党军的

---

①《中国人民解放军宣言》，见《毛泽东选集》第四卷，第 1131 页。

克星。

他们怎么也没有想到，整军整旅的兵力，还有名将、王牌，投进这块犄角之地里，却是好进不好出，像猛兽掉进了沼泽，越挣扎陷得越深，最后竟脱身无计……

我们仍然接着棉花山战斗往下：先是我军该战失利，东海独立团坚守古陌岭高地，与敌对峙。

接着就是争夺古陌岭的战斗。时间是 1947 年 10 月 18 日。从早晨打到下午 2 时许。我军打退了敌人的 8 次进攻。古陌岭仍在我手。

18 里担架道上，不断有彩号抬过来。

11 月 15 日，国民党李弥的顽八军接替了进犯威海之命，其三个团乘舰运抵威海。如果国民党此前的进攻算作第一次总攻，李部进来后，则于 11 月 17 日发起了向古陌岭的第二次总攻。第二次总攻被击退。

战斗进行得异常激烈。我军二团一营战士，荣成人车成福，战斗间歇圪蹴在石硼上晒阳光。说："等老了，抱孙子了，就跟他聊这一段打古陌岭……"话音未落，敌人的子弹窜了过来，车成福应声而倒，胸口立刻一片血浆，当即被夺走了生命……

担架道上，早已被伤员的鲜血染遍。

中午，国民党军倾巢出动，发起了第三次总攻。古陌岭上，石头都被枪炮打红了；泥土都被烧焦了。从炮轰到枪战到肉搏到英雄桥聚会，抱着炸药包，拉开导火索，滚入敌阵，与敌同归于尽……

古陌岭阵地失守。

18 里担架道上，彩号的血、抬夫的汗。路边村庄里，繁忙地接站。紧急中的温暖。

因为战斗到最后，阵地被敌人所占，所以民间有人就认为那是我们的一场败仗。而岂不知，我军的撤退，那是一次战略转移。（后来，我军西撤，在莱西夏各庄，大败敌军。国民党在威海的武装故而被迫撤出，被我军全歼无遗。）古陌岭上“将近下午四时，彭栋材司令员派参谋到一营阵地，向孙健（营长）传达命令：‘立即撤出战斗，到奈古山集结，一切责任由军分区承担’”。① 而尚未及撤，国民党军却又一次冲了上来，我军顽强阻击，子弹打光了扔手榴弹；手榴弹扔光了拼刺刀；刺刀拼没了用枪托抡；枪托抡断了用石头砸；来不及捡石头就抱住了敌人厮打……

在敌人溃乱之时，孙营长下达了命令，我军撤出了战斗。

这是一场军事史上罕见的强弱对比相差悬殊的战斗。武器：敌方是“美式装备”“武装到了牙齿”；我方是“七九式”步枪，（从国民党杂牌军手中缴获的老式枪支，比“三八式”要落后得多。打一会儿，枪膛就打红了。）子弹最多的有 20 发，有人也仅仅 4 个或 8 个手榴弹，有人背着土炮。机关枪，二团总共两挺，一挺在团部，另一挺因为打得太急太猛竟把枪栓打断了……作战经验：敌方是王牌部队，几乎全是些老兵油子；我方全是地方武装，根本没有经历过正规作战。甚至连民兵都上了前线……

古陌岭虽然丢了，但是：一方拿出了精锐，甩上了王牌，一方尽用地方武装，未曾动用主力的一兵一卒。由于我军的奋力坚守和此后的顽强对峙，一下子搅乱了老蒋的如意算盘，拖住了国民党的后腿。此战之后，国民党军欲在威海扩大地盘而不得，拼了老命才勉强落了个与“土八路”分界割据的局面。而我军又惯于夜间攻击敌占区，使在威之敌昼夜难安。后来，他们连想撤离威海都成了难题。总指挥李荩宣接受了军长李弥的面授退策，在佯攻炮火的支撑下，方才仓皇

① 引言见《环翠区党史资料·解放战争专辑》第 256 页。

登舰。狼狈之际，丑态百出，可发一噱！

那么，这条 18 里路的担架道，也就在威海解放战争史上，成为一条耀眼的红色线路。从棉花山反击战，到古陌岭争夺战，到军民歼敌战，18 里“担架道”一直在承担，在坚持，在输送和转移，在顽强地作战。堪称是一条名副其实的功勋道。

二　古陌岭下来的第一个彩号

事实上在国民党军队打海上一下地，占领与反击，进犯与保卫一经交火；这边的 18 里担架道上，也就随之开始淌血了。而整个保卫战中打得最恶的，就属古陌岭之战；18 里担架道也就在此期间拼得尤为激烈。1947 年 10 月 18 日。这一天，有多少八路军的伤员，在担架上去了曲家河，还是上下炉，还是文登、乳山？如果有一个数字，这个数字该是多么惊心动魄、多么令人战栗！而第一个被敌人的枪弹从后还是从侧还是迎面给咬住的那个伤员是谁？他是怎么才让嗜血的铁喙叼住了血肉？我知道，这种追问，也许是太过细微、太过苛求了吧；而对于威海作战史上的一场顶级残酷的战斗，一个半个多世纪后的追述者和考察者，一个感恩它挣下来的这和平时光的握笔人——除了更加细致地了解过往和更加深刻地研究历史之外，还能做些什么呢？

而，巧了，他还真被我找到。他叫姜义章，是个连长。当我写下这个名字时，我把这视为一种缘分。

我在区内到处寻觅古陌岭战斗的亲历者和知情者。但是，大多数都已不在人世。所幸后来在曲家河村找到了一位；再后来又在海庄村找到了另一位。

老人们跟我谈的都是战斗的惨烈、敌我双方从武器装备到人的作战经验的强弱对比、我军的一时失利以及古陌岭战场和里口山的特殊的联系。

曲家河的王初才老人：

头一次，我们的对手是国民党25师。独立营守住了阵地，打得真勇猛，真带劲。后来敌人没法儿把李弥的顽八军开了过来，双方打得更加血乎。从天胧似亮①就开始打，直打到过半晌②，古陌岭失守。当时应战的是八路军的二团一营，营长叫都兴福③。古陌岭后面有个小村叫“沙窝”，那里有我们的一个小哨，哨里面有一个排的兵力。小哨被敌人悄悄地包围了，我们还不知道……

我感到惊讶的是，那一次交战，距今已有70年了，人也已到了耄耋之年，对于双方部队的番号、大体过节、时间、人物、姓名等仍能这样清晰地记忆如昨！

这应该是战争的刻刀，在善良的心田上，镂下的深深的刻痕。

接着，老人又有一节阵地失守后，他们和里口山的一段渊源。里口山，古陌岭深广而幽深的后方啊！

古陌岭失守，我们连长宣布解散。解散是为了便于迅速撤离战场。连长同时告知大家，解散后，第一个集合点是：里口山。口令是：“星月。”我那时是连里年龄最小的一个，天都已经黑下来了，我知道打哪儿走进里口山？我们班长叫陈庆，是个党员，

---

① 胧似亮：方言，拂晓时分的意思。

② 过半晌：方言，过了中午的意思。

③ 此处，老人的记忆可能有点偏差。我从党史资料中读到，营长是钟平武（后由孙健接任）；副营长才是都兴福。然而即使如此，当我写到此处时，仍然惊讶于老人的记忆！

他跟我说:“你就跟着我,我领着你!”我就跟陈班长。到处都黑洞洞的,我们深一脚浅一脚先到了西门外,找了道南的一个空屋子,准备先在里面避一避风声。进去一看,里面全是死尸,有好几层。班长叫我在这儿待着;他到外面找吃的。这时我也感到肚子饿得慌。外面有乱枪在乒乓地响,但是是那种“锃锃”地响,这种响儿在远处,没什么事;你要是听到那子弹响得“扑哧扑哧”的,可就是子弹正在掀揭你脚尖前面的土地了!等了好大一会儿,班长还没有回来。我就出去看——看见他在门口拐角处贴墙站着往东看。我问他找到吃的了吗?他说这兵荒马乱的,到哪儿去找吃的?我在这儿瞭望着别有敌人的追兵追过来!

我们后来又在南面爬山。也不知道爬的是什么山。光知道越爬越陡。陡着陡着到了一个地方两旁和脚下都是石硼。石硼上面冰溜溜的,手得使劲儿抓着又凉又滑的石缝,脚蹬着石坎,仅能走开一个人。那大概就是后来常听人说的“釜台筒”了吧。班长先在前面翻过去;我随后也跟着爬了过去。

后来走到了一个比较平缓的山坡上,我和班长并排着都躺在一棵树底下休息,仰面朝天那么躺着。天空蓝得好像挺深,这边天上的星星好像比城里的又多又亮。忽然,有个软塌塌、冰凉凉、圆乎乎的什么东西落在我的脸上。我问班长“这是什么东西敲了我的脸?”班长说,“肯定是柿子。你不知道里口山里的柿子能打破头吗?”我这才知道,我们已经到了里口山。我咬了一口那东西,嘿,真是柿子,真叫甜哪!

不远处的地方,有人咳嗽的声音。班长急忙喊:“口令?”

那边接:“星月!”

陆陆续续集合起了二三十人。当晚我们翻过了南面的山口,到了长峰北山,又到了北竹岛。

威海保卫战中的炮排排长，周学善，现年(2016)91岁，身体尚健

海庄村的周学善，今年(2015年)90岁。他是海庄村现任村长的父亲。当村长介绍其父时，我脑子中画出了一幅面带威武之气的老人肖像。但当他来到我面前时，却原来是一个很和善而且有几分文雅之气的老者。腰杆挺直，脚步矫健，刚刚乘公共车赶羊亭集回来。

他说他在古陌岭时，是炮排的排长。炮排的驻地是城北小北山村。用的是迫击炮，往山后(国民党军所驻的孙家疃镇合庆村那一带)打。

而概况介绍完了以后，话锋一转，从头说起时，这时我心中默求的那问题，忽然就有了真名实姓：

> 古陌岭这场仗，头一个挂彩的就是三连连长姜义章。他们连的岗(即前面王初才老人谓之的"小哨")在山后的沙窝村。岗被敌人摸了。敌人接着就企图偷袭三连。连长，就是姜义章，赶紧朝沙窝南山上跑，准备组织全连应战。跑到古陌岭西面的半山坡，后面的枪弹打中了他的腿。打一旁过来了一个战士，将姜义章背走。再往后，就是姜义章被担架抬到了大岚寺，往南转，去了曲家河。①

① 后来我从有关资料中发现老人的叙述与某些记载多有不同之处；为了保持采访的原貌，此处仍依照访者所言。

这只是一个“由头”，(而一个“由头”就已经激烈了起来)或者叫“序幕”。古陌岭之战由此正式展开。

姜义章上了18里担架道的具体情形，周学善自然就不得而知了。炮兵排长热衷的是他们的炮，叹息的是他们的炮，他说：“武器，差得太大了。不管是枪还是炮，从天上差到地下，都没法比，要是炮够使唤，什么顽八军、顽九军，没有咱们拿不下的！”

他告诉我：早在棉花山战斗中，黄泥沟的国民党一个团的兵力，就真被我们打怂了。他们那时就已经无心进犯，只打算着全团投降。(这是从俘虏的口中得知的)而正在此时，他们突然听到我们的机关枪卡壳了。他们凭经验立刻判断出，准是八路的高射机关枪不能打了，死中得活的机会来了。他们从绝望中一跃而起，疯狂地反扑过来。

二团总共才两支高射机枪，一支在团部，投入火线的只有一支。而就是这一支，由于连续地快拉快放，枪栓突然就断裂掉了。(那时所用的高射机枪是有枪栓的①)

敌人的大炮，支在刘公岛西头的大沙滩上，朝棉花山、古陌岭这边打。

而这边炮火连天，杀声阵阵；那边18里担架道上，脚步匆匆，人影憧憧，在草木岩石的缝隙中一闪而过。

三 “磅”出来的担架道

“磅”，读pǎng，读三声；方言里是“踩”“踏”“塌”等的综合含义。

---

① 后来我从有关资料中发现老人的叙述与某些记载多有不同之处；为了保持采访的原貌，此处仍依照访者所言。

"耪"越琢磨越有味道，真生动，真带劲儿。而在荒山野岭中，生生地走出一条道，在乡民的口头上就叫"耪"出一条道。

鲁迅说："世上本无路，只是走的人多了，也就成了路。"

而区内乡间，用老百姓的话说就是：

说开了是理；

耪开了是道！

从区内各村的山岭来看，要是真的使力气地"耪"，基本都有山道可通里口山。而且先进里口山，再翻山而入李家夼或大岚寺或戚家夼村北那一带，然后进城——总有那么一条便捷的山路。早年乡民们赶集卖柴，挑着担子，大体上都是这么走的。

里口山，千百万年来，受命不迁，耸立在城里的西郊，像世界上许许多多的名山大川一样，它在那儿抬头挺胸地顺势一挺，几处的乡镇地域就自然而然地显现了。它不啻是地壳的一派隆起，更是一道道逶迤绵延的山壁，睽隔了村庄与村庄、乡镇与乡镇，甚至区与区。翻越过它们，人们往往会惊奇地发现，山的那一边，原来就是我们已习惯于绕道而行的二三十里、三四十里以外的某村某地……

于是，那些"某村某地"的乡民，担柴、进城、进山搂草，赶亮回家，就一律翻山越岭，走了这条"近便道"。这道也就一度被称作了"赶集道"。而到1947年国民党反动派进攻威海期间，在进犯与保卫的枪林弹雨之中，这些先前的赶集道，一齐启动，经受了血与火的考验，变成了阻不断、打不烂的"担架道"。同时也是八路军参战的"运兵道""突击道"和"增援道"。也是八路军和老百姓高扬人道主义旗帜，将受伤的国民党部队伤员送去医疗；也将俘虏转送出去的"人道道"和"遣俘道"。

这些"某村某地"，如果是在里口山以西以南的位置，大抵都要经过后里口王家疃东山那里的一个叫作“釜台筒”的山口。那儿，你现在站在广福寺那里抬头眺望，山顶偏西那一片“卧佛”山岭，恰在“卧佛”的颔颈之处——那里的那边裸石嶙峋的山口，正是。

因为狭窄，又因为高高地处在一片山岭之上，人们形象地称之为“釜台筒”。

从那陡峭而狭窄的山口，翻过去，走到山的后坡，就是李家夼。立刻就能望见李家夼村头那棵数百年的大杨树了。

然后，再由此到达西门外，进城，向北进入古陌岭——这是八路军三中队(羊亭方向上的八路军)上战场的路线。

返回时，还要走这条道：经城里而到达里口山里的姜家疃，翻山到了北上夼，然后再到羊亭各地。注意，北上夼：由于它在往返的途中，大致是一个“中点”；也由于它是担架队多发的端点，因此，北上夼格外令人瞩目。

这是一个充满了故事的红色节点。

这个山村，曾在战争时期为了威海的解放事业做出过重要贡献。解放战争时，全村 90 户人家，烈士竟有十几个，差不多每五六户就能摊上一个！打淮海战役时，“烈士通知书”几天就下来一张，曾有过 15 天内来了三次的惊人频率……

村庄是一块海拔 270～300 米的高地，东、南、北三面地势较高，只有中部偏低一些。村东山、南山、北山多岩石，其上覆盖着沙质土，唯山脚那一带土层较厚，称为“山根地”……整个村子位于羊亭镇的北端，和张村镇南端的里口山里的姜家疃，只隔着一道山岭：“聚军道。”①聚军道高高地盘亘于村子的东南不远处，山头参差起伏，蔚为

① 聚军道：明朝，官府军队为了镇压里口山中的邓心可农民起义军，曾在此山岭聚过军队，故此地被称为“聚军道”。

壮观，呈一种稍浓于天蓝的蔚蓝。翻过聚军道，背面又是“公鸡窝”①，巃嵸崖巍，尤为崎岖难行。再经过西面有名的“将军坟夼”②，就到了里口山里的谷家疃。再向北，就是里口山里的刘家疃。疃西头路边的“活龙嘴”③——这一段路程，计做8里。

接着，由“活龙嘴”向东北一挑，爬过前面所说的王家疃东面山上的“釜台筒”山口，过去以后就见到李家夼的大杨树了。出了李家夼再往东北而去，就是西门外城墙了。（一九四几年的时候，威海古城墙的遗迹尚存）——这一段，算作10里。

总共，从北上夼进城是18里。

所以人称“18里担架道”。

而习惯了以后，里口山以西的羊亭镇境内几乎所有的村庄，只要经由“釜台筒”而翻山入城，统统被称作是“18里担架道”。

而抬着“彩号”回返的时候，仍是翻过釜台筒，到达姜家疃南山，过去后又翻过北上夼东南的聚军道，先去北上夼，然后直接抬到了贝草夼，（姜家疃、北上夼、贝草夼三村位置，见下图。）由贝草夼又去了南面的曲家河村，那里是八路军的救护站。伤员可以在此疗伤和休养。而这一段以后，也被称为是“18里担架道”。

---

① 公鸡窝：山口名。相传明朝时，这里有一户看山的人家，在此饲养了一只公鸡，以作报时之用。那时每天将晓，山中就传来鸡鸣，故名此地为“公鸡窝”。

② 将军坟夼：亦为北上夼东山中的一道山夼名。相传明朝时朝廷剿灭邓心可的农民起义军，死伤众多。其中战死过朝廷军队的一名将军，埋于此夼。夼名之“将军坟夼”。

③ 活龙嘴：里口山中的刘家疃，其村西群山连绵起伏，层层叠叠。前列中有一段，山势蜿蜒，有如巨龙，名之“活龙山”。其北端一座山头，恰如龙头，名“活龙嘴”。

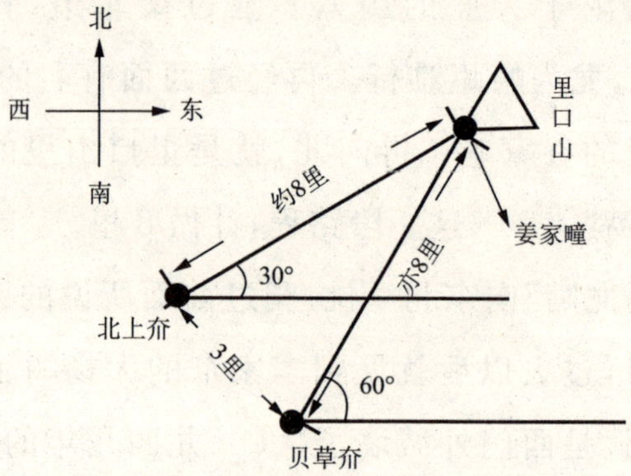

里口山、北上夼、贝草夼三村位置示意图

“18 里担架道”，事实上只是一种泛指，是人们对当年的一段光荣传统的形象的“编码”。

这条道，在当年就既是隐蔽的也是公开的。它在山坳中间，在密林之中，看来是比较隐蔽的；然而，谁都知道这山里有这么一条担架道，又一天到晚地在这里穿行，不可能长期地蒙住敌人。因此又是公开的。敌机，有两驾专门负责侦察的轰炸，使担架道一时间成为一条“生死道”。但是，它既然是人“榜”出来的，人又是最灵活的，故此担架道就总是变动的：你从这边炸，我从那边走；你封了这条道，我又榜出了那一条边。“18 里担架边”因此又成了一条多变的不可侦察的，不可摧毁和不可战胜的道路。

北上夼的青妇队长王本松说：

打仗的那一年我 16 岁。那一回我带着一帮青妇队，顺着担架道，到了李家夼大杨树下，准备在那里往后抬彩号。我们抬着空担架，上面用些柴禾枝、松树枝遮盖着，一路小跑着起来了。结果就遇到了敌机的轰炸。它倒没有发现我们，但因为北边棉花山在打仗，这边里口山就轰炸。两架。一架从雕山那边向南飞，一架从里口山南面向北飞，对着抄。隔会儿扔下几颗炸弹。

这样原计划的路线就不好使了。上级安排我们趴在李家夼南山坡山，一是躲飞机；二是待到飞机一端转向西线，我们这里的这条线就动用起来。

后来我发现，后里口有八路军的高射机枪，在那里瞄准打飞机。我就悄悄儿向那边移动。我凑过去打了两枪，没打上。咱不行……

我就问，那么封了担架道，战场上送过来的那些伤员可怎么办？

老人说："我不是说了吗，敌人炸了这条线，我们就用另一条线。还有一帮，在西门外哪儿转到进了布谷夼，这另一条道儿，转到曲家河或上下炉。"

"怎么，那儿也有一条'18里担架道'吗？"

"哪有呢？这不是现榜的道吗？"

我明白了：只要是有民夫，有担架的地方，就有"18里担架道"。那是无穷无尽的通道，就潜藏在深山密林、岩石崖畔，就铺设在脚板下面和火热的心田。

四　担架边上的"青妇队"

条条"18里担架道"上，脚步匆匆，挥汗如雨，担架鱼贯而过。鲜血和汗水滴淌在山崖上和草木中。

而担架所路过的村庄，村村都设接待站，在那里迎接抬过来的担架、供应大米水、给予彩号和民夫以力所能及的帮助。可这些事情基本上都是由各村的"青妇队"来完成的。从北往南数，如果是走北上夼那条路，大致刘家疃那儿有一站、谷家疃那儿有一站、北上夼有一站、贝草夼有一站、曲家河和上下炉就更是大站了。每一个站里，都在上演着一曲动人的“军民鱼水情”乐章。

村里的青壮男丁，要么在前线杀敌，要么去打淮海战役或者出民夫去了；家里只剩下了妇女、孩子和老人。妇女，在这时候顶起的不是“半边天”而是差不多整个的天。她们也在这时候，显露了她们伟大的能量和慈善的光芒。

在上炉，当年抬过担架的青妇队员，如今已是九十多岁的老太太，我们找到了五六位健在者。她们是：

87 岁的韩树兰（年龄以 2015 年计，下同）；

89 岁的丛树菡；

90 岁的胡吉英；

91 岁的丛金珍；

93 岁的刘淑英；

……

其中的丛树菡，曾经从阮家口子南面的那个“跺石口子”①接过民夫自南道抬过来的担架，抬到十一二里路外的曲家河。（这条路，较之里口山那条路，既远又易暴露，所以一般不太走。但敌变我变，作为特殊情况之下的应对之策，“正”又往往会变成“奇”。）而其他人，多数情况下一般是从一二里路之外的某村，将送来的担架抬进上下炉……

她们以柔弱的肩头，抬起彩号，像男人们一样在山路和树林中，辗转腾挪。

① “跺石口子”，在今海峰路的坡顶最高处。当年是一个岩石崚嶒，长松谡谡的山口，民间曾有歌谣曰：“跺石口子叫人愁，上坡下坡路难走。上坡手抓石头缝，下坡当心跺着头（后面走的人，几乎在前面走的人的头上）。”

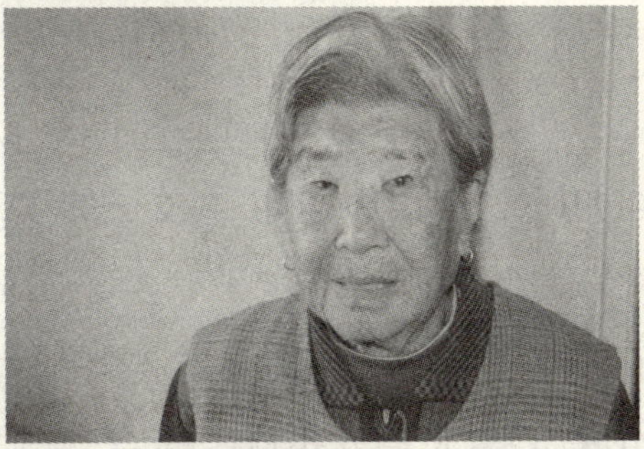

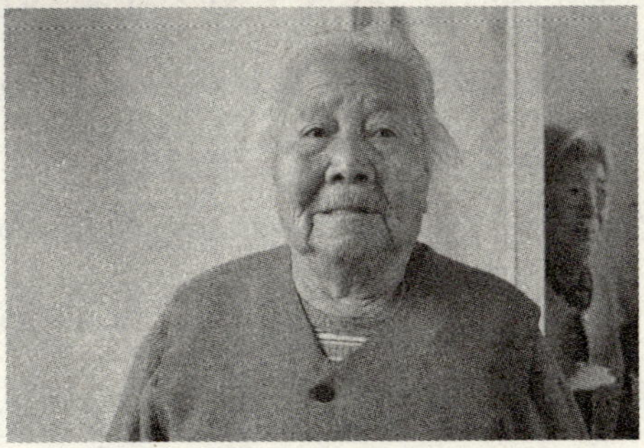

上炉村当年抬过担架的“青妇队”部分队员，自上而下分别为刘淑英、丛金珍、丛树菡、韩树兰

她们放下担架，就跑着去找卫生员，连额头上的汗水也顾不上抹一把。

她们把从家里带来的仅有的一捧小米或是一把大米，倒进锅里之后，就蹲下来，往灶火里添着柴草。

她们把烧好的大米水、小米水，一勺一勺地送入彩号的口中。

她们在冰冷的河水里，洗着那些长长的，从彩号伤口上揭下来的，带血带脓的纱布。还有那一件件血衣。

她们把房间收拾好，把铺盖铺好，准备让伤员躺进去……

她们互相呼叫着："秀子姐""枝子妹""珍子嫂""爽子姑""彩子姨""花婶""巧婆""英子娘""凤子""兰子""叶子""红子"……像一朵朵野花在原野中竞相开放，像翩翩飞舞的蝴蝶在村庄的上空飘飞。她们的组织就叫"青年妇女小队"，简称"青妇队"。受访的过程，他们不禁追忆起他们当年队长的名字来。这些名字（包括一个村子的数任队长，包括附近村庄的青妇队长）就像藏在记忆深处的金粒一般，一经大门打开，立时放出耀眼的光芒，比如丛树华（南江疃），比如王天松（上炉）……

威海的青妇队，是属于威海"民主妇女联合会"下面的一个组织。据记载：威海解放后，广大青年妇女还组成青年妇女小队（简称青妇队），同民兵一起放哨，维持社会治安。在减租、减息，反奸诉苦运动中，她们积极参加斗地主、斗恶霸，在斗争中锻炼造就出一批妇女干部，成为解放时期多条战线上的重要力量。①

这是一支洋溢着青春气息，喷薄着革命激情，随时随地准备着为了威海的解放而献出个人一切的队伍。她们留着一种清爽的头发齐到耳根的"二毛子头"；寒冬腊月里穿着一件花棉袄，腰里扎着一根皮

① 见《环翠区党史资料·解放战争专辑》。

带(事实上很多村子的青妇队,也就扎了根布带或绳子而已),紧趁利落,英姿飒爽。她们红扑扑的脸上,时常挂着汗,气喘吁吁地从村口跑来,找民兵队长报告情况去了。

她们每天凌晨出来跑操。所以,当村民还在睡梦中时,村口的山路上早已响起了嘹亮的“一二一”的女子的口令声。站岗。放哨。开会。东奔西忙。晚上又进行军事训练,埋地雷、抓特务、紧急集合……脚冻得跟爆开了似的,却仍然是热情高涨地穿着单鞋闯雪窟窿。

在北上岕,村东,东大坝上。打棉花山、打古陌岭的日子里。青妇队长王本松在近70年后接受采访时说:“那时候,我五天五宿没睡觉。”

本书作者采访北上岕当年的青妇队长王本松

有一回,家里只有王本松和她娘两个人,王本松就叫了一声“妈”,说,“妈呀,要是有一天你发觉我突然没了,我肯定是为咱的好日子献出去了,你不用到处找我……”妈的眼泪立刻像断了线的珠子“吧嗒吧嗒”地落了下来。

那些日子村里的人们:几个民兵、十几个青妇队、老人和孩子,头天晚上见到有八路军通过聚军道开到前方去,或者有消息传来:北边要打仗了;这夜里人们就把自己的饭锅从灶上揭下来,提着马灯把锅送到了村中的大街上。在路两旁,用几块石头支起了锅灶。为了遮蔽雨雪,还在锅灶顶上支起了一架架苇席。然后把一把把大米、小米、绿豆之类放进了锅中,添上水——但等翌日早晨北面传来枪炮声，这边就已经把锅里的水烧沸了。

人们都聚集在大坝上，向北方翘首鹄望。

一会儿，担架一个接一个地抬了过来。

青妇队忙活开了。她们安排着抬夫把担架顺序地放在路旁，然后端来烧好的大米水、绿豆汤，一勺一勺地送到担架上的彩号口中。她们把煮好的鸡蛋，一个个地剥了皮，然后一块块地掰碎了，送到他们口边。有一回，当王本松把水端到一个担架前的时候，抬夫说："这位恐怕不能喝了。"王本松看到有棉衣连头带身地蒙着彩号。她掀开来看，一位战士下颌已经打没了，只有绷带下面的一个血窟窿。王本松把棉袄重新蒙好，招呼来几个青妇队，抬起担架就跑。

抬夫见状，高喊："青妇队，别，你们放下，让我们抬呀！"

王本松喊："你们稍歇一会儿，让我们抬过去！"她们飞快地抬着奔聚军道去了。风把她们的头发吹开，像一面面飘扬的战旗。

几个抬夫甩开大步在后面追，可就是追不上。最底层，从屈辱、羞涩、扭捏和无所作为中，一朝翻身，立刻从里到外，从心灵到眼光到作风，焕然一变，变得踔厉风发，不让须眉！

北上夼村东南的马家夼山岭。威海保卫战中的担架队即路经此处进入贝草夼村

担架过了聚军道，已经望得见贝草夼村西的神仙夼了，抬夫们这才算接过了

他们的担架。

贝草夼那边也早有人在迎接担架的到来。

那是里口山南坡一个非常小的穷山村。当时只有 18 户人家。而在那战火纷飞的日子里，村民们把家都扔了，而直奔村西官帽子山下的西夼那里。那里，担架从北上夼出来以后去曲家河，贝草夼的西夼是必经之地。

这儿同样早有锅灶支在路边，有大米水、绿豆汤和煮鸡蛋。山村，在这里有匮乏的物资、充溢的热情和过人的周到，接待着彩号和抬夫。有个青妇队，带着一把钉鞋的锥子和针线来了；果然就是有一个抬夫赤脚走来。原来他的鞋子在鞋头那儿鞋帮和鞋底张开了一个大口子。青妇队立马接过来，当起了修鞋匠。打那以后，她们接待担架队时，总是悄悄地带上了修鞋或补衣的针线。

村里有一位到 2015 年正好 100 岁的当年八路军第三区的战士家属。她告诉我说：

> 那阵子，俺院子里有一棵杜梨子树，那时候正好杜梨子熟了。俺就爬到树上摘了满满一菜篓子，拐到了村西官帽子山前面的神仙夼。俺就抓给他们。可是抓给这个，这个不要；抓给那个，那个不吃。可把我气坏了。我说，你们流血流汗，难不成吃俺两个杜梨子还吃不起吗？拿着，走到路上好吃！我带犟儿塞到他们每个人的口袋中。

老人叫刘玉凤。她的丈夫就是在当地鼎鼎大名的八路军侦察班的王夕玉，（后来升为连长）她年轻的时候支持丈夫杀敌立功，担了数不清的惊，受了数不清的磨难。前些年我曾经登门采访过她，还拉了媒体记者前去为她拍过照——在报纸上专题宣传过她。那时候她的儿媳妇丛连滋曾带我们看过了担架道经过他们村的那条路，什么西夼啊、官帽子山啊、神仙夼啊，都走过。所以，今天当她说起村庄接待担架队的情景；连同地理环境，我脑子里立刻就呈现出了一幅活生生的《担架经过贝草夼》的感人图景。

五　在终点站：曲家河和上下炉

“18 里担架道”的端点，至少有四五个村；而仅环翠区这儿就有三处：曲家河、上炉、下炉。这些端点村，是八路军医疗力量的安放地，是受伤的八路军官兵再生的地方。因此，这些村庄也就担负着比普通村子更大的压力，做出过更大的贡献。它们都堪称值得信赖的响当当的“模范村”“英雄村”和“温暖村”呀！

曲家河，在羊亭镇的东南角，羊亭河的两条源流河差不多 90°的夹角之间，镶嵌着一个那时大概不足百户的村庄。这里在封建时代曾经出过一个威海境内最高的官员之一：王士任。清雍正元年的进士；后，官至福建巡抚，兼都察院右副督御史。他的故事像雨后的彩虹一样，到时候就在村子的上空闪耀。因此，民心向学，但求安定和温饱，然后攻读、进取……

但是，时局总是不遂人意，想遇到一个相安无事又能填饱肚皮的时间段，十分不容易。一会儿闹灾荒，一会儿大混战，不觉憬就逃起荒来，不觉憬又跑起反①来了。自王士任之后，特别新中国成立以来，村里当然也出过一茬一茬的大学毕业生，但是能读书读到有如王士任那么高的位置者，却不复有之。难道就如有人所说的，“风水”尽了吗？

而一旦，时局要是真的把刀架在了村庄的脖子上，这个村庄又立

① “跑反”：本地方言，即举家跑到偏远山区，以躲避战乱的意思。

刻呈现出了他们勇敢、坚韧、忍耐和无所畏惧的另一面。

仅解放战争，这个不足百户的村庄，就有烈士 15 人。

1947 年的担架队来了。八路军的医疗所（当时老百姓称为“绷带所”）提早就来了。随后，一批一批的伤员，从战场上退到村庄。村庄此时立刻被激活了起来。人们安慰、接待、服务，像对待自己回家的儿子一样对待那些火线上挂彩的子弟兵。他们：腾房子、拾掇房间，把向阳的房间让给伤员，把宽敞的地面留给彩号。家具碍事，就搬到了大街上；屋子背光，就凿开墙壁，现开窗户——他们保证要让伤员们在医疗中不但有足够的物质条件，还要有一个良好的精神环境。于是，一种赛接待、赛让房多少和优劣的竞争，悄悄地在暗地里展开……

见到了八路军死伤者多人，村民们不但没有被吓倒，反而更加激起了他们对敌人的仇恨。村民刘茂昌，参加了八路军，在打玉皇庙的战斗中牺牲。村里为他召开追悼会。他的母亲在会场上发言。谁也没有想到，她竟然没掉一滴眼泪，表示：“我这个儿子已经在战场上牺牲了，我现在就把我的另一个儿子送给部队！”接着，刘茂昌之弟刘仁昌也参了军。参军时年仅 16 岁。

所以村里参军的人就很多。

不能参军的，就在村里参加了民兵。曲家河的民兵训练之有素，他们被全部拉上了古陌岭战场，由民兵直接转为八路军，连长升任为八路军某连长。

上下炉，上下炉是相邻的两个村子：上炉和下炉。位于羊亭镇西南部，与曲家河隔了一条羊亭河和一座“高立顶”山。这里是担架走西道，经过田村、张村进入羊亭而到达的“终点站”。

这里是重彩号最后被送去的医疗站。

这里同样也有着良好的群众基础，两村到现在也还是市里的“先进村”。

因为是重伤号，所以当年安葬在这里的烈士就特别多。他们的遗骨埋葬在村庄(上炉)的西河坝上，每年清明扫墓，老师就带着小学生来这儿祭扫和瞻仰。现在村里50多岁的人对那时老师讲述的聆听、那深刻的惊心、由衷的感佩，仍记忆犹新。

上炉村，威海保卫战争曾经驻过八路军重伤号的已经过翻新的老房子，现貌

因为太多的牺牲，在那些忙碌的日子里，阴历十月到腊月之间，村庄的上空总是笼罩着一团浓重不散的悲哀的阴云。青妇队到南小城把担架接回村里，后面抬担架的小姑娘看到担架上的彩号，将一条胳膊耷拉在了担架外面，就向前挪了挪，伸手把住了那条胳膊，打算把它弄到棉子里面。可是这一把，一种硬邦邦的死亡的感觉立刻像电流一样传遍了她的全身。她的眼泪就扑簌簌地落了下来。担架在一阵轻微的抽泣声中前行。

人们看到，一个大约十七八岁的年轻战士，浑身被枪弹打得到处都是窟窿眼儿，就像被大鸟啄出来的一般。医生根本就找不到可以下手的地方。战士尚有呼吸，嘴里不断地喊叫着什么。大家不忍再看第二眼，扭过头去，墙角里立刻响起了一片呜咽声。

到水凉彻骨的河里给彩号洗衣服或是绷带，人们见到上面粘着的血污、骨渣以及脑浆，泪水抛洒得使河水都升涨了。

有人在死去战士的上衣口袋里掏出了一块血染的粑粑，他的手颤抖了，他大声地冲着旷野呼喊："老天哪，这是他为自己留下的最后一战的口粮啊！他到死也没能吃上块粑粑啊……"

面对着这么残酷的景象，他们能做些什么呢？

他们自动来看守待葬烈士的尸首。

他们抬担架，由小跑变成了快跑。

他们烧火烙饼，让上前线的战士背上。战士不要，他们就跟在队伍后面，一气跟到羊亭，又跟到艾山。

老人把自己的寿材拿出来，好几个村的凑在一起，排了个满街满巷。

有人把麦柜搬了出来，充当棺木。

……

在上炉采访的时候，我见到过一所石垒的小屋，村长告诉我，这就是当年曾驻过八路军重彩号的屋子之一。当年里面驻的都是那些快不行了的。

我问："那么，到晚上这里有人看守吗？"

村长："有。"

"当年看守的人，还有健在的吗？"

村长："没有。"

"村庄改造，却没有拆它，是有意识地保存下来吗？"

村长："是。"

我奇怪村长的答话怎么越来越简短，转头一看，原来他已经两眼通红了。

第七章

社戏和乡村"名导"

一 "社戏":祭祀"土地"的戏

正如赫尔岑所说:"人的回忆,颇似天国的炼狱,往事在回忆中成为已经去掉愚昧无知的清明思想而复苏过来。"当这种回忆是针对了广大乡村数百年来的文娱演出活动时,鲁迅先生发现并创造了一个温暖的名词:"社戏。"

社戏,无疑是鲁迅先生于纷乱和模糊中提纯出来的。这一点,在《辞海》中也表现得相当清晰。其将"社戏"定义了之后,紧接着说,"鲁迅有《社戏》一文"……事实上是指陈了这一概念的最初渊源。①

区内乡村,一如威海其他各地,最早处处皆是"泛神论",大家在

---

①《辞海》(1979 年缩印本,第 1577 页)的词条"社戏"中说:"旧时某些地区的农村中,春、秋两季祭祀社神(土地神)所演的戏。用以酬神祈福,一般均在庙台或野台演出。鲁迅有《社戏》一文……"

意识深处无不“神本位”，所以有的娱乐活动就都冠以神的名义。这一点与南方闽浙一带相似。“郑振满在考察莆田江口平原的祭祀圈形成以后称，明初规定乡村各里都要立社坛一所，祀五土五谷之神……”①；然后，这“五谷之神”，即土地爷“以神界‘遗民’的角色随遇而安地融入乡村社区成为社区领袖”②；然后，“元宵时神明的巡游线路固定，神诞酬神演戏的戏埕也方正宽敞。”③我们威海境内的村庄大抵都是明朝时安村落户的，是否也接到过朝廷的命令各村均设“土地庙”？无从考察。然而景区内除了有一处三村共用的土地庙以外④，其他各村都是一村一座土地庙。这却是确定无疑的。正如那则谜语所描述的：

破，破，破，

一个疃儿有一个。

这土地庙先前一般也都十分讲究，一米左右的界方，瓦顶，内里供养着土地爷。除了村人死了，到此报到，类似于冥界在乡间安设的一个户籍管理所，另外还负担着五谷的生长、日常的杂务，几乎就是无所不管。

从塑像上看，他身材矮小。头戴乌纱。眼皮厚重。面相亦庄亦谐。也是五绺长须，凸腹，大概是腰围太过粗壮的缘故，玉带紧紧地勒在腰间……只是一个慈善和蔼的老头儿而已。他没名没姓，居住在简陋狭窄的小庙里；旁边是他的老伴，一个更加朴素随和的老太太。有的土地庙里，土地爷并没有老伴，只他孤身一人。更有的土地

---

①～③ 参见吴重庆《孙村的路·第二章阴阳界》，法律出版社，2014 年 6 月版。

④ 羊亭镇早年的三个毗邻的小村：于家夼（当年百十来户）、朱家圈（当年三十多户）、河南（当年六十来户），共用一个土地庙。庙设于家夼。

庙里，连石刻或泥塑的土地爷神像也没有，只是在一块石板上刻着“土地爷”三个字而已。然而，他事实上却是农民最贴近的“神”，土地嘛，农民一生都和它打交道，吃穿住行，喜怒哀乐，正像诗人所说的：“孩子/在土里洗澡/爸爸/在土里流汗/爷爷/在土里埋葬。”①在土地里出生，在土地里扑腾，在土地里老去，在土地里长眠，而他们自己就是土地里的一个颗粒、一个分子。“土地神”就是一位宽广、宽厚、宽容的母亲神啊！

他的个头，就像我们村中农民那时卑下的地位；他的神情，就像对自己处境的认知和达观；他的凸腹，就像我们在田间地头埯下的瓜，到了秋收的季节；他在那儿一坐，我们仿佛就有了温饱的希望……他好像也喝酒，也好赌。范家埠一带有一个关于“土地奶奶”的“瞎话”，说：范家埠的土地庙里除有土地爷爷外，不知怎么突然就有了两个“土地奶奶”；闫家庄土地庙里却只有一个土地爷，没有土地奶奶。后者就动手将前者庙中的一个土地奶奶搬到了自己村的土地庙中。忽有一日，这位土地奶奶托梦给闫家庄的会首，说，我是老头子（土地爷）跟人家赌钱，把我输给了范家埠，你们快把我送回范家埠，并且以后不要再搬过去……

源于网上的土地公公、土地婆婆神像，先前的“社戏”就是敬献此神的礼物

他就像我们的一个比喻。

① 臧克家：《三代》。

书上说，自春秋战国时他的居所就混迹于村庄农舍之中，从此就再也不曾离开过，成了我们世代的老邻居。他一贫如洗，却坦然安居；他居于低洼的下水头，（土地庙，一般都被设在村中偏低的地方）却无忧无虑。

天下的神庙不胜枚举！其中威武的神庙亦不胜枚举！然而人们总不忘以自己的戏剧来娱乐土地神！村里的戏台，（或者现扎的，或者先前以砖石砌了，从而固定在了那里）早年间那台口儿总是朝向土地庙庙口的方向：譬如土地庙在村子东北角，庙门开向南戏台就建在了村子的东南角，台口儿冲北，迎着土地庙的庙门方向。（土地庙一般并没有大门，只是敞开着的一个小石洞而已）戏，是演给土地爷、土地婆看的；人，夹在戏台与庙之间，跟着神沾一点儿光罢了。

而，由于有了人作为观众的加入，村庄唯恐敬神之意不够凸显，唯恐不够庄重——许多村子那时在年年唱戏之前，先唱“祭戏”。唱时，先用苇箔在野台子上打个戏棚，然后前去“请神”。这“请神”是一道重要的仪式：先竖起一个土地神牌位，春用韭、秋用黍而祭之。焚香而拜。然后才开始唱戏。也有人将这一套称为“祭箱戏”：以箱为神，神就是戏箱，戏箱就是神；因此才叫“祭箱戏”，唱的时候，祭的不是神像、神牌位，而就是戏箱。为什么剧团里面，任何人，（除了丑角）都不得坐在戏箱上？（传说，当年康熙皇帝曾在梨园里扮过丑角；自此京剧业内，可以随便坐戏箱的，只有丑角。）盖因为戏箱即为神哪！旧农村中普遍很穷，人们尽管好戏，但是要置办一个戏箱，（箱里，须各种戏妆、道具基本齐全）却绝非易事。而只要是心存敬畏，勠力同心，却又无事不成。人家都祭箱，咱村怎的？难道活人就被尿憋死了不成？于是或者村人撙衣节食地来集份子，或者会上出去揽来一个什么活儿，挣得些钱财置办戏箱。早年，除了通衢大道两旁的村庄，田村、张村、羊亭、蒿泊等较大者，自有戏箱以外；连伸进山旮中的“靠山屯”，如姜家疃、戚家庄、于家夼、北上夼、范家埠等，也各有一个像模像样的戏箱。应该注意的是，这些戏箱，不仅仅是功能意义上的物件，同时又是人们意识中的表达虔诚的神，一种心灵的支柱。一种难以泯灭的“礼”。

“礼失求知于野。”直到新中国成立以后，祭戏箱的习俗仍未断绝，很多村庄仍在奋力置办戏箱。譬如曲家河、北观、阮家口、宅库、谷家洼、竹园等村，利用集体经济于20世纪60年代到70年代，新添戏箱，演起了祭箱戏，敬“社”于不知不觉之中。赶那时，当然再无人宣传什么“土地爷”“土地婆”之类，只管逢年过节村村锣鼓、处处唱戏——事实上这仍是先前社戏的延续。

《辞海》中“社戏”的词条，最后一句说，“一说，社为古代划分地区的一个小单位，社中演戏称社戏。”如果这样来定义“社戏”的话，那么威海境内、里口山景区内，早年的娱神而人受的演出，就更加是“社戏”无疑了。

《中国风俗史》①中说：“社之名起于古之国社，里社，故古人以乡为社。《大戴礼》：千乘之国，受命于天子，通其四乡，教其书社。《管子》：方六里名之曰社。今河南太原青州乡镇犹以社为称。注：二十五家为社，千社二万五千家。哀公十五年，齐与卫地书社五百……”由此可见，社，大体上是一个或数个村子的范围，所以才有“村社”一词。而据记载，清至民国时期，乡间就庙会盛行，（也有人认为，凡是敬神的演出，都属“社戏”，而并非针对“土地”）景区内有艾山庙会、太平庵庙会等诸多庙会上的演出活动；有元宵节等节日的“走百病”和民间杂耍活动——这一切，现在看来都在“社戏”之列。

---

①《中国风俗史》，张亮采著，团结出版社，2005年1月版。

二　社戏之盛数百年

由此，社戏在乡村中扎根愈来愈深。而由于它骨子里无疑是村民们借以自娱自乐，所以其发展亦薪火相传，根深叶茂。终于，它成为一种奇花照眼的乡间艺术。

我一度有一种，将来写一本《乡间艺术史》，在其中历数戏曲在那里发展的冲动。

最早或者较早，有文字记载的社戏勃兴，区内大概计有：

田村村（田和街道办）“清末年间，威海城里出现了戏班子，在家里唱戏的是名牌队伍，大多数在露天搭个戏台演出。田村人逢年过节也到城里请戏班子来村唱几天。”请着请着，他们忽就想到了“人家能唱，为什么咱们不能？”到民国年间，就有人组织了“自立班”，占领了村中的文艺舞台。自立班的组建者有：毕克茂、毕克盛、毕克福、毕玉亭等。①

姜家疃，（张村镇）清末，村里已经有了一个演京剧的“四喜班”。这“四喜班”行当齐全、功夫扎实，在威海当时的十几个戏班中，已是一个小有名气的戏班子，曾一度唱红了文、荣、威的各处庙会；民国初年，村里又有了新的“自立班”，步四喜班子的后尘，上演了许多传统京剧节目。

王家夼（羊亭镇）、宅库（嵩山街道办）等村，村中民国期间就有“办耍会”，组织编排小节目和杂耍，逢年过节，串街走巷，传村走疃，为该村，甚至附近诸村日后演出活动的发展，起到了奠基和影响

① 田村的演出活动资料，源自田村村委会于 1990 年 8 月编印的小册子（征求意见稿）：《田村村史》。

作用。

戚家庄(竹岛办事处),一九四八年在外乡人宋保升①的传授指导和组建下,村里成立了京剧戏班。曾一度唱响了威海城里与乡村。该村级戏班,后来成为威海京剧团的前身。

至于新中国成立后村庄新成立的业余剧团,区内村庄有一半以上都曾经有过。其中羊亭镇北观村,是一九五八年成立的,属于羊亭镇的头一个;大抵也是区内的头一个。说,到了新中国成立以后,那时候的演出不是已经没有了“社戏”的性质了吗?但是,事情没有那么简单。作为一种传承,事实上社戏的味道总还在丝丝缕缕,袅袅不绝着。比如剧团内部严格的“戏规”;比如若干不成文的“禁忌”,比如演出的时间、地点……干干净净的一刀两断,在这里是不可能的。

那种热情,如今想来几乎难以理解:不辞劳苦,不计报酬,不知疲倦;说是“好者为乐”吧,那股乐此不疲的劲头,似乎只有用宗教崇拜的热情不能解释。仿佛,社戏有一种基因,在冥冥中暗递。

还有一个获奖的大致统计。它仅仅在说明着过往的成就吗?不是的。它跟我们今天的人们诉说的,是一种诚敬、一种奉献、一种在单调平庸中寻求崇高和壮丽的执着、一种焕发、一种潜在能量的释放、一种乐观的生存意志和生活态度……请看下表,一个不起眼的村庄,往往深藏了一部深刻的文艺史;一份级别可能很低、价值却很高的珍藏;这是值得村民永久纪念的荣誉。而整个区内,整个市内,乃至整个国家,其荣耀和光彩,正是由这样一个个分子排列而成的。

---

① 宋保升(戚家夼村误传为“宋茂生”),荣成石岛人。京剧艺人,擅长老生与花脸。早年以京剧闯荡江湖,一九四八年落居戚家庄。数年来一直在那里传授京剧表演艺术,并组建戏班……1948 年威海解放,成立京剧团,即以戚家庄和孟家庄两家野台班子为基础,吸收各村京剧力量,而组建。

敬神意义上的“社戏”，已经逐步上升为一种现代的表演、演唱艺术和现代的“乡土文化”了。

下面的统计表是对于区内部分乡、村有历史以来演出的粗略记录。

村名	时间	演出节目	获奖级别	补记
田村村	民国年间	京剧《三娘教子》	在火神庙戏台，吸引观众五千余人，“一举夺得魁冠”	据《田村村史》记载，是田村自立班首次受邀到城里东南村火神庙戏台演出。从所记情形看，当时有数家演出，而田村班最受欢迎，以致“在三里五村传为佳话”
	1957 年	合唱	在威海市组织的会演中荣获锦旗一面	当时合唱团由 50 多人组成。这阵势就已经震撼了全市。然后，其整齐、恢宏，征服了广大观众
	1974 年	大合唱	在威海市农村会演中，获第一名	这次会演叫作“威海市第一次长秋之声文艺大会演”。田村在会演中显然是发扬了他们先前善于组织合唱的优势，荣获第一名
王家庄	解放初	歌剧《白毛女》	“轰动整个威海。”——《威海市区村庄大全》语	一个早年不过六七十户的小山村，竟在解放初也组建了业余剧团，演出大型歌剧《白毛女》，竟也能轰动整个威海，这“轰动”就是一种真正的奖赏！
寨子	1931 年前后	话剧《小老妈开谤》	“曾红极一时。”——《威海市区村庄大全》语	“红极一时”，即把戏演红了，演火了。在相当大的范围内受到赞誉。这“红”，赛过任何大奖
大岚寺	1992 年三八节	妇女交际舞	在镇政府举办的妇女交际舞比赛中，获物质奖	

续表

村名	时间	演出节目	获奖级别	补记
李家夼	1956 年春节	歌舞剧：《快乐年》	在神道口区文艺会演中，获一等奖（获锦旗一面）；正月又被选送文登地委演出，获荣誉奖	难能可贵的是，《快乐年》的剧本是村里自编的。然后自导、自演而成
东夼	1952 年后	吕剧：《狗碑恨》《红珊瑚》《七夕泪》《小姑贤》……	受到村里群众的好评；并送戏送到羊亭大西庄	柳沟东夼，乡曲地偏，在张村公路的背后，紧贴着里口山的前坡，从前只不过二三十户人家的小山村。竟能把社戏演到受好评。送出村的地步！其受到的观众好评，就等于获奖
姜家疃	新中国成立前及新中国成立后	京剧诸多传统剧目；后来又增添了现代京剧剧目	“历次会演比赛，姜家疃村均取得好成绩。”——《威海市区村庄大全》语	这是位于里口山中的一个被大山包围着的村庄。却实在是一个京剧底蕴丰厚的戏乡。曾唱红过方圆百里内的庙会；唱红过方圆百里内的戏台；他们在本地的声望乃是至高的奖赏
北观	自古以来；新中国成立以后（1955 年）	社戏节目；吕剧《李二嫂改嫁》	1955 年在市文艺会演中，以吕剧《李二嫂改嫁》获一等奖	自古以来，民风好戏。踩高跷、大头人等扮耍节目，于方圆数十里，小有名气
北竹岛	新中国成立前；新中国成立后	耍狮子	威海市民间老早就有俗话说：“北竹岛的狮子，城里的灯。”——形成俗话，本身就是民间莫大的奖赏	新中国成立后的演出频繁，吕剧歌剧颇为有名，前两年每年的“5.23”大合唱都有他们的参加。到现在抓得也不马虎。只是获奖情况未统计

续表

村名	时间	演出节目	获奖级别	补记
南竹岛	一九五八年	吕剧《小二黑结婚》	在威海市文艺会演中，获一等奖	解放初，有一次北竹岛、南竹岛和神道口三村举行过一次扮耍比赛。那时民间自发的小型社赛特多。结果南竹岛获第一名。一是锣鼓敲得有特点；二是狮子耍得过人。当时敲鼓人是：姜炳胜；耍狮人是：姜培栋
高家庄	新中国成立前	社戏：杂剧、扮耍双簧等		
	新中国成立后	小调剧、吕剧：《啼笑姻缘》《梅河两岸》《沙家浜》等	多次在全市会演中获奖	
台下	新中国成立前	有多年的“耍会”传统	每年冬闲，编排节目，赶春节和十五期间就走街串巷，走村串疃地耍起来	当时村里有个老艺人叫“初留石子”，又好又能，前村后店有口皆碑。老人死后，村中演出停过一段。1938年，又开办耍会，演出节目……
	1951—1953年	吕剧与歌剧《小二黑结婚》《二兰记》《李二嫂改嫁》《海防线》等	在原七夼乡会演和草庙子公演大会中，演出三次，三次获奖	

续表

村名	时间	演出节目	获奖级别	补　记
台下	高级社时	京剧《苏三起解》《打龙袍》《钓金龟》《桑园会》《宇宙锋》等		
	1982年以来	歌舞、表演唱等		
戚家夼	从清朝到建国	舞狮、舞龙表演	每逢春节开到城里表演	舞得水平，当时已相当精湛，受到城里人的叫好
	解放初	歌剧《二兰记》，话剧《应征前夕》等	在威海市文艺会演中获一等奖	
	改革开放以后的1991年、1992年、1999年、2000年	舞蹈、歌舞、表演唱、舞狮、歌伴舞等	在竹岛办事处、区文化局、区总工会、区宣传部等部门主办的各种晚会上，先后获优秀节目奖、最佳组织奖等	

以上统计，由于采访的不足和资料限制，若有遗漏，敬请见谅。

而到现在，社戏，我们由现代的文艺活动而追溯出的祭神化石这种历史的嬗变和文明的发展，正是我们的骄傲。又正是乡愁在21世纪里色彩绚烂的复活。

三　田垄间的“乡村名导”

说起来，田垄可是一种很神奇的地方。那里不但庄稼茂盛，人才也在生长。那里，春秋时走出过鲁国的军事家曹刿；秦朝时走出过陈胜、吴广；东汉时走出过诸葛亮……而艺术人才，更是不胜枚举；至于从田垄中走进走出，走出走回，和庄稼一样地带着一股田野清香的土头土脑的，也许更被乡民注目的默默无闻的天才，则更是辈辈世世层出不穷了。

“乡村名导”，就是这样的一种天才。

于家夼当年的“乡村名导”谷源堂，现年(2016)已87岁了

说起乡间的“社戏”，即文娱，就不能不说到那里的导演。村村有导演。而且，差不多都是天生的。他们没有谁经过专门训练，也没有谁进过××艺术学院，却装龙像龙、装虎像虎，满肚子都是戏。他们全都是从田垄中拔出来的，被大伙公认的“名导”。现代社会，总是把文艺行业中的人物捧得令人目眩；早年间却并不把这类人物吹嘘过甚。老百姓说话，再有本事的人也未必能有一棵玉米秸子高！

那些“名导”，正像一棵棵青玉米一样，在旷野的风中，挥动着衣袖，把田垄舞得呼啦作响。

从戚家庄往南，到今嵩山街道办的台下村，五家疃村这一带，早

年间(一九三几年到一九五几年)四个村曾经流传着有五个“名导”,所谓“四疃五大号”:

台下:王洪义;

王家疃:王学贵(前一任,教过小学,后因成分高而回家);

王道行(后一任,文登一中的地理教师,人称“地理大王”);

山口:丛吉明;

七夼:丛櫄滋。

别看仅仅一个名字,能在乡村的口头上一挂半个多世纪,可见当时的影响有多大。尤其是他们当年在穷乡僻壤里打下的乡村艺术基础多么坚实,以致使今天的现代文娱发展有了起飞的依据。

当年的这些,也许并不被后世人瞧得上眼的人物,事实上个个都身怀绝技,不同凡响。有的竟连字也不识,但是却有着过人的天分,从唱腔到动作,举手投足无不精妙得叫人叹服。你问那是怎么得来的?当然也是学来的,但是他们的学却是一般人做不到的。比如他们有的本事就在听完一天戏之后,竟能把全部这一天唱的戏自始至终,从前台到后台,场次、对白、唱词、腔调、锣鼓、胡琴、唢呐、笙……什么什么全都记下来,回到村里,他就能拉起一帮人来,把这出戏生生地复制出来。演得比那某村有过之而无不及!

而义和村的王吉文,(现仍在文笔峰吕剧团担任一位重要演员)在村里时,拿到了一个剧本之后,只观摩了一场,自己回去就能够把全部的戏给“导”出来。还有许多偏僻的山村,比如范家埠、陶家夼、岳家庄、李家夼、王家疃、于家夼等,都能自编剧本,自编自导自演!

到现在,大部分村庄的群众文娱活动仍在薪火相传,有的还依然大放异彩。区内比较突出的文笔峰集团文艺宣传队,从演出内容到演员阵容到设备道具等都有了革命性的突破。早年戚家庄的社戏声

文笔峰剧团现任导演，国家一级导演：董国勇先生

动乡里，如今的文艺团体更是闻名遐迩。他们不但在自己的大舞台上演出，同时还应邀送戏送到羊亭镇阮家口村；歌舞专场应邀送到竹岛办望岛村、崮山镇、张村镇等，处处都获得了极高的声誉。他们这时的导演邀请了原市京剧团退休的国家一级导演董国勇先生——这回真来了“名导”了，从“剧本思想”到“遴选演员”“拉场子”“布支点”，到“响排”“通排”，完全按现代戏剧排演的一套走下来。而导演又是演出的灵魂，导演现代化了，剧目的演出焉能不焕然一新？

有时候，在很个别的情况下，他们也许会有一点点“与众不同”。他们当然也有可能“从天而降”，以“另类”的样子，突然而至，留下来一段传奇佳话。

有一年的有一天，那是夏雨总是很大、冬雪总是很密的那一年。在戚家庄。从田垄，那远似天边的另一端，走来了一个陌生人：头戴一顶沙鳖窝草帽；衣裳是一件农民常穿的粗布短褐；下身却是一条肥大的练功裤，扎着裤脚；足蹬一双圆口布鞋。浑身上下，既和田垄中的泥土相协调，又较村里的庄稼汉多了些不俗之气。陌生人在会首的地块里逡巡不前。

会首事实上早就看见了他，这会儿只当不知，埋头锄地。

“请问大哥，这儿就是戚家庄的土地吧？您就是戚家庄会首是吧？”他大概早已打听好了，戚家庄、村里的土地在哪里、会首是个什么人等等。

通过交谈，确实是他。

而他是一个江湖艺人，会唱戏，而且只会唱戏。“种庄稼，咱一窍不通，只能吃口戏饭。”陌生人求救似得对会首说。

前些日子，有人跟这位戚家庄的会首联系过，因为当时会首真想把村里的社戏抓上来，就有人跟他提起，有位荣成人，走江湖唱戏的，有家口，大概是走江湖走倦了，想在我们这一带找个村子住几年。你们给他找幢房子住下，给口饭吃，工钱多少随便，这人就准能给你弄出一台走到哪儿都打得住的大戏来！而今个一看，眼前这一位，十有八九就是那位江湖艺人了吧。

会首是个快人，道，“行，咱村正想请一个唱戏的师傅来教戏。给你几间房子没问题、吃口饭没问题，你可得给我把戏教出个样儿来！”会首拄着锄头，一边用衣襟撩着风，一边和艺人对话。

“都会唱什么角?”

“生旦净丑，什么都会。”

“都会什么戏?”

“什么戏都会。”

“那，拉起个戏班，能唱几出戏，得多长时间?”

“半年。”

“半年?”

“半年。”

“那么说，赶今年过大年，咱村就能自己唱戏了?”

“可以。”

会首来了精神，问江湖艺人当场开唱行不行？艺人瞅瞅旁边有块较平的地堰子，说，就到那儿吧！会首招呼在田里干活的老少爷们，人们一齐把锄头扔下，赶来听戏。江湖艺人先是一段开场白，用了一种骐派的腔调，道："洒家姓宋，名保升，荣成石岛人……"完后就让大伙点戏，大伙说，光知道几句，不知道戏名；江湖艺人说，这也行，你就说这两句戏词吧。有人点"我正在城楼观山景"，艺人就唱开了《空城计》；有人点"听他言，吓得我心惊胆怕"，艺人就唱《捉放曹》；有人点"天降下擎天柱，福报乾坤"，艺人就唱《萧何月下追韩信》，并且就地朝着大伙下拜——表演萧何拜求韩信。真把大伙给听傻了也看傻了，有人赞叹，有人喊好，有人说，今个真是来着了，一辈子也没过过这等戏瘾。地堰子竟成了戏园子，人们都在艺人周围盘坐了下来，老人把眼也闭了，两只耳朵在品那不同流派的味道呢！

后来，有人问他能不能来一段《大闹天宫》？艺人此时也是兴致勃发，操起身边地上不知谁丢下的一根撩地瓜蔓的棍，凌空舞来，初像有五六条棍子在身前身后舞动，后来就是白花花的一片，分不出多少条棍子了……

谁也没有觉察到，此时天空已落下了蒙蒙细雨，而且越下越大，一直到大伙儿连同表演的江湖艺人，俱都淋成落汤鸡，这才散了。

宋保升在村里先挑演员：看看身材、听听嗓子，当场就指出了谁谁可以唱老生，谁谁可以唱小生还是花旦。有人落选，无比的懊丧，宋保升过来拍拍那人的肩："老弟，不是别的，就是身段不行。这样吧，你要练我还教，我把你记着，到时候角儿不够，我再找你……"

又和气，又亲切，又严格。老宋走南闯北，阅人无数，鉴貌辨色，因材施教，心系艺事，志在峰岚。后来终于打造出了名镇四野的戚家庄京剧团；通过排演《群英会》，还培养出了一批京剧名角："活赵云"戚炳福；"活司马"戚加诚；"活国老"戚景清……

四　演员·观众·环境

还接着前面文笔峰的文艺宣传说。追根溯源，戚家夼民国时期的社戏，根据一些隐约的线索，我猜想大抵应该是在山根底下的一些“大敲、大叫、大跳”；若看京戏的“风致”，那还需到南面的戚家庄，那里是大戏“野外散漫的所在”①戚家夼的文娱活动，除了演演社戏，再就是听听“瞎子唱”而已。（其实各村无不如此。尽管说社戏村村演，但演出的时间、演出的内容，毕竟有限。）盲人。夏夜。在街头罩子灯底下的表演者。十分努力地咧嘴笑。又拉又唱。观众挤得紧紧。一律半张开嘴。时而大张，大笑……

终于被逼出来了。到1945年前后，戚家夼这一类小村，就有了相对稳固的和自己相连的演出队伍，就有了一批堪称铁杆的演员。也逐步有了比较杰出的“名角”。戚家夼那个时期的男演员有戚其万、邹明军、林沾信、戚桂林、戚其祥、戚务忠（现文笔峰集团董事长）等；女演员有戚秀华、戚桂娟、戚逸霞等。戚秀华，2015年我在戚家夼老年公寓里见到过她。尽管她已经84岁了，但是依然能够看得出，当年她曾经漂亮过。她一度是村里的一个“名角”，从14岁就参加了村里的剧团，历年演出的节目，大致情况如下：

14岁时：端蓝子灯（舞蹈）；

15岁时：端蓝子灯（舞蹈）；

16岁时：《锄草记》（歌剧）；

17岁时：打花棍（舞蹈）；

---

① 本段引号中的话，引自鲁迅：《社戏》。

18 岁时:《二兰记》(歌剧);

19 岁时:《刘巧儿》(歌剧);

20 岁后:《应征前夕》(话剧)。

而且,是剧团和演出做了她的月老冰客——她在长期的排练、演出过程中,和她日后的对象日久情深,终成眷属;而就连结婚的那天晚上,他们仍然没有耽误演出,二人各自去扮自己的角色,让洞房一时间空旷了起来……

现在的戚家夼(即文笔峰集团)的文艺团体,不仅在本村影响巨大,而且当他们送戏到文登、荣成和威海乡镇时,那里鞭炮齐鸣,横幅悬挂,掌声雷动。他们台上台下,互推互动,就跟中央电视台"心连心艺术团"来到基层一样的激情四射、气氛热烈。

文笔峰剧团,现任演员之一:王吉文

文笔峰艺术团,分锣鼓队、歌舞队和吕剧三个分组,这显然是对传统扮耍和社戏的新组合、新发展。其中的吕剧队,从 1999 年建队,原来是逢年过节出一台戏;后来每年"七一"又加演一次,一直坚持了 20 多年。以前,演员不够就出去借,后来逐步把主要演员配备齐了,有了自己的"台柱子",吕剧的演出水平就越来越高。其中,一个老演员叫王吉文,正是前面提到过的羊亭镇义和村的前导演。60 多岁近 70 了,现学现练传统吕剧的若干剧目,现背台词,竟奇迹般地不减当年。演老头儿,观众原以为是他化妆化得好,灯下一闪,活现一个老头儿,便说"这个演员,装扮得跟个真的似的"。可下台以后,走近一看,"呔,这不就是个老头吗?"老王说,"可不老头怎的,老头不演老头还能演啥呢?"

还有个女演员叫邢新喜,唱念做打,十分了得。天赋的女高音。自学成才。唱歌、唱戏、京剧、吕剧,样样来得,样样不凡。演年轻媳妇,就青春靓丽;演少年女子,就天真烂漫;演老太太就颤颤巍巍、哆哆嗦嗦、惟妙惟肖。观众中有善于归纳总结者,当他们刚要以她扮演年轻女性的特点打算冠之一个恰当的美名时;她却又改演了女学生、老大娘、嫂子、妹子……

先前,农村中的社戏,不必讳言,演出和观看中常常带有浓重的"农民视角":过分追求真实和欣赏热闹。认定了艺术就得和真事儿一模一样这才够劲儿。新中国成立前唱戏,不但真牛上台,真骡子真驴都跟着上了台。知道的这是唱戏;不知道的以为这儿啥时改成了牲口市。演《铡美案》时,竟然把农家铡牲口饲料的铡刀,抬上了台。包公和太后争得青筋暴跳,跟真的似的。铡,不能,要铡,不能,要铡要铡誓要铡,不能不能誓不能,就这么争得没完没了、无穷无尽。几乎要动手。当包公摘下了乌纱帽、脱下了莽龙袍的时候,这时,铡刀就抬了上来。像是刚刚用过的,刀口上还飘着未铡干净的草叶。随着包公一声"开铡",台上有人将陈世美颈部以上送到了刀口中。只听得"哐当"一声,刀斧手像铡草一样,跳着高儿将铡刀按下。

观众顿时一齐站了起来,有人跑到了戏台两边,而事实上此时的观众已将舞台围了个水泄不通。霎时,有一股鲜红的血,溅到了观众的脸上。人们都吓得轰然而散——京剧此时已改成变魔术了。

人们在惊逃中还不忘记喊好,"好戏呀好戏!"

还有位导演,选角儿的时候就"别具慧眼",打上了残疾人的主意。唱一个什么戏的时候,他把一个卧床多年的瘫子启用了。问有何用,"你们等着看。"排练时并不用这残人来,谁也不知道他到底扮演什么角色。开演了。打发人去把“大头锁子”(外号。因其长期卧床,脸躺得又扁又大;他小名又叫“锁子”,所以人送外号“大头锁子”)抬将而来。有一幕,舞台上的“支点”是一座小庙,庙门开着,把大头锁子抬进去,扶起来,坐着。大头锁子老在家里捣的,大脸庞煞白煞白的,连妆也不用化,依在那里,一动不动(想动也不能!)只有眼皮儿在那里眨巴着。

大伙看那庙中的神像怎么跟个活人似的?怎么还会眨巴眼呢?忽有人喊:“哎妈吔,这不大头锁子吗?”到外村送戏,总是有人抬着一个瘫子,引得外村人连连称奇。

锁子也挺来精神,每回出演都满脸激动。多年以后还在打听,如今不知再唱不唱那什么什么戏了?

赶各村基本上都成立了业余剧团和许多村建起了大房子(有些村叫“大礼堂”)的时候,(那大概是20世纪60～70年代)农民的审美水平已经大大提升,远不是从前的仅仅看热闹了,而是更着重于“看门道”;不仅仅是听响器,而是更着重于“听味道”。仍然是兴奋、激动,但却较以前从容得多了,稳重得多了。1963年柳沟东夼建起了一所宽敞豁亮的“大礼堂”,好像是围围在当时很罕见的一座。这一下,一所房子把一个村子炒起来了。外村来送戏的突增了数倍,大家却图个在新房子里演一演,也等于登了回“大雅之堂”。东夼村的村民们可真是过足了戏瘾,他们一天一天地坐在礼堂里看。有时候一出戏能看好几遍,看过了刘村演的,再看李村演的;看过了李村演的,再看赵村演的,看得大伙差点儿能把台词都背下来。比如吕剧《王定保借当》,在三天之内他们看了三场,欣赏水平和鉴赏水平自然也就跟着提上来了。甲村那角儿跟乙村那同一个角儿,孰高孰低,评论得总是头头是道。拿主角跟主角比,拿丑角跟丑角比,俗话说“不怕不识货,就怕货比货”,这么一比,自然长短高下,一目了然。所以常听人们说,“东夼的戏不好演,东夼人的眼睛不好骗!”

而有的村子，偏偏就喜欢你们评论短长。甚至有的导演还故意安排几个老人，作为“特殊观众”混迹于一般观众之间，听取大家在看戏时的“即兴反应”和“临时评论”。即使这些“点评”粗野一点、夸张一点也无妨，一一采集，以作参考。

观众和演员的水平都在提升。

乡村文艺之路，正在拓宽……

而随着电视的普及、演出的职业化和专业化，在现代浪潮的冲击下，乡间活泼的演出活动多少有些式微了。当然，确有一些组织甚至个人仍在坚持、发扬光大，但我们仍不得不承认，有一股潜在的艺术活力，在不经意中悄悄地蛰伏了下来。这无疑是一种谁也不愿看到的损失。如今，我们回顾来看：由社戏而一步一步走过来的乡村娱乐演出，那么朴实，那么放松，那么天然，就连那些粗浅和简单，都是可贵的；就连那些幼稚地追求“真实”，都是可爱的……它有很多特点值得我们从头分析和总结。

啊，那令人怀念的过往的时光，能够得以重现吗？那些怀揣奇技而精力充沛的乡间导演呢？那些大红大绿又大悲大喜的乡村演出呢？那些咬着一块地瓜干儿充饥，一排练就是半宿的男男女女呢？那些从下午就开始在戏台底下“占场”，手脚都冻得通红而依然东跑西颠的孩子呢？那些绕着大幕前后“嘟嘟”的吹响的哨声呢？那两三盏悬挂在舞台上空的闹不闹就坏上了（一夜总得坏那么五六次）的罩子灯呢？那哥呀妹呀姐呀的呼叫呢？那不停地高喊着的为让演员能够听到的替稿子的声音呢？那一些嘈杂的谈论和说笑声呢？那一片零乱的跺脚声、吭吭的咳嗽声和参差的鼓掌声呢？……

那些传奇的人物、那些轰轰烈烈的演出、那种环境、那种氛围，甚至那一派吵闹，原来也都是乡愁的一种温度啊！

第八章

长夜中的“黑色俱乐部”

一　权威的命名

我们不妨先从它在某一时期的对立面谈起，这样可能会帮助我们更清楚地认识它，更深刻地感知它。

据《中国共产党历史讲义》①所记，“一九六三年至一九六六年春，党在部分农村和少数城市开展了社会主义教育运动。”坊间简称之为“社教运动”。社教运动后来又改叫“四清”运动。1965 年以后，“随着《二十三条》的贯彻执行，各地的‘四清’运动持续深入发展，到一九六六年春，农村中三分之一的县、社和少数城市中的部分工厂、企业事业单位先后开展了‘四清’运动。”②而“四清”运动在威海，堪称是首当其冲，区内更是无一漏网。长峰北山村，（当然，事实上说哪

① 《中国共产党历史讲义》：孙敦璠，等编，山东人民出版社，1984 年版。

② 亦见《中国共产党历史讲义》。

个村，大体都可以。区内当时村村进驻了工作队，他们又总是坚持要扑灭乡村的“讲故事”活动。这就使下面的事情具有了普遍性。而只是因为这里讲的一个笑话是发生在长峰北山村，所以作者才这样指陈。）几天里就哄哄着工作队要来了，工作队要来了！工作队，那是毛主席派来的人，准备工作自然做得有模有样：街道打扫了两遍，全村所有的巷子都收拾的铮明瓦亮；墙上贴满了红红绿绿的欢迎标语；新刷了墨汁的黑板上，请学校里的美术老师前来画上了宣传画……那是将要进入一九六五年冬季的一个下午，西北风“嗤嗤”的刮着，①而为了欢迎工作队的到来，村里不惜把小学里的学生都拉了出来，迎风瑟瑟地站在村口的大道上，打着彩色的三角小旗，上面写着大致相同的欢迎口号。

到处都在唱：“工作队下乡来，贫下中农笑颜开。”

可真是“笑颜开”：第二天工作队在山上和贫下中农一起砍松柴。队长到了山上就招呼：“把那些断了树头的松柴砍了，其他的树木一律不动！”语音未落，只听工作队中那个女工作队员厉声喊道：“不行，一颗松柴也不准动。断了树头，断了树头怎么样，留着明年发芽儿！”声音又尖又狠，像金刚石割在玻璃上，一语既出，大家不约而同地愣了一会儿，接着就“轰”地一声大笑起来，笑得前仰后合，笑得人仰马翻。

“哈哈哈哈，从来没听说过，松柴砍了头，还能发芽儿！”

“哈哈哈哈，从来没听说过，老宫的鸡巴，还能发二茬！”

“哈哈哈哈……”

据说女工作队员是北京某机关刚分进来的大学生，工作不久便派下来当工作队，细眉毛单眼皮儿，细皮嫩肉儿，细嗓儿尖溜溜

① 西北风“嗤嗤”地刮：属于一句方言，“嗤嗤”用来形容风的尖锐和寒冷。

的——被大伙儿这么一笑,知道自己的话里大概犯了一个什么常识性的错误,也不好问,脸腾的就红了起来,又刷地白了下来。就这么红一阵子白一阵子之后,听见队长用一种强压住笑的语音说:“嗨,嗨嗨,都别笑了,担杖耳朵(一个社员的外号)笑你个球你笑!人家工作队刚刚从城里来,知道什么松柴不松柴,树头不树头的,说一句话笑话逗逗你们,你们还当了真个儿的了……”

而女工作队员心里却非常明白,事实上自己的“围”并没有被解。

当天晚上,工作队(总共三个人)准备到生产队长家里去,通知一下关于“四清”工作的展开步骤;顺便咨询一下关于松树头、松树杈子的事。可是当他们走到黑通通的胡同里时,碰到了三个一帮、两个一伙的村民都嘻嘻哈哈地往老街里走去,有人还晃着手电筒,东一下西一下地刷着两旁的砖墙。问之,说是去秦六子家。“去干什么?”“去听书呀!”“听什么书?”“听说书呀!”工作队一行三人也就随着去了,先把展开步骤和松树头的事扔下再说。

众人去的地方是个四间房子的住户。东厢房。一进门,左手边是锅灶,锅灶里面是一个被称作“马台子”的半截壁子。右手边的壁子后面是两个通间——一看就是个人口不多的家庭。而此时,炕上、地下都坐满了人。有坐马扎的、坐蒲团的、蹲着的、站着的,简直连个插脚的地方都不多。三个工作队员,在外间马台子边贴墙根儿蹲着。

马台子上有一盏晃晃忽忽的煤油灯。在昏暗的灯光里,人们的脸上都泛着一种享受休闲时特有的柔和的光彩。

起先有些聚会时常有的说笑声,随着马台子后面传来的一句“老少爷们,今个黑头,讲一部《乌三娘传》”,那些嘈杂的交谈声忽就如日光下烟雾的消散,瞬间就不知飘向了何方。那个一条溪流般的陌生的男声来得不急不缓,说到乌、三、娘、传四个字的时候,声音与声音之间拉开了均匀的三段距离,显示了一个说书老手在报幕时特有的韵味。工作队暂时把自己放在了一般听众的位置上，心下只有暗暗佩服，想不到这穷乡僻壤里竟藏着这等人才！

炕上面有人扭过头来，嘴巴对准了马台子上的油灯，“忽”的一下将油灯吹灭。屋子里顿时沉入了昏黑的湖底。能够感觉到，随着上游溪水的注入，湖中大大小小鱼的影子在往来穿梭。那注入进来的溪水就是那个叫作“秦六子”的声音：“乌三娘，兖州人，咱们省城南面，隔梁山近便，有个兖州。那一代兴习武打把式……”

那声音很圆润，也很亲切，正是昏黑湖底中的一条忙于穿梭的领头鱼。那鱼在水中时急时缓，有时倏地将腰一扭，顺势钻入了水草中。有时又像浮在一处等待谁似的，一动不动，就那么悬着，像一条云影，像一道梦幻……

其他的鱼们，也就跟了一道游走，一道扭腰，一道悬停，一道成为云影或梦幻。

有人在叹息。说到乌三娘走江湖卖艺，有谁的鼻子在抽动，似欲哭泣。集体的深深的喘息呼吸。工作队知道，这事实上就是一种休歇的呼吸，一种叙述的柔软的手接触身心疲劳之后人们所获得的放松。但是，他们的身份，他们的使命，使他们心中那股紧绷的弦，在稍作松动之后，忽就不约而同地重新拉紧了，紧得发出了“嘎嘎”的响声。顿时，一个危险的词汇闪在了脑海中，像天边出风帆一样很快地驶来——“裴多菲俱乐部”①。天哪，这不就是裴多菲俱乐部吗！这就是活生生的阶级斗争！这就是我们无产阶级应该出击的时候！

这时三个人坐不住了，一同站起来离开了。女队员提出，马上去

---

①“社教”运动时，在倡导“无产阶级的革命文化”的大前提下，曾严肃地提出过警惕和反对“裴多菲俱乐部”资产阶级反动文化的极“左”口号。裴多菲(1823—1849)，匈牙利诗人，资产阶级民主主义革命家。

公社，报告工作队总部。分队长说，天都这般时候了，等明天吧，怎么好去叩领导的门？女队员坚持当夜去，说是“军情急如火”。三人一同去了总部。总部说，已有好几个村发现了裴多菲俱乐部，总部说，要毫不犹豫的扑灭！

第二天晚上，北山村开社员大会。女工作队员登台讲话，讲国际国内形势大好，讲无产阶级专政，讲阶级敌人无孔不入。

就在此时，秦六子用来说书的那四间厢房，被命了一个社员们事实上挺赞同的名字：黑色俱乐部。

呔，成年价天天晚上朝那里跑，竟不知道他还有个挺文雅的名字。你可别说，黑天、黑灯瞎火，就是“黑色”；大伙儿听得挺乐呵，就是“俱乐部”，可不“黑色俱乐部”咋的？

而工作队说的狠多了，厉害多了。什么复辟资本主义啊，什么颠覆无产阶级专政啊，什么想让我们贫下中农重遭二茬罪啊……说得大伙儿云天雾地，既不认识秦六子了，简直连自己也不认识了。那时六子被叫到了台子角上站着，他被迫向观众作检讨，最后表态道：“老少爷们，我……既然工作组都为我命名了，我秦六子，今后一定要把黑色俱乐部说好！”

二　向“说书人”致意

我在采访的时候，每到一个村子，只要一提起“说书人”和被称作“黑色俱乐部”的“说书场”，人们的眼睛里立刻就放出异样的光彩，急急忙忙地回答你，“有的，有的，村里那个×××，还有×××……”几乎每个村都是如此。几乎每个村都有那么一个或者两个“说书人”。几乎每个村都有那么一两处“黑色俱乐部”；而夏夜，差不多又都是在村头道口，碾盘上、大树下或者打谷场中。要不然，那些个漫漫长夜，那些难耐的燠热的寂寞，可怎么打发？对于这些难能可贵的人物，我常常情不自禁地顺手记下他们的名字，像记录一两句山乡野曲：

村名	说书人姓名	说书人性别及当时年龄	讲述内容	说书时间	说书地点
大西庄	□□□(受访人李元进现年 88 岁的伯母)	女 50 多岁	《三侠五义》等	1937—1938 年	自己家的炕头上
李家夼	李春萌	男 50 多岁	《七侠五义》等	20 世纪 40～50 年代	田间地头或村口大杨树下
布谷夼	毕童子	男 50 多岁	《八大义》 《小八义》等	20 世纪 40～50 年代	本村村头或田间地头
南竹岛	陶传仁	男 50 多岁	《三国演义》 《杨家将》等	新中国成立前	伙计屋子
	苗亭彩	男 50 多岁	《封神榜》等	新中国成立后	大队部房子里
陶家夼	陶传励	男 50 多岁	《三国演义》等	新中国成立以前及新中国成立以后	自己家中
	陶传元	男 50 多岁	《聊斋》等		
望岛	孟凡兴	男 50 多岁	《七侠五义》 《大八义》 《小八义》等	新中国成立以前及新中国成立以后	自己家中
……					

他们的“说书场”大部分在自己家里，炕头上，到了晚间炕前放了一地各色的鞋。地下，正当间里，坐了一地的人，开大会似的。或者就在露天地上，人群常聚之处。譬如李家夼的李春萌，总是坐在村头那棵大杨树下：树根儿那里有个较平的台子。李春萌在台子上，背靠

了大树，面朝村口那么圪蹴着；一村的人大部分都背对着村口，坐在树北那一片下坡地上。正好瞧见说书人那丰富的表情。

那一年夏天下了一场大雨，村当间那条小河河水猛涨，使居住在河东面的李春萌没法到河西面的大杨树下说书。河西面就打发过来了两个棒小伙子，赤脚过河，把说书人背过来。雨还没有停住，早有人在杨树下用油布支起了一个遮雨的棚子；而树背面则是一片乌色的伞顶：人们都在雨中等着听书呢。

到说完时，又把他背回了家中……

大西庄曾经的"说书人"（女）所居住过的老宅今貌。门内站着的老人正是"说书人"的子侄辈

20世纪五六十年代，有一阵子，各村的说书人就好像约好了似的——都在讲同一部《七侠五义》。那时我十几岁的样子，那阵子我先在村里听了其中的一段，好像叫"五鼠归附包拯"；第二天母亲带着我到今嵩山街道那一带走亲戚，心中便暗暗叫苦，"完了，书不用听了！"可是在舅舅那里，晚上表哥带着我到他们村的"黑色俱乐部"里听书，那俱乐部仿佛在一个糖瓜作坊里，那边有人一边听书一边烧火。我只听了几句，便跳起来："哥，巧了，昨晚上我刚听到'五鼠归附包拯'，今晚上就赶上了下面的这段'惩处狗官狗奸'（应该是权奸）！"

第三天舅舅家里的猪娃跑了，表哥带着我到邻村去找。在一个邻村，听到临街有间房子里有人在说书，表哥也是个书迷，扔下了找猪，扯着我钻了进去。便听，嗨，又巧了，正好又是接了昨晚上后面的

“剪除襄阳王党羽”和“打探襄阳王阴谋”。

而各自的风格不同，我们村的那位讲述很温润，解释得清清楚楚。讲到了紧要处，语速加快，夹进去紧促的呼吸，听着很是过瘾；舅舅村的，讲得好像不太规律，往往会随时带进去一些新词儿，但是却引得听众哈哈大笑。而我那时却不以为然；邻村的讲得汤汤的如大水奔流一般，气势裹挟，细节却不太留心精雕细刻……

那时候我虽然只在小学，学习不怎么样，听书可能听出个孰高孰低。连老师都说，这个小同学，是个“听书精”。

然而猪娃可彻底跑脱了，无处寻觅。

而谁又能料到，那位夸我会听书的老师，其实也是位说书的高手，一位在教师行里隐藏着的很少露面的高手。曾有一节课，他为了讲“足下”一词的出处，讲了一段《东周列国志》中的“介子推守志焚绵上”，到现在我们同学聚会，还每每说起那段说书的事，大家仍然记忆犹新。那位老师是一张胖乎乎的脸，厚嘴唇，憨憨的嗓音①，故事讲得斩钉截铁，如雄辩家的争鸣；很多时候又缠缠绵绵，像二胡的演奏。我们好像平生再也没有听到讲得那么棒的故事。可惜啊，我的那位老师，在讲了这个故事之后，不久大概是因为被打成了右派，而悬梁自尽了。我立刻想到了他死前讲的那段故事，那难道仅仅是为了讲一个词吗？难道那不是一种临终绝唱吗？难道不是一种预示吗？……

当年的那些“说书人”，大致都已不在人世；当年那些遍布乡村的“黑色俱乐部”也大致不复存在——如此，我们真应该，向他们，向那些破破烂烂的老屋，老屋中昏暗的灯光以及吹灭了油灯后的“黑色”，向形形色色的说书人致以迟到的敬意和一言难尽的谢忱。

---

① “憨”在这里是本地方言，嗓音厚实，带有磁性的意思。

此外还有一种讲述者，他(她)们并非“专业”的“说书人”，说的也不是真正的“书”；而是随随便便的一个妇女，或者一个老太太，一个打草的汉子，一个捡花生的老大妈。他们竟有一种连他们自己大概也没有意识的语言的吸引力。而叙述他们的经历，“讲故事，就像微笑一样轻而易举。”①他们无意于说一部什么书，他们只是当众作一种交流式的“发言”，也就是拉拉家常，这就足以把人紧紧地聚拢起来，让大家分担他的忧愁、分享他的快乐，从而得到情绪的积极放松。正如麦基在《故事》中描写的：

> ……在一上午工间的休息仪式上，只要有五六个人聚在一起，至少会有一个显有这种天赋。
>
> 假设我们的故事天才上午向她的朋友们讲述“我是怎样把孩子们弄上校车的”。就像柯勒律治的《古舟子咏》一样，她抓住了所有人的注意力。听众就像中了她的魔法一般，全神贯注的手捧咖啡杯，半张着嘴。她时而明快，时而徐缓地编织着她的故事，令他们或笑或哭，将所有人的心高高地悬在半空，直到以一个炸药般的尾声戛然而止：“今天早上我就是这样才把那帮小捣蛋鬼弄上校车的。”她的同事们满足地伸了伸缩着的身子，喃喃道：“上帝，没错，海伦，我那帮孩子也是这样。”

这些在寻常百姓中，像庄稼那样普通而朴实的叙事高手，长年累月，没法统计，也没人统计，他们随时实地的给枯燥的岁月带去了多少欢愉。他们也许是无意的，而效果超出了他们的想象。

在此，我对他们表示一种和“专业”的“说书人”同等的敬意。

---

① 美国当代剧作家、编剧轰练罗伯特·麦基语。

三　“说书人”溯源

乡村。夜晚。“黑色俱乐部”。演讲者。倾听者。时光被神奇地抚平了下来，沿着一个无形的渠道静静地流淌。偶尔，水面上会出现几朵浪花和几圈涟漪，那是一串清凉的笑声和深深的叹息……

这简直就是一件难以想象的奇迹。这也是故事对于人心以及人的情绪的特有的功效。这是一种源自于原始社会的聚落文明。

在我注视它的时候，它使我想到了阿拉伯古老的《一千零一夜》。这是一部故事集。（可惜我在采访中没有找到当今的正在说着的乡村“说书人”；如果有的话，我真想向他们推介这《一千零一夜》）这部故事集一开篇便是一个关于本故事集起源的一个发人深思的精彩故事，仿佛是一种什么高明的隐喻：相传在古代印度和中国的海岛中，有一个萨桑国。国王山鲁尔生性残暴、嫉妒。王后行为不端。国王因此把她杀了。此后，每晚娶一个少女作王后，翌日晨便将其杀害，以示对原王后的报复。宰相的女儿山鲁佐德，贤德、仁爱又美丽、聪慧。为了拯救无辜的同胞，自荐嫁给了国王山鲁尔。她在当晚，用讲故事的方法吸引国王，使他在翌日的早晨破例赦免了山鲁佐德。第二天夜里又是如此。每夜讲到最动人之处，恰好天刚亮了。“欲知后事如何，且听下回分解”下回下回地往后拖，一直拖了一千零一夜。国王终被感化……

沿着这个意义想开去，我们乡村那由来已久的“黑色俱乐部”，不也是被一个叫作“枯燥”“无聊”“烦恼”或者叫作“压力”的“国王”给逼出来的吗？在这种逼迫下，会说话的人类，发挥了自身的优势以求自救，就像山鲁佐德那样，以她的故事为盾牌而摧毁了国王的晨杀。正如20世纪美国著名的修辞学家肯尼斯·伯克所说：“故事是人生必要的设备。”

说故事说到底就是一种能把你带离现实世界的优美的“谈话”，而“谈话”对各种年龄的人都有其乐趣，是很合理的消遣。（[英]吉斯特菲尔）

而消遣的顶级形式就是娱乐。娱乐是什么？“娱乐即是沉浸于故事的仪式中，达到一种知识和情感上令人满足的目的。”（[美]罗伯特·麦基）

而故事又是什么？我们现在一再谈论的“黑色俱乐部”中的故事又是什么？那就是已经发生的有意思的事。或者是想象出来的有意思的事。就是侧重于发展过程的描述，强调情节的生动性和连贯性的口头叙述艺术。①

那些居住于山乡村落的面朝黄土背朝天的人们，又普遍在内心深处有着对故乡的积极的“向心运动”。这就达成了“黑色俱乐部”的迅速树立和遍地开花。

就说景区以内，多少人关于《西游记》《三国演义》上的诸般故事，最早是从书上得来的呢？那时候识字的人很少，书本也是稀罕之物，有几个人打小的时候就读过这些名著？那么，关于石堆里蹦出了孙悟空，关于曹操、刘备，关于宋江、李逵，他们最早是从哪里知道的？都是听说书听来的。然后，长大了，读书了，返回头来又从书本上翻出了印证，并扩大之、丰富之，从而建立起了每个人最基本的、相对系统的“国学体系”。当然也有人以后再也没阅读过什么“演义”什么传记，他们全部的“学识”都是听来的这些。

这么一追溯，乡村中那些一辈一辈的“说书人”，那些薪火相传的

① 作者这里所做的关于故事的定义，源于1979年版《辞海》，词条：“故事”。

讲述者，岂不是功德无量，够得上“伟大级”的人物了？理应如此。请看日本当代著名小说家村上春树是怎么讲述的①：

……在人类还住在潮湿的洞穴里，啃着坚硬的树根，把瘦瘠的野鼠肉烤来吃的太古时代，人们就不厌其烦的开始讲故事了。在篝火旁依偎在一起，抵御着就算奉承也难说友好的野兽和严酷的气候，度过漫长的黑夜时，交换故事肯定是他们不可或缺的娱乐。

不必说，故事这东西，要讲就必须讲的高明。② 愉快的故事总得讲的愉快，恐怖的故事总得讲的恐怖，庄重的故事总得讲的庄重。这就是原则。故事必须让听的人或是不寒而栗，或是泪流满面，或是捧腹大笑。让他们忘却饥寒，即便是一时片刻。优秀的故事无论如何都不可缺少这种可以凭肌肤感觉到的物理效用。③ 所以故事必须把听者的精神转移到另外的场所去，哪怕是暂时也好。说得夸张点，就是必须使听者跨越隔断“这边的世界”与“那边的世界”的高墙，必须巧妙地把他们送到那边去。这正是故事被赋予的重大使命之一。

在任何集团里，必定至少有一个人擅长这样栩栩如生的讲故事……

---

① 以下三段引文，引自南海出版公司 2013 年 4 月版《村上春树杂文集·无比芜杂的心绪》中的《写小说这件事·故事的良性循环》。

② 故事“要讲就必须讲的高明”，是非常正确的。拿区内来说，我没有听到有哪个村子的“说书人”是蹩脚的说书人；个个都是“专家”和“大师”！个个都是打一开始就已经达到了相当成熟的程度……

③ 村上在这里所说的说故事的“物理效用”，在我们这里的乡村里同样存在：多少人饿着肚子就跑出去听书；多少人以两片地瓜干果腹，而肚肠中的大部分空间事实上是以听书来填充——这正是对“黑色俱乐部”功能的明证。

这种人物，在一般情况下，都会受到人们的尊重，都会收获一些荣誉。但是如果有时他们所讲的故事有意或无意的与当时的政治发生了抵牾，那收获什么就该另当别论了。

古今如此。

这是这一类人世代相传的宿命。

四　讲故事的“资质”

说书人，毫无疑问是需要一种“资质”的。

首先要有过人的记忆力。

许多说书人事实上连字也不识，比如大西庄李元进他大妈，她小的时候还根本不兴女孩子进学堂；家里也并没有刻意地培养过她，她到哪儿识字去？即使识字，又到哪儿弄来了《三侠五义》？再比如很多村里的说书的老太太，都没读过书，都是到了六七十岁，突然就在家里讲起了书来，是现学识字、现读书、现趸现卖吗？不会的。就是听来的，就是脑子好，能记得准记得牢。只要听过一遍，这一遍即使再长的书，她们也能够将它们刻进脑海，然后复述出来。而内在的动力就是“好”，激动，只有绘声绘色地讲出来才完成了一种“自我实现”。

即使那些识得两个字的，我想他们主要也不是凭着背书，而仍是凭着听。人说过目不忘，他们却是过耳不忘。一部书，只要被他们听过了一遍，你看着吧，他们一定会有过之而无不及地在口头上再现出来。

我想起荣成石岛那一带，有一个被人称之为“活档案”的农民。这人前两年过世了，村人及乡镇分管文史档案方面的人，无不感到他的离去，是一个莫大的损失。他，一个瞎字不识，只是记忆力过人。

而这记忆力也分记什么；要是记得并非他喜好的方面，那这记忆力反而不如常人。

这人一辈子也没出过门，没离开过石岛，却对北京颇为熟知。北京的大街和胡同、北京的广场和故宫、北京的小吃和叫卖、北京的饭庄和布店、北京的圆明园和陶然亭、北京的天坛和地坛……他都能跟哪怕是“老北京”聊一个痛快淋漓，连北京抬大杠的“杠房”，哪里的杠夫是怎么抬棺下葬，他都能说出个幺二三。他是怎么知道的，听说的，然后把很多人说的，整合到他的脑子中去。有一回村里有个闯北京的人回村小住；又有一回几个来自北京的人来荣成观光；又有一回村里有去北京旅游的人回家了——他都要听他们聊一聊北京的地理、故事、人文、景观等等。白天在田里听到了；晚上回到家里，躺在炕上就闭上眼睛背上一遍。发现哪儿当时记得不太准，他就爬起来，半夜去叫那人的门。人家重新讲了一遍，他又回去背去了。闭上几回眼，面对乡亲父老，他就成了一个从未进过北京的“老北京”了。还有背乡间各色人物的来龙去脉，过往轶事，不仅自己村的，连南庄北疃的一律兼收并蓄。那一年“四清”工作队来调查邻村几个干部的历史情况，一时在村里找不到知情者，有人便介绍找这位“老北京”。在水渠边，工作队队长见到了他，他正在挖修一条废弃了的水渠，浑身泥水不堪。工作队见他邋里邋遢，紧张拘束的样子，开始还没瞧得起他；可是当他打开自己的话匣子，很快就让工作队长不禁刮目相看。他竟能把工作队的调查对象从祖宗到父亲到兄弟姐妹的典故、经历之类说一个清清楚楚、头头是道，精确到某年某月某日，那天是刮风还是下雨还是晴天。工作队奇之，问“你是怎么知道的？知道得这么详细？”“我听当时的人说的，现在他们不在了，他们既然不能说了，不就得由我接着往后传？”“怎么记得这么细致？”“背的，背，他们蹲在地头上说，我当时听了，晚上就回家背。隔过五天六日再背一遍；再等个个把月，再背一遍；等一两年再背一遍，差不多就一辈子记住了……”

再也得“好”，专心致志，心无他想。有一回家里断了粮，早饭时他老婆在饭桌前跟他说：“当家的，今中午咱就揭不开锅了！”他并不作声，口中缓缓地嚼着一口菜饼子，两只眼睛盯住了对面墙上的某处，一动不动。这么盯了一阵子，扛上锄头，耷拉下头到田里出工去了。一路上他仍在背那一段陈年旧事呢！中午回来，饭桌摆在了地上，桌上有饭菜，他啥也没说，蹲下就吃。老伴说：“当家的，你就这么吃呀，你不问这锅是怎么揭开的吗？”无语，仍是一面咀嚼一面盯着对面墙壁上的某处。

这就是“好”。这就是专心。倒不是说非得连基本生活保障的事都不能去想，一心专在那种事上；在这里我的意思是必须一心一意地投入进去。

当然，有时候，当他们把肚子里的故事都讲完了，他们也需要及时“充电”。20世纪五十年代末六十年代初，有两年兴闯关东。羊亭镇有四个村的说书人一起出去了。当然结伴闯关东在当时很自然，他们也没有张扬是出去学书段子云云。开始也是在林场在农场在哪里打工，干了两年他们就一起找有说书的地方去干活；什么《说岳全传》呀、什么《隋唐演义》呀、什么《杨家将》呀。听了几部；之后就拿出几个月，凑在一起试讲。在互为听众的时候，讲一段之后就点评一段，补充遗漏的、纠正错误的、完善欠缺的——那段时光，过得愉快而又美好。说，他们是为了传播传统文化，娱乐群众，丰富农村的文化生活，送给人们佳美的精神食粮……对是对的，可总会让他们感到不太自然。他们会说，就为了一个字：“好！”

第二才是表演技巧。

网上说，“说书”最早有时是盲人的一种表演形式。这也有可能。

可能最初的说故事不过是盲人的一种行乞手段。他们所用的主要就是一张嘴，有时配以简单的乐器，如琵琶、三弦等。那些说书的盲人摇头晃脑、指手画脚、嬉笑怒骂；时男时女、时老时少、亦庄亦谐，实在是一种功夫不浅的表演啊！

而最少这些手段，是乡村说书人吸取营养的对象。

还有曲艺、戏剧，都应该给了他们以有效的借鉴。

比如我的那位自杀的老师，自杀前的那一场说故事，事实上是极具艺术性的。辩四声、分尖团①、强调喷口②，显然是受了京剧的影响；而我们这茬同学知道，我们这位老师曾经是一位京剧迷，也是一位学校里的票友。这使他很自然地把京剧中的一些东西，纳入了他的口头表述之中。

好什么就研究什么。他们显然都是一些很善于处处学习以壮大自己本事的艺人。不仅从同行，而且也从其他的行业学习和借鉴，甚至街头巷尾小商小贩的叫卖声里，甚至邻里偶尔发生的争吵声里，甚至风掠过树梢和草木而发出的哨子一般的长短音里，甚至江河流动的呜咽声里，事实上都隐藏着他们随时可以请教的老师。

可能他们也有过失败，在一开始的时候，在书"生"的时候，但是这种时候你却绝对看不见。他们只在面对山林、面对溪流、面对无形的听众时，才肯不准确、不全面和不流利。才肯失败。而他们展现在听众面前的却总是貌似"无师自通"和瞬间成熟。

① 尖团，指汉语中的"尖舌字"和"团音字"。

② 喷口，京剧术语。

五 说书人的“流通货币”

而说起来又有些凑巧:说书人差不多都有一点“问题”,不一定是哪个方面,总是有些不够顺畅。

羊亭集某村早年的麻老四,光棍汉,地主出身。这不就出来“问题”了:因为这个倒霉的出身,(麻老四的父亲是个地主,而麻老四本人事实上一天地主的日子也没过)也是因为小时候生了天花,生出了一脸麻子,而一辈子也没能娶上个媳妇。一个人住着四五间房子。读完小学时,同样因为出身的问题而不得继续读中学,下来了,在生产队里享受着半被管制的“待遇”,结结实实的打着光棍。于是就自然和人群接触的极少。甚至和亲戚也没有什么走动,和兄弟姊妹也没有多少来往。然而他这一辈子却并不孤单。

先是因为他特别喜欢孩子,20 来岁、30 来岁、40 来岁、50 来岁,直到老了,他一直都是个“孩子头”,总有一群孩子在他的屁股后面打转。孩子为什么喜欢他,因为他会讲故事。

故事,正如罗伯特·麦基所说,对于讲述者,那是他们“人际交往的流通货币”。

当年,孩子听了麻老四的故事,往往跑回家就支离破碎地讲给父亲听。闲着没事的晚上,这些父亲就找到了麻老四,“老四,你把讲给孩子们听的故事,讲来我们听听!”

麻老四:“××爷(麻老四在村里辈分小,一般三四十岁的人,他都得叫爷),××婆,咱会讲个么故事,不过是糊弄小孩子家家就是了。”

××爷、××婆:“老四,你别来这一套,可别说把你当人待,你往牲口棚里……”

麻老四："哎哎，那××爷、××婆，可别这么说，我不是不肯讲，是怕讲得不好，让你们笑话！"

××爷、××婆："甭啰嗦了，人也来得不少了，快讲吧！"

仍然是个夏天的晚上，过了初十，月亮落黑儿就爬了上来，皎洁的一个大半圆，像一把新磨的镰刀，映照着幽静的山村。村口那棵大树的影子被拉得老长。大家在听着一个微不足道的人讲天南地北的故事，本来有点喧嚣的山乡瞬间便阒寂无声。有人带着麦草编织的草席子来了。他们或坐着、或卧、或靠着、依着，有的草席子边上还放着一把茶壶和一只茶碗。这幅图景可惜没有人拍摄下来，那时候没有照相机，要是有照片留到现在，那该有多么珍贵啊！

麻老四就隐在大树的阴影里，像影子中的一道影子。

麻老四在讲一部叫作《巧·奇·冤》的故事。

受访人说，他那时候好像是上小学，关于《巧·奇·冤》，白天趁麻老四收工回来，烧火做饭的功夫，他曾经缠着麻老四听过一遍；赶晚上麻老四再给大人讲的时候，他又听过一遍——然而到今天却只留了一朵小雾一般朦朦胧胧的东西在脑海深处，像遗落在那里的一道柔软的白光，沉在茫茫的海洋底部。他说：

> 我只记得，麻老四先咳了两嗓子，跟着就开讲。开始的时候，我听着就像一个罪人站在会场上做检查似的，声音轻轻地，发点儿颤，还有点儿磕巴。他说，"爷婆们，今个孙子给你们讲一段书，又，又巧，巧，又奇，奇，又冤的故事，故事的名字也就叫《巧·奇·冤》了。故事发、发，生、生，在、在民国时……"后来，不知什么时候，他不再结巴，顺溜得很。我看见他两条胳膊一会儿指东，一会儿指西，整个人活过来了……

但是麻老四始终站在树底下。有人过来，往他身后塞过来一个小板凳。

麻老四那会儿真个是一夜成名。连三五里外的别的村子的人,也都跑来听书。

冬天夜里,这些外村人也熟得像自己的村子一样,进了麻老四的家,爬上了麻老四的炕,一边听书,顺手帮着麻老四剥花生种。(生产队每年冬天都要分给各户一些花生种,让他们在家里剥了,送花生米子过来。社员按花生米重量划工分。)

麻老四每年分的花生种,事实上都是听众帮助他剥的。是时,屋子里的油灯早已熄灭,满屋子黑乎乎的,只听见麻老四的说书声,伴以咔擦咔擦的剥花生之声,像一套鼓点儿为一支曲子做着极为和谐的伴奏。

月在天上移动,星星在走。故事渐渐进入了时间的深处。

还有个村子,好像是竹岛办某村的。也是生产队时期有一个60多岁的老太太,从春到秋,一直在讲《西游记》中唐僧取经的九九八十一难。一晚上讲一难,一直讲了三个多月。(八十一个夜晚,再加上坏天,正是三个来月)那三个月,是该村一齐进入了角色,进入了互动的三个月。人们无端地进入了一种有节奏的情绪之中。担忧、惊恐、希望、喜悦、赞叹……复杂的阶段性的情感在交替呈现。而这些情感又都在一种愉悦的总调子下变幻,村庄就沐浴在这调子中,呼吸和律动。那时候,村人不管是上山或是下泊,走到哪里都在议论着唐三藏、孙悟空以及白骨精、红孩儿等。晚上讲了,白天在田里、在山上就互动了起来。这互动主要就是议论,人们七嘴八舌地展开了他们各自的领会、感受和想象。

“玉升婆”就是讲述者的名字。她的真名是什么,最少今天没人知道。她的男人叫玉升,摆辈儿村里多数人都叫他“爷”,她也就成了全村的“玉升婆”。后来玉升爷得病死了,而她仍然是“玉升婆”。而那三四个月里,由于故事的紧凑、紧张、紧急。人们的议论也跟着紧了起来。人们凑在一起,几乎不说“玉升婆”就没法张嘴了。“玉升婆说的那白骨精,怎么就那么厉害?”“玉升婆说的那白骨精怎么那么狡猾啊?”“玉升婆说的那唐僧取经九九八十一难,怎么就那么多难呀?你们算算,一晚上一难,得什么时候才能取得真经?”而每一问必有一答,答话中又是一口一个“玉升婆说”,那些日子,空气中到处都弥漫着“玉升婆”的名字。

玉升婆的“说”,那就是花;人们的热烈议论,那就是叶,红花绿叶,交映生辉。

玉升婆那时候一个人拉扯着两个孩子,按理说应该是很困难的;但是事实上她家的日子却并不显得多么拮据。拖不动的有人帮着拖;拉不动的有人帮着拉;挪也好挪;借也好借,求人也好求。靠的什么?靠的就是说故事。说故事说出了她的人格、说出了她的社会地位、树立了她在群众中的形象。而这又不过是事过多少年后的重估和分析;当事人在当时是否怀着这种目的,我想大概不会的,一个山旮里的老年妇女,会有这等深谋远虑?也许只是因为“好”,大伙再热烈地欢迎、赞美,愈加增强了她的积极性,而已。

有一回,不知怎么,玉升婆的嗓子突然失音。先是嘶哑,坚持着讲了两天晚上,到第三天就不能发声了。这一下,把全村人都急坏了,到处去延医寻药,费尽了心思。结果玉升婆家一时门庭若市:中医郎中来号脉;西医穿着白大褂来打针;老年人送来了“海上方”;青年人到山上挖草药;问候的、探望的、服务的,一帮一伙,络绎不绝。把玉升婆感动得流着眼泪,指指天,指指地,又指指自己,再在空中划了一个大大的圆圈。有人帮她说:“天地良心。我。一个寡妇老婆子。大伙这么待我。我高低给大伙说一个有天大的好故事!”

玉升婆的两个儿子，老早就有人替他们做媒，说了媳妇。

受访者最后对我说起了玉升婆的模样。他说村里的老年人都记得她以及她的声音。我想，这事实上也就是人们常说的“活在人们心中”了。玉升婆：大个子，大鼻子，大眼，大大汪汪的一个人。声音发憨，略带沙哑。本地人，可能曾经是位大家闺秀，因为仿佛是识字的；但是她的底细，当时的人只顾了听故事，没人去关心这些，现在就更是无从谈起了。其长子（今也不在），当时有异术：见了蛇，伸手就捡了起来，卷巴卷巴就装进了口袋。当时村里人传言，这是他听了他娘讲了一段什么奇书，那故事讲到最后泄露了一段“亲蛇秘诀”……

第九章

东山西耩栽地瓜

一　一篇有关地瓜的作文

我小的时候，不熟悉的事物自然很多很多，而最熟悉的事物就数地瓜了。那时候我们吃的是地瓜，家里稳①的是地瓜，锅里烀的是地瓜，往山上送饭送的是地瓜，出门儿行路带的还是地瓜，连拿来充当糨糊这种文具的，也是地瓜……

因此，我们的谈话中，三句之后总是离不开地瓜；而作文也就不可避免地扯到了地瓜上。

地瓜，就好比老少社员们腹中和身边的“常随”。

那一回的作文课上，大概就是在老师文学兴致大发之际，他讲开了文章要有主题，不能乱写一通；还讲了写作跟主题的关系。老师问我们懂不懂？那是个冬季，教室里的温度把我们的鼻涕拉出了老长。

① 稳：本地方言，储藏的意思。

我们一边往里面嘘着，一边以高涨的热情配合着老师的情绪，高喊："懂！懂！"于是老师就布置了一篇有主题的作文，"要通过你的故事，反映出一个鲜明的主题来"，写什么不管，反映什么主题也不管。

写什么呢？这时涌入我脑海的，当然是司空见惯的地瓜。我写道：

前些日子，晚上，大约是半夜时分。有着模模糊糊的月色。我正在甜蜜的梦乡里畅游名山，游兴正浓。这时我忽然被东邻王大叔王乾业家里的吵闹声惊醒。我当时是如梦初醒。（我记得很清楚，我用了"如梦初醒"一词！）我就一骨碌爬起来，披起了衣服就跑到了王大叔王乾业家的院子里。

王大叔的院子里早已站满了很多人，跟看大戏似的。有族长、有调解委员、有生产队上的队长王二牛。他们都站在前面的一排，后面还有两三排。而这么多人，这时在王大叔王乾业的眼里，就跟没有一物一样，或者全都是雾气。在他的眼里，只有窗子底下蹲着的"盗贼"，其实就是一堆地瓜。听刘大婶说，王乾业这是"魔怔"了。半夜起来到院旮旯的厕所里撒尿，回来见到了刚从队上分来的地瓜，这就喊"捉贼"。本来这地瓜是准备在院子抽一抽①，然后就稳；他可好，顺手抄起了那根撩②地瓜蔓儿的棍，朝着地瓜就劈，把地瓜都劈得有皮没毛，你说可怎么稳！我拦也拦不住他，行，叫他左③吧，我和他离！大伙都说，呔，就这点儿事，离得什么婚呢？刘大婶说，我的天哪，"就这点儿事"，这地瓜是俺的命呀。地瓜一伤了，就没法稳，一冬天和春天，俺

① 抽：本地方言，晾晒的意思。
② 撩：本地方言，抛、甩的意思。
③ 左：本地方言，胡闹的意思。

不就得扎着脖子封着嘴！一边说着，王乾业好像还没有从“魔怔”中醒回来，仍在用脚踢着地瓜，嘴里还咕念着“我让你偷，我让你偷！”

刘大婶说，王大叔王乾业，白天生产队分下地瓜的时候就似乎有些奇怪，非要坚持把地瓜搬进家里，放在地当间，说是怕放在院子里，被贼人偷了去。我好说歹说，才算劝住了他。这不，到了经宿半夜的，他自己闹起贼来了。这地瓜被他这么一糟蹋，还稳什么稳？我的天哪，没法活了，队长、书记为我做主呀，开张条子，俺明个就去乡上和王乾业离婚！

那时候才知道王大叔的名字叫王乾业。

记得那篇“有主题的作文”大致就是这么写的。现在划了一个段落，而当时大概全文只有一段，并且满纸的“，”号，全文也就是一句话。同时好像还在什么地方，把王大叔王乾业手中的那根“撩地瓜蔓儿的棍”，着力描写了一番。从一米四公分长、一手把来粗，到木质、到来源，特别是它在农家的“十八般兵器”中的特殊作用——专门用来伸到地瓜蔓下，往上一挑，“蹦蹦”地将蔓子下面扎到土中的毛根都挑断，然后向后、向上一甩，将瓜蔓儿甩在地瓜垄上——详细地写了一通。此后我写道：“在这个月夜里，撩地瓜蔓儿的棍，成了王大叔家得心应手的兵器……也因为农具变成了兵器，刘大婶在一冬和春里上过吊、跳过河、碰过井。没什么吃，家里揭不开锅呀！”

我那么乱七八糟地写了一堆之后，就不管三七二十一地交上去了。

第二天，老师用一种包含了什么重大问题的严肃的口吻，把我叫到了办公室。又在那里用同一种不祥的口气问我：“你这一篇《离婚寻死记》（我当时感到非常奇怪：老师怎么把作文题目给改了呢？我自己给那篇作文起的题目明明是:《半夜里发生的一件事》。)写得是什么主题?”

“嗯……这不就是……是不论干什么事,不能粗枝大叶,粗心大意,粗心大意会引起魔怔,会把地瓜当成……”

“得,得,你别说了。这事我也听说过。但是真事归真事,真事可不一定都能写!”

我想问“为什么”,但怕老师说我笨,就没问。但我把这话记了一辈子。

老师:“……快,回去快把这篇作文撕了,要不就烧了。反正别让它被人看见!”

我:“好的,老师。”我仍然没有问“为什么”。

老师:“回去处理吧。太危险了!太危险了!”

我:“……好的,老师。”我奇怪老师怎么说“危险”呢?但我还是没有问。

地瓜,我们曾经敬之、爱之、厌之、畏之、疑之、左思右想不得其解的特殊之物啊!

我记得,那一年刚好有一次“反右”运动。老师之中有很多人戴上了“右派”帽子。我们的老师也到区里开了半个月的整风会议。风声好像挺紧。我曾悄悄地问过我爹,“我们的老师会不会打成右派?”

我爹将手中梳毛的刷子(当时他正在给牲口梳理鬃毛)停在了马脖颈上,半晌未动。后来他转过脸来说,“照他那个谨慎劲儿,一般不至于……”

而我爹所说的“谨慎劲儿”,我想正是指他让我毁掉那篇作文《离婚寻死记》的事。

二 地瓜探源的扑朔迷离

地瓜起源的扑朔迷离，有如长江之源的难追以尽。三江（黄河、长江、澜沧江）之源，总的说都在西部，青藏高原的腹地。长江源头在唐古拉山脉的主峰，各拉丹冬雪山西南侧的沱沱河。那里才是长江的真正源头。而沱沱河之源又在哪里呢？有人追到了各拉丹冬冰川的冰挂下面，那融化出的颗颗水滴。然而长江源头之争，仍未到此结束，事情远不是这般简单……可见探索某种事物的源头，绝非易事。

地瓜学名红薯，有着诸如番薯、山芋、甘薯、红苕、白薯等将近20种名称。而区内乡村，普遍呼之为“地瓜”。

早年，在乡间，有很多种说法，给地瓜的起源蒙上了一层又一层神秘的色彩。

也许日本也是个栽种地瓜历史悠久的国家吧；也许是因为他们曾经侵害过中国人的缘故；也许是因为列强们屡次蹂躏过中国的大地，于是老百姓闹不闹就将地瓜和鬼子扯到了一处。有人说，地瓜秧苗最早源自海外一个遥远的国度。他们总是觊觎中国呀，就研究了这种奇异的口味甘甜却有着慢毒的农作物，送来了中国；国人一吃，果然是佳品，但是哪里知道，这东西吃来吃去，会吃得你头晕眼花，吃得你中毒身亡！然而，天不灭我中华，哪知道我们这里有萝卜，吃了地瓜又吃萝卜，乖乖，竟把地瓜的慢毒给消解了！这凭空而来的化险为夷，又使很多善良的人们凭空获得了自造的十二分庆幸。

至于后来兴起的“胜利百号”，在它开始推广的1949年，传言就咄咄逼人。因为1941年，确实有过那些品种的地瓜从日本引进过的事实——当时日本人打算在青岛建一个酒精厂，便在崂山免费推广这种地瓜，即他们的“冲绳百号”。以给酒精厂提供原料。然而栽种了以后，还没等到收成，日本人就投降了——故而传言中就说，日本人不甘心失败，借助“冲绳百号”而投向了中华大地另一种甜味的凶恶武器！当时确实有人相信这种传言，把上级发下的“胜利百号”秧苗扔了喂猪，依然栽植老品种“穷不够”。

地瓜品种的发展史：早年间我们这里栽的一直是“穷不够”。它的优点是口味甘甜，烀熟后也比较柔软；缺点首先就是瓜蔓儿很长，第一节中提到过的“撩地瓜蔓的棍”，主要就是对付它的。结的地瓜细细的，很长，一串串跟红头绳一样。还时常在蔓儿下面的根须上长出“跑瓜”，即跑到垄外面的土地里生长的不可吃的小小地瓜根，白白影响了主根对地力的吸收。另外，产量也很低。后来又换过一阵子“丰收白”，白皮、个大，一个个圆布鲁图的，连驴啃起来都找不到下口的地方，因此又有个别号叫“驴不啃”。“驴不啃”之后到解放初，取代“穷不够”的就是“胜利百号”。“胜利百号”的优点，较“穷不够”可就多得多了：(1) 秧苗泼食①。地瓜本来就是一种对土壤质量要求很低的作物，“胜利百号”的秧苗表现尤甚，几乎栽下即活，耐干耐旱，真个是“泼食”。(2) 蔓儿短且不扎根，也就不会生出没用的“跑瓜”。由于它蔓短而不用翻动，也便大大节省了劳动力。(3) 产量高。每棵“胜利百号”下面都是一兜子地瓜，棵棵如此，无一例外。报纸上②报过的一棵地瓜刨出了 35 公斤，还有电视上报的 74.4 斤③等等，全都是“胜利百号”。(4) “出干率”高。胜利百号结出的地瓜，个个亦方亦圆，饱满而多面，含淀粉量高，以至于吃来噎人，需用水来送着吃，

---

① 泼食：本地方言，适应性强的意思。

② 2006 年 11 月 8 日《威海晚报》，载：羊亭南江疃刘志杰，从自家地里刨出一棵 35 公斤的地瓜，其最重的达 12 千克。

③ 2015 年 11 月 1 日晚，山东电视台生活频道报道：烟台某人有一棵地瓜，长到 74.4 斤。

才不至于被噎着。因而“出干率”就高，一般可达 20%以上。因此，“胜利百号”之所以取代“穷不够”，事实上是地瓜品种上的一次革命。胜利百号一直流行了二三十年，到 20 世纪 70 年代往后，地瓜栽种的主流才又逐步换成了“蜂蜜罐”（顾名思义，它是很甜的一种地瓜品种。）“一窝猴”等。

品种在不断根据人们的需要而改良和创新，而基本特征仍是万变不离其宗：绿叶互生，宽卵形，3～5 掌裂。块根，纺锤形或方圆形。外皮大都呈红、紫红、土黄或红黄。单从颜色上看，它们多么像是埋在地下的正在散发热力的火炭！它们虽然不算是什么一狐之腋，但是它们的根在土壤的长枕大被下，叶茎又伸到了阳光和空气里，既吸取地下的热能又接纳风日的精华，然后就激烈地冲动，亢奋地发育，禁不住一再将地下的根伸长、放阔、左冲右突，以至于把垄都撑开了一道道爆裂的口子。这是多么有力的生命之火，这是多么奇特的泥土中的澎湃绽放！

有资料说，地瓜是明朝万历年间，由菲律宾（那时叫“吕宋”国）传入中国。当时有个福建华侨陈振龙，常到吕宋经商。久之，发现了红薯，惊讶其随栽随活，并且高产得不可思议。他便从薯蔓上截了几尺茎叶，切成小段，想带回福建。谁知吕宋国那时的西班牙殖民者，不许红薯出国。陈生一计，将薯蔓的小段编在船上的缆绳之中，混过了关卡，当时是夏季，经过了 7 天 7 夜的航程，终于在万历二十一年，即公元 1593 年，将红薯带到了福建。

适时又恰逢福建冬麦歉收，春又大旱。于是夏日播种这新到的外国红薯，秋来喜获丰收，解了一场饥馑。自此红薯之火从福建燃遍全国。

这是据陈振龙后代的《白薯传习录》传下来的说法；而又有一说，大抵是从《广东通志》传之而出：说事实上在陈振龙之前，广东已有红薯栽种，可见引进者另有其人。

而陈振龙或者另一人之前呢？吕宋之前呢？

有资料反映，地瓜的原产地在美洲，那太平洋东岸、地球上我国所处位置之背后的两块土地。哥伦布船队15世纪末驶进了美洲，便发现了地瓜。应该是，这位闯荡世界的航海家，被这神奇的作物震惊了。这在土中伸展、扩张的物种。这一端遇热则满腔如火如浆的食品。毫无疑问它有着和哥氏大致相同的激烈的胸怀。它因此曾经使航海家心悦诚服。这红色的精灵，哥伦布带上了它。

后来又有很多行走中的人，在车上、船上，在口袋里带上了它。它随之先后传到欧洲、东南亚、日本和中国……

那么遥远、那么曲折，正如长江的源头。

三　生长在地瓜芽子中的爱情

栽地瓜大致有两三种栽法：一种是栽“倭瓜”。阳历“五·一”前后，直接把地瓜栽到土垄之中，这地瓜在垄中本身也长，也出芽子，芽子再结地瓜，而这个“原地瓜”就叫“倭瓜”；另一种是插地瓜芽子：先栽“地瓜种”：过麦①，和栽半夏地瓜的同时，将春地瓜，找蔓儿爬过垄者，剪下三片叶子的一段，往土垄里插。插时，要注意外面只留一片叶，土里埋进两片叶——即成。到下霜之前，将此蔓儿结出的地瓜刨回来。一定要下霜之前，不可迟了。这就是“地瓜种”，然后将地瓜种专门稳在一处。待来年开春，放入畦子里，就进入了畦地瓜芽子的阶段。再后面就是栽的阶段。

还有一种叫“栽蔓头”的方法，是合作化时期兴起的一种地瓜栽

① 过麦：本地方言，指割完了麦子以后。

植法。即在秋天,在地瓜蔓儿前端剪下一段地瓜蔓儿,蓄藏起来,上面铺上保温草,底下铺上一层薄膜,越冬。到时候就直接栽这“蔓头”。那年全市的合作社,都在李家夼开现场会,李家夼的地瓜地一时成了“栽蔓头”的课堂。

而在诸多栽植方法中,运用得最多的就是栽地瓜芽子。这就是第二种方法。

这还得接着畦地瓜芽子说,而怎么畦地瓜芽子又有一套比较严密的程序,恕我不再铺陈。如果还继续叙述下去,这一章就成农技课了。我知道这是写文章的大忌。但是必要的技术涉及,也还是不可避免的。而本节里因要提及一段幽怨的爱情,这就实在无法躲开地瓜芽子了。

畦地瓜芽子,早年的时候农家大致都在自家的炕头上来畦。这可都不知道是谁首创的这富于诗意的培育方法。它将农事搬到了热乎乎的土炕上。在炕的一侧,大约占去炕的 1/3 或者 1/2 的地方。先砌一个池子;然后铺上 20 多厘米厚的一层雪白的河沙;然后像埋设伏笔一样将地瓜种整个儿埋进去;然后拿一把喷壶往上喷水。那从白铁的莲头一般的壶嘴里,往外喷出的水丝银亮亮的,一丛,如同一团雪中的松鼠的绒毛一样。老式的窗户支着,阳光涌进了火炕上,那些绒毛里顿时升起了半圈七彩的虹。水要三天两日地喷洒一次。十几不到 20 天之后,白沙滩上露出了绿星星般的小尖尖;然后这些绿尖尖就生长起来,又细又长,不久就可以拔头一喷①地瓜苗了。

这时,或者一开始,为了祈求出苗的顺利,家里的女主人都会精心地剪制一面小小的红旗,绑在一根竹筷上,插在炕圃的中间。这成为区内农家的一项美丽的民俗。这类民俗总是在最烦琐的生产活动

① 头一喷:本地方言,第一批的意思。

中调节精神上的愉悦和安慰。早晨，日上三竿了，炕上的孩子还在炕圃旁边呼呼大睡，他的脸蛋儿微红，他正和身旁的秧苗一起伸长着……

后来，生产队的时候，又有了“园苗子”。就是在街上向阳处，或者在靠近村庄的田地里，畦上一园苗子，（畦法一如炕畦苗子）以供栽用。20世纪六七十年代还兴过一阵子“回龙火炕”，仍旧是“炕圃”的原理：在村边地堰子的下面，先砌起一片儿空层；往里面填入马粪、玉米秸子之类；扬上沙；畦进去地瓜种。另一端生起火炕，火炕的烟火通进畦子的下面。这么一来，据说最好的能比一般苗圃提前十来天拔苗子，苗子还一根一根伾伾有力。

再后来，逐步科学化了，将地瓜种用温水浸10分钟，再加入硼砂，再摆进苗圃，埋沙，扣塑料棚，效果尤佳。

然而有的个别村子，怎么也畦不出一池子好秧苗来。用他们自己的苗子栽地瓜，地瓜总是长一种黑斑或者如何如何，总之是有毛病。到现在也不知是怎么一回事；还有的村因为种种原因，误了畦苗期，到栽地瓜时却缺少苗子；可能还有的村子，根据自己的生产情况，怎么算畦苗子也不如买苗子——如此，地瓜苗子市场事实上是一直存在的。这当然是一种季节性市场。每年栽播地瓜的时节，市集上一筐一筐的地瓜苗子，都在等待着庄稼汉前来选购。而摆在摊上的往往只是个“招牌”，买主要是看中了，卖主就拉他到他们的苗圃中，现拔，现数，成交。买主带走，回去就栽。这是农村大集中一个很热闹的市场，市场很快，快成交，快拔苗子，快带走，家里正等着栽呢！

别看不过几厘钱一棵苗子，可一亩地需要四五千苗子，所以这市场一般也不会成为买方市场。到市集上买苗子，故此常叫作“捉苗子”。

羊亭某村，也是怪，用自己畦的苗子栽地瓜就常常是地瓜带有大黑斑。这是一种日后无法储藏的信号。无奈只好到市场上去“捉”。年年捉年年捉，也就成了习惯，派往市场的“大使”，采购的时间、地点，也都差不多固定了下来。

“大使”是三队的小队长、20多岁的一个小伙子。赶的是东南乡的桥头集。苗子是桥头碑鲁村的苗子。卖主是该村的一个“小姑娘”。受访者，一位70多岁的老人，讲述时用了“小姑娘”一词，而在我的接受感觉中，他说的“小姑娘”大概应该是个大姑娘。话说到了这里我也不太好意思问，她长得怎样，身量如何等等。可是不知怎的，从他略带惋惜的口气中，我似乎看到了她的模样：大眼睛，长长的睫毛一忽闪一忽闪的。两条长辫子，拖到腰间。手指细长灵巧，拔那地瓜芽子时，就像一双朦胧的小鸟在绿芽的丛林中愉快地跳跃……

先是在集上，一所学校东侧的空地上，两侧各排了两行卖芽子的。她在后排，守着自己的芽子，默默地守着。他好像是头一回买东西，很不自然的样子。芽子是好芽子，叶子油亮，梗茎壮实，即使画到画上也会是一副好图画。小伙子被她的芽子，更被她的默不作声吸引了，凑过去问价。比别人的高出半厘。小伙子没有还价，成交了。

反倒是姑娘问他：“这么贵，你回去跟队上好交代吗？”

“队上怎么会说我呢？我就是队长。只要货真价实——你给开个收据吧！”

当小伙子说到这里时，他忽然发现那“小姑娘”的脸腮上似乎升起了一抹朝霞般的红艳。

小伙子全面检查了一遍地瓜芽子，看好了，又问：“园里都是这样吗？”

“那还能弄出两样货吗？走，跟我到我们园里，队里正有人在那里拔呢！”

他们先去了姑娘家中。讲述人到今天对她家里的情景记忆犹新：家，显得挺仄逼，但却收拾得刮刮净净。花红纸糊成的顶棚，老式的箱橱，擦拭得瓦亮。箱橱一旁有一对同样洁净的杌凳子。家里人都出去干活了，只有他们俩。姑娘说："大哥，你坐着，我先给你拔我们自家的炕苗子。这是俺自己畦的，送你啦，不要算在总数当中。"

整洁、明亮的土炕上，靠了锅灶那边的墙壁旁，是一个地瓜苗圃。细沙上面，苗子出得很齐，一片芽子像一片齐顶儿的人造林。一根小红旗高高地挑在中间。姑娘爬上炕去，没有脱鞋，跪着拔芽子。拔得那么流利，鞋底一直翻朝上而从未碰到炕上去。可能就是那时，爱情来到了他们心间。

而这一番细节，我是在采访完了以后才想象出来的。也许爱情来得更早，在同行碑鲁的路上，在桥头的大集上……

后来，小伙子回到了羊亭的村里，在往车下卸地瓜芽子的时候，他发现在最顶上的那捆地瓜苗子中间，夹着一个小纸袋儿，打开一看，是姑娘的一张一寸照片。

"后来，成了吗？"

"我爹死活不愿意。"

"为什么？"

"嫌远。那时不兴远里找媳妇，娶的、嫁的，婚姻圈不超过三十里路。"我立刻想到了作为婚俗在当地的巨大威力。老人家后来说，第二年，当他再去碑鲁捉地瓜芽子时，听人说那小姑娘已给父母打发出嫁了。

自此，他再也没有去过桥头。

四　地瓜储藏中的苦辣酸甜

霜降前后收地瓜。(但如果是秋地瓜,要当作地瓜种来用,就必得在霜降头两天刨完,过时恐怕冻坏了地瓜。)而刨出来以后,最多待一两天,或者随收就随之储藏了起来。即我们这儿所说的"稳地瓜"。地瓜,除了秋天打成地瓜干子晒了,其实有相当一部分是"稳",也就是保鲜,以作为整个漫长的冬与春的吃食。

所以,稳地瓜,一个家庭每年的一件大事。

稳地瓜,有好几种稳法。最多见的就是稳在炕头上,日夜和家里的老老少少共相厮守:转过身来,顺手就抓到了一旁的地瓜,送到锅里烀着吃,很方便,很随意,也很亲密。俗话所说的"孩子老婆热炕头",原来是需要身边有地瓜的,要不然肚子饿得咕咕叫,何谈幸福?

地瓜,依恋农家的品性,到此也显现无余:你看,它最初发芽的时候,与人是处在一起的,可以说是伴着农家的儿子一样;到时候就出去闯荡。它来到了旷野,头顶着太阳、月亮和星星,它将风中的、雨中的、大气中的各种有利于发展的成分全都兼收并蓄,将土地的块根长成了沉甸甸的果实;这时,它又回到了土炕上。猫冬。扶持。厮守。

农民或者先用土坯,在炕上贴着墙壁立一个长方形的池子,像一个土造的大柜;然后放进去一层豆叶,放进去一层地瓜;再一层豆叶,再一层地瓜……或者干脆就在炕上垒起了地瓜的墙垛:心灵手巧的农民这时人人成了能工巧匠,将大的小的长的短的各种形体的地瓜,插混起来,让它们互相扯拉着、挤靠着、垫扛着、提携着,最后形成了一座抵御饥饿的碉堡……

另一种藏法是挖地瓜窖子。这事实上是专门为地瓜室中造室,像暗藏宝贝似的将地瓜放进去。这密室一般是在炕底下,直上直下地挖一个方形的坑，深度约 1.5 米，宽度约 2 米。并不怎么修葺。只待到时候先在底下用松枝类草木垫底，铺上麦草、豆叶之类，就装开了地瓜。窖子的顶部出口，仅容一人上下。所以窖子大类于井，所以也有人称之为“地瓜井”。

而到 20 世纪 70 年代，日子宽裕了一些，人们在建屋的时候，往往同时把储藏地瓜的窖子造好，然后在上面盘炕。当年这是农家造屋很重要的一个环节，藏薯如藏兵啊！

这是向下里藏，而还有一种藏法是向空中走。走到炕上空的顶棚上。顶棚，也曾经是储藏地瓜的好地方。区内有不少村，不少农户一直是在顶棚上稳地瓜的。当然，这首先要求顶棚的结实，要有承受重压的强度。纸扎的不行，最低也应是条编的，最好是木板做的。

而为什么要舍低就高，把地瓜擎到空中去呢？有一种理由是说，炕上和窑子里的温度很容易就超了标准，（保存地瓜的标准温度为 20℃，但在整个冬季里，事实上是很容易一不小心就突破了这一底线的）致使地瓜“伤热”，而我们知道，地瓜一旦“伤热”，立刻传递式地腐烂，一片一片，又稀又臭，扔都唯恐扔得不远。

一个“伤热”、一个“冻疮”，这是收藏地瓜的两大败笔，是农家的一大丑闻。地瓜就是这样：长起来很“泼实”，而稳起来很娇贵，冷了不行、热了不行、磕了不行、碰了不行。所以稳的时候要异常小心，要轻拿轻放，跟端着一个脆而易碎的玻璃器皿似的。完后也不能高枕无忧，得时常关心它们，是否“出汗”了，是否冻着了。一旦发现腐烂者，要赶紧扔掉，以免让它传染了其他未坏的地瓜。以免这害群之马把成批的地瓜全都“引爆”了。

只要有一个闪失，遭了“伤热”或冻疮，恐怕你扔掉那些“病源携带者”都无济于事了。好像是一场瘟疫的袭来，像风一样快，像火一样猛，溃烂、溃烂、溃烂，无法阻止的溃烂，稳多少扔多少，最后只余下满屋子的令人头晕的恶臭，绕梁三日而不绝……

你马上就大难临头了。因为饥荒的面孔随之就在全家人的眼前晃来晃去。

到此，令人悲从中来。地瓜啊，从育秧到栽种，到收获，到储藏，结果什么都没了！难怪第一节中，那个因怕地瓜受了损失而“魔怔”了的王大叔王乾业，只因打了几下地瓜，他老婆就寻死觅活、离婚散伙！地瓜啦地瓜啦，你在进入了冬季的时候，教人们懂得了《易经》里所说的如临深渊、如履薄冰是什么意思。来不得半点马虎呀，必得盯紧了、把稳了、抓牢了哟！必得专心致志，心无旁骛哟！

这样，把地瓜擎到空中，图的就是屋顶上的温度比下面要低一点，更适于地瓜安全储藏的需要。还有一个原因是，家里孩子多，放在炕上他们随随便便带去生啃了，糟蹋了粮食还吃坏了肚子。而放到空中阁子上，孩子们眼望空中而徒叹奈何了。

地瓜，既是口粮，就不能随随便便地食用。烀地瓜的日子在讲究的人家是有定期的。“到了日期，真跟过节一样”，一个受访者这样说。他接着说道：

那个年代，你不可能放开来肚子吃喝。粮食、衣服，都得算计着来。我家是三天烀一锅地瓜。到烀地瓜这天，有个专用的小梯子，拿来搭在炕上。我上到阁子顶上取地瓜；老婆子站在梯子上方接；梯子下面的炕上，大闺女在那儿再接；炕前还站着二小子，再传到外间锅灶旁的三嫚手里。一家子说说笑笑地“接龙”，连小狗儿都高兴地上蹿下跳……

五　当“地瓜潮”狂涨的时候

计划经济的时候，生产队里种的庄稼每年大部分都是地瓜。近乎一半,或者超过一半的耕地,都栽了地瓜。所以粮食基本上也就是小麦、玉米、大豆,再就是地瓜。小麦亩产七八十斤、玉米亩产百十来斤,再缴缴公粮,所剩无几,那么社员的口粮靠什么?靠地瓜。地瓜和地瓜干毫不犹豫地成了一种主粮。四斤地瓜算作一斤粮,一亩地少说也能产两千斤地瓜,大概就是500斤粮食,这是玉米和小麦望尘莫及的。同时地瓜也旱涝保收。其他作物都不敢保证每年丰收,有的还分大年小年;只有地瓜,可说是“十年十收”,从无歉年。所以生产队里,地瓜占了全部口粮的80%以上。而且还在逐年增加。

地瓜潮猛涨。

土改时,各村的土地都逐一划了“级”。从亩产十斤为“一级”算起,能划到30～40级土地。而六七级(即亩产60～70斤)的土地大家都舍不得用来栽地瓜了。那些被称作“饭盆”的优质土地,大多用来种小麦、大豆、黍子之类;只有东山西耩上的山耩薄地、河滩地、沙桶子地、开荒地等,全部栽上了地瓜。地瓜就在那样的薄土中,吸收着沙石中遗漏的营养,壮怀激烈地在粗粝的泥土中发展自己的根系,而终成大器。你注意到没有,一个硕大的地瓜,有时候会在表皮以下的部分,将一块石子,或其他什么硬物半夹在皮肤里,照样生长。仿佛它想最终把这石子或硬物消化了、溶解了似的……这种生命的奇迹,是其他庄稼很少具备的。

地瓜潮猛涨。

地瓜,根本不问生存条件,根本不懂得要求什么沃土。有时候就在河套的沙地上,(那差不多就是去年才刚刚干涸的河道)打上垄,栽上地瓜,满河套里到秋就会淌出滚滚的红地瓜呢!当然,打垄的时候,可别忘了朝沙地里滤①进去适量的黄泥。“黄泥见了沙,孩子见

① 滤:本地方言,近似于“撒”的意思。

了妈”，天哪，这时候你施入的黄泥，简直就能顶粪用，自此以后你再也不用追肥了，到秋的产量保证能与其他田垄的产量“差斤不离”①。

地瓜潮猛涨。

挨饿那年，转过年(1961)是个好年头，开春的时候种啥长啥。一日我在东山顶上拾草还是干什么，我突然注意到了山上小树林边上的一块未开垦的处女地。在那个年代，那个背景中，那绝对是一种天才的发现，或者也可以称之为“福至心灵”。而离开了饥饿的背影，我是再也不会具备那种锐利的眼光的。那块处女地的温暖，催生着我的一个美丽的梦。我赶紧跑回家去，拿来了镢头，并把妹妹也带来了，兄妹开荒。荒草地好像极愿意配合一般，我们很快就开出了半分地块。回家报捷。为了开展生产自救，那一年党的政策放宽了，允许农民自开、自种、自收。人们到处找荒来开，所以哪怕只有半分地，也是难能可贵的。我爹笑眯眯地赶过来看，又在四下里“找补”②，使开荒地面积有了足足一分之阔。我妈在炕池子里拔来了地瓜芽子，爹就在这里第一回教我栽地瓜。先打垄。本该是先划沟，然后往沟里滤上腐烂的草木、牲口粪等等，再打垄。但是父亲说，因为是新开的荒地，栽的又是地瓜，便不必施以基肥，直接打垄就成。然后就栽苗子。

苗子，拿在手里仅以仨手指轻轻拢住就行，不要满把死抓，芽子嫩嫩的，以防将它弄断弄破。插时以45°角斜拉入泥土中。拉到一定的深度，手掌很自然地朝土里“委”③，“委”出一个窝儿来，这时手掌根再轻压窝儿。这样，地瓜苗也栽了，同时浇水的窝儿也造好了，浇

① 差斤不离：本地方言，差不太多的意思。

② 找补：本地方言，沿旧迹而扩展的意思。

③ 委：本地方言，指一种含轻推、轻挖和轻擦等的动作。

上水,封窝。

至今,委窝儿时,手掌和沙土摩擦的那种硬涩、粗粝、擦摩的黄褐色的触感,仍旧完整地留在手掌的一侧。它是我一生中身体上最珍贵的记忆之一。它是我一生中至今仅存的一点种庄稼的经验。

东山西耩栽地瓜。

顺着长长短短的垄沟,身体侧弯,边走边插,风快地插了一垄又一垄。因为风快,所以农民把栽地瓜苗子称作是“阻芽子”。“老三,干么儿去?”“到小天顶(山地名)那儿,把地瓜芽子阻上去。”“阻”,有“塞”“填”“送”等意,表达一种很简单、很轻松的动作。而“阻”者的身后,往往就是浇水的。一般是妇女,穿着花衣裳,手拿水瓢,浇得也是风快。垄沟里有担杖和水桶碰撞的声音,是挑水的到了。地头上堆放着一卷一卷地秧苗。有人依然在往这里送芽子……空旷的田地里,三四人一伙,不大一会儿就漫山绿意盎然了。

布谷鸟在附近的林子里“咕咕”地叫着。此外,田野里唯有阳光流淌时发出的寂静安宁的声音。

在农村,人人都是“地瓜通”。不但栽、管、藏,而且吃也吃出了一套公开的“秘籍”。计划经济那时候,一日三餐,家家户户总是一个通用的“地瓜模式”:早饭,先在锅里添上水,再扣上一个鸟货的“锅撑子”,有劳力的在锅边贴几个玉米面粑粑,没劳力的连粑粑也不烀,直接摆上了一圈儿地瓜。中饭,添把火,锅里还是早饭时烀的地瓜。晚饭,把地瓜在“菜铳板子”①上打成地瓜丝,加上点儿豇豆,熬上了地瓜干子——一天一天没有别的可换,掉进地瓜锅里去了。

因为单一,人们便开动脑筋,在地瓜上做起了许许多多的文章。晒生地瓜干子、晒熟地瓜干儿、晒地瓜丝子,光是利用阳光照射已经

① 菜铳板子:一种将块根作物的根打成丝的炊具。

把地瓜造出了很多花样。然后又把地瓜干、地瓜丝之类和上豆子、玉米等上磨粉成一种混合面，就是“地瓜面”。地瓜面又可以做成诸般面食：饼子、馒头、面条……地瓜的淀粉，通过一种工艺处理，还可以做成具有很高品味的食品：地瓜粉儿。

还有，这要从一只煎饼“鏊子”说起。那回在嵩山街道办一个村庄的农户中，我猛然见到了一只挂在墙上，一看就是多年不用了的“鏊子”。我就问：“怎么，还摊过煎饼吗？”答道，“是以前为了吃地瓜，用来摊地瓜煎饼的。”我忽然想起了山东作家张炜在他的一篇小说中，写到的有关鏊子的故事。他说，一个大概是鲁南人，落居到了胶东，光吃地瓜，把他吃草鸡了，便千里迢迢跑回老家，宝贝似地背回了一只鏊子。从此地瓜面的煎饼便在村里兴起来了，掀起了一场吃地瓜的革命……当然，作家的写作自有深意；但我能在景区内一个农家见到鏊子，说明我们曾经在地瓜上面花费过多少心思。说明我们区内的乡民有着小说里描写的一般智慧。

至于这鏊子是怎么来的，我并没有细问。我想总是被逼出来的吧，还能有什么。

地瓜，让人一言难尽的地瓜呀！

有人说的形象，说火车一进了山东，你听那叫声：“瓜干！瓜干！”一路这么吼着就进了胶东。山东大地，胶东大地，区内大地，一步也离不开地瓜。半步也离不开。（而如今，到底是离开了。）

而地瓜这东西，一旦成了主食，天天地吃，不知它内中有种什么元素，能叫人的胃口往外冒酸水，让人见了地瓜就有三分怕。地瓜，我们吃着你而长大的这一茬人，真不知道该怎么评说你啊！有人说你浑身都是宝，而这么说的话，又有什么东西不是浑身皆是宝呢？你的印记倒是很扎实。那肥厚的叶子、瓜和蔓，任何一个部位，轻轻一触即有白色浓浓的汁液溢出。这汁液黏得如胶似漆，一会儿就黏得人手上、身上、衣裤上，到处都是，一会儿这些地方就变成了黑色，洗都洗不掉……

据说，宇航员在宇宙天空中吃的就是地瓜，我信。据说地瓜有防癌的功能，我信。而地瓜能把人吃出胃病，我更见过。地瓜使很多人至今不肯再稍做品尝，我正见着。

什么东西太多了，大概总会令人心烦……

那么这会儿就让我们看看独株的地瓜吧，那毫无疑问就是村庄一景：

这一景在科爷的门前。科爷是戚家庄人，早年间在村里开着一家私人医院，临街的房子，门口就是村中大道。一日，科爷在门口捡了一颗绿莹莹的地瓜苗子，觉得可爱，不忍扔掉，就在门前的道边上栽了。那儿由于水沟里的污水所浸润，泥土松软湿润，科爷掘泥培土，造成了一个地瓜堆，相当于地瓜垄。秧苗插进去，一天一个样。后来就像爬山虎那样爬了个满墙，又爬到了房坡上；夏天，还像牵牛花似地，开出了罕见的粉红的花儿。花儿在屋顶上向路上的行人微笑，好像迎来送往。有人来找科爷看病，并不急着进屋，先停在大门前欣赏这棵空中开花的地瓜。

后来这颗地瓜刨了 10 多斤，被科爷当作了药方，送予了病家。《本草纲目》上说它“味甘，性平，无毒”，功效是“补虚乏，益气力，健脾胃，强肾阴”。

第十章

乡学:从《三字经》到《国语》《算术》

一　七只鸭子和一只鹅

作为一种举例说明,在区内展开民间教育的采访调查时,我事实上往往是拿一篇小说的段子来和受访人的故事进行"交换"的。我讲的那个故事,是我在20多年前读过的日照作家赵德发的一个短篇小说。事后我找到了它,叫《蚂蚁爪子》。他们莒南那一带管汉字叫"蚂蚁爪子";我们这儿的乡风民俗相反,大抵属于"敬惜字纸"的那种,老辈子尽管没什么文化,却十分敬畏那些白纸黑字,因此没有人那样贬称文字的。我们这儿早年间倒是常常有人把字儿称作为"咒":那时候人们见到的写字,在乡间,多半是一个讼棍替人家打官司而写"状纸",人们称这时的写字,为"划咒"。"字",就是"咒"呀,有"咒"一样的法力,可以划得你家破人亡,也可以划得你金玉满堂。字,这就是字呀！字,落在纸上,那股子神奇,简直是不可言传!

小说劈头一句就是:"民国二十一年春,木墩要去念书了。"这也是第一段。

小说的第二段又是两句："这是他爹的主张。他爹说：咱家八辈子都是睁眼瞎，就是砸锅卖铁交学金，也得叫木墩识几个蚂蚁爪子！"八辈子就是大约200多年前，这里又提供了一个重要的信息。

民国二十一年春，就是1932年。1932年前后我们景区内的乡村，也是个大喷儿上学堂的时候。"1930年11月。威海卫管理公署对私塾和塾师普查……塾师绝大多数不称职"①，"因即严令取缔私塾，建立学校。"②此后各村竞相办学，蔚然成风。而事实上1930年当年，小学基本就在乡村遍地开花了。有关统计资料显示，那一年全威海市儿童的入学率达61.55%，仅次于山西省，在全国名列第二；想来景区内的儿童入学率大概也不会低于60%吧。

而此前呢？由《蚂蚁爪子》(以下简称为《蚂》)，中所说的1932年上溯"八辈子"以前和"八辈子"以来的200多年的漫长时光呢？尽管在威海，情况与莒南那一带不大相同；在景区之内，几乎村村开馆、遍地私塾；然而，毫无疑问，识字的人总归寥寥无几。跟着塾内的老先生念"人之初，性本善"的不过三两家富户子弟和偶尔一两个"望子成龙"的贫家子弟。连城里大成殿中的"卫学""社学"等生员也只是凤毛麟角，岂论乡下？于是乎，那些繁难的汉字，就基本上与乡民无缘了。那么漫长的岁月，文字所提供的信息，于人们如同虚设，我们的前辈，就像盲人行走在一条毫无光亮的隧道里，仅仅凭着肢体与岩石的触碰摩擦，凭着"第六感觉"来辨别方向、距离和脚下的路……

不识字的笑话随处有，睁眼瞎的故事村村传。

其一，某人出外，年余未归。要给妻子写封信。可自己不识字，更不会写字，这信可怎么写？托人吧，这人生地不熟的，找谁去？请

①② 引自山东人民出版社，1986年版《威海市志》。

人吧，又舍不得花那份钱。想起来了，不就是写字吗？字，一行一行的，见过，那玩意儿不就跟画画差不多嘛？画字不就得了？于是他动手画了一封信。总共画了两行，觉得画得差不多了，捅到了一个牛皮纸的信封里，到码头上找“跑把头”①的，捎到乡下的家里去。

家人找来在私塾里念书的侄子看信。侄子从信皮里抽出信纸一看，傻眼了。这是啥呀，一纸划了两行画：右边的一行，从上到下画了七只鸭子、一盘石磨、一头长鼻子大象，还有一只鹅；左边的一行画：七只鸭子，同样一头象，只是象鼻子卷起了一把刀，同右一样，也有一只鹅。侄子将这一纸奇怪的图画拿到家人面前展示，一家人全都傻了眼。便让侄子快去请教他的先生。塾师先生是村里的“圣人”，找他没有断不了的字！侄子就一边摇着信，一边往私塾所在的家庙那里跑。一边跑着一边喊“先生，先生，俺叔来信了！帮俺看信哪！”一直喊到了门板跟前，抬头一看，门鼻子上正挂了一把亮闪闪的“把门将军”呢！那是个夏季的正午，大毒日头在头顶上烤，四下里静悄悄的，连蝉也不叫了。侄子一想，老先生差不多每天中午都要到村东河里洗澡，就转而一口气跑到河边。

果然，先生正泡在淌流的河水里。先生说，“别急别急，等我穿上衣服回家去看。这样子对字不敬！”侄子说，“不要紧的，俺叔写的那不是字，全是画儿！”“那，那就，你看这光皮溜杆的，有伤风化呀！于字不敬呀！”“敬，敬，你看看信就知道了。”

先生就蹲在水中接过了信。这时河水夹带着金色的阳光，绕着先生的肉身而形成了一个漩涡，漩涡漩过了以后又奔向下游的一丘

---

① 清朝时，我们这里，民间已有了送信的行业。在码头上收取“邮件”及本乡的各种“信件”，放到骡子背上驮了，然后赶脚回家，送到各村各户去。“邮件”按重量在出发地收费；书信，一般不收费。时称这种职业为“跑把头”。

沙渚而去，然后不见了。先生面对着这七只鸭子和一只鹅、一盘石磨等等，一时也蒙了。河水哗哗地在身边流淌，显得格外嘹亮。

时间在河水中逝去，像一匹闪亮的白布，被无声无息地抽走，然后又奔来，又抽走，又奔来，又抽走，没有投影，没有依据，没有踪迹……

也不知过了多久，先生突然开悟，不禁朗声念道："妻呀妻呀莫想我；妻呀妻呀，想煞了我！"河流又平复了先前的舒漫与宁静。先生抹了一把额上的汗，笑嘻嘻地说，"你叔呀，再写两封信，感情就成画家了！"

其二，阮家口子曾有一位机智幽默的老人，叫王树林，2006 年我采访他时，他 90 岁，现在好像不在了。他给介绍过当年"天柱山小学"的情况。① 老人十五六岁时，才在此念过两年书。虽然念过，到得晚年却只记得有一课是，"兔子叫乌龟来驮它过河去；乌龟说，我背上这片大房盖子就够我驮的了，哪里还能再驮你呢？咱不行，咱不行！"再就能记起老师有叫王洪刚的，有叫姚平的，还有北观村一个；至于学的字呀、数呀，全都原封不动地还给老师了。

村里有人告诉我，王树林 60 来岁的时候，喜欢养羊。可是又烦税务所来收羊税。（20 世纪六七十年代，农村有征收羊税的规定）他养羊已经养过半年了也没有去报过税。这一天税务所找上门来了。问，"何以不去报税？"答曰："这，这，这三两只羊，一天到黑，又得割草，又得收拾羊栏，这不还没倒出空来吗？再说了"，老人似乎因福至心灵而来了精神："我这里有本羊账，一笔一笔记得清呢，你们急啥呀？"

---

① 天柱山小学，威海卫废私塾后，1931 年由阮家口村庄集资建校舍，而成立了公办学堂：天柱山小学。附近村庄学生均在此就读。

“有账吗?”收税的也挺高兴。

“有,有,没账怎么能行?”

“拿出来看。”

王树林就拉开了抽屉,翻呀翻,翻呀翻;翻了半天又关上了抽屉,去翻另一个……正在人家以为他瞎说的时候,王树林断喝一声:“找到了!”双手捧一堆羊账,像捧着他培植的珍奇花卉一般,送到了收税人的面前。

这哪里是什么账呀,满纸的圈儿点儿的,还夹着些歪七扭八的图画。比如一张上,画了一个老人,脸上画满了大大小小的圆圈;身边画了一只羊。记有年、月、日。他的解释是:某年某月某日,在韩家山(画中人脸上的圆圈,代表“汗”,而“汗”即韩家山。)买了一只羊。一张上,像国画里的一种皴法似地画了一片麻点点,旁边也有一只羊……他的解释是,某年某月某日,在盐滩(“麻点皴”即代表盐,盐滩。盐滩,即指羊亭镇鹿道口村。①)那儿,买羊一只……

这另类的羊账把几个收税的逗得乐不可支。也把他们吸引得隔三岔五就跑过来,查一次羊账:“老大爷,这一期儿记没记羊账啊?”王树林回道:

“记了,记了,那还能马虎,记了好几篇了呢!”

“好好儿稳着,隔两天我们还去查账!”

“查吧,查吧,账还能不查对查对?”

光顾了查账,却总不见收税。

王树林不但会记羊账,还会“草书”。有一回他在羊亭集上出售什么蔬菜。某单位伙房里的一位青年大概买的不少,让他开张发票。他一边招呼着生意,一边就在纸上勾勒开了。你看那劲头,还真带点

① 鹿道口村,因其北邻盐场,所以民间对该村有“盐滩”的代称。

儿架势，时急时缓，急如惊蛇失道，缓如老牛拉破车，横不平，竖不直，那些撇撇捺捺，说是葫芦蔓子吧，结的又不是葫芦，倒有点像瓜又像番茄。青年说："老大爷，你这是写的什么呀？我怎么一个也不识？"

"青年人，你没念书吧，念也一定没念过几年！"

"怎么说呢？"

"我这是草书啊，书念得少怎么能识呢？"

这就是我们这里的"睁眼瞎"。向往，但并不焦躁，由于文化在这里并没有绝对沙化，村人总有在笔墨与文字中度日者，因而对于文盲所制造的笑话，周围总会有人在破解或给予相应的肯定或否定；那些文盲在积极的感悟着、体会着，寻找着替代，因此而不至于完全被动地束手就擒；而更可贵的是环境所呈现出来的态度：宽松、同情，甚至演变为某种乡间风趣……

二 "门侧之堂谓之塾"

《蚂》文接下来介绍了1932年村里的"野书房"——"散馆"，也就是私塾：私塾所在地，"村西破庙里"；私塾先生，"东庄的苟老秀才"；苟老秀才的经历，"曾效法前人悬梁刺股，去济南府考棚里淌过几身臭汗，但次次都是白淌。就在他又一次秣马厉兵准备拼命时，朝廷忽然下令说取消科考了。苟秀才这一下气了个半死，只好在乡里干起了教书行当。想想那即将到手却又化为乌有的前程，心里总是窝着一包乌火。"我这里的私塾，大概和这相差无几，只是兴办时间可能会更早，数量可能更多。

私塾。塾，《尔雅·释宫》中说，"门侧之堂谓之塾。"也就是门内东西两侧的堂屋。私塾，也就是民间在此设立的私人学校。八辈子之前的清代，那时"威海卫乡村大都设立私塾。有的村一处，有的村数处。私塾有先生一人，学生少的二、三名，多的七、八名不等。”①具体到我们景区内所办的私塾，有的村庄是村民集资的；有的村庄是财主出资的；有的是数村联办的，源流不一，形式多样。

田和办东北面的毕家疃（此村在景区边缘，不属于景区所辖），光绪年间村中曾有一秀才叫毕连重，几次考举，跟苟老秀才一样，皆名落孙山后。而其与苟老秀才不同的是，一怒之下，他罢了科考，怀着一种复仇的心理，在村里办起了私塾。出资，招生，任教，独自一人支撑起了毕家疃的学问天地。高低要在毕家疃的子弟当中打造出状元、榜眼来。当时入学的童子达 40 人，都是他毕秀才报仇雪恨的伏兵。

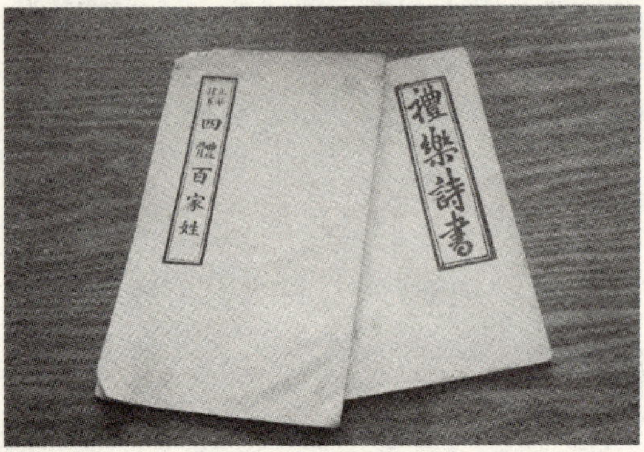

民国年间区内部分私塾的用书

区内蒿泊办的南葛拉村，有个叫“杨国恩”的，外出闯荡，在外地发了财，便回村办学。光绪元年（1875 年）投资开起了南葛拉第一所私塾。虽然学生寥寥，却无异于暗夜中的几点星光……翌年，此公又在村中办起了一所“武塾”。

景区内环公路北部路边村庄仁柳庄村，还有一个叫“王德京”的人，虽然早年间在村里创办了第一所“私立仁柳庄小学”，但仍然是一种“半学堂半私塾”的性质。王德京，该村的一位财主。当时城里有他的一家字号，其资财可以想见。此人乐善好施，是周围有名的“善人”。相传他村头有一处“草料园”，常年堆放着一座座草垛、柴禾垛等。一天夜里，王德京在村口溜达，忽见昏暗的夜色里，有一个人影

① 见于《威海市志》。

鬼鬼祟祟地在草料园里晃动。走近一看，可不，正有人在偷自己的柴禾呢！王德京却并不去打扰他，等看见他欲背走一捆柴草却怎么也背不起来时，才走过去，悄悄儿在背后帮贼把柴草背起，道："伙计，快走，别叫人看见了！"那位贼人日后听说帮他撮起柴捆的那人不是别人正是草料园的主人王德京时，感动得自此永不再进王家的草料园。

就是这样的一个人，办了开义塾这样的事。

聘了一个私塾先生是东河北村有名的戚先生。老先生字瑞云。虽然有一肚子好学问，却有些"另类"，与苟老秀才之流颇有不同：他会看麻衣相，能预测天气，会看时辰以卜吉凶。在村里尤被村民看重。

李家夼村保存尚好的李家宗祠外景

区内另有一些地处偏僻的山村，自己办塾人太少，就吸收外村儿童入本村私塾；或数村联手办塾。那时候的农村，穷困凋敝，顾得上吃穿活命已是不易；在这种情况下生生在干旱的土地中播下文化的种子，这是何等令人叹服！里口山北坡的李家夼，从一九一几年到1930年，由李家夼、布谷夼和大岚寺三村合用一处私塾，（以李家夼为主）塾址设在李家夼李家宗祠的右侧一座为塾而建的院落里。（私塾的兴建时间与宗祠的兴建时间，前后大抵相差无几。）

塾中的陶先生，字仁斋，城里南街陶宅巷人，大抵是江苏布政使陶易①的子孙。大概也是场屋蹭蹬而绝意仕途，才干了这"家有半斗

---

① 江苏布政使陶易：威海城里人。自幼学习刻苦，传为佳话。1764年任直隶平定州知州。1776年升任江苏布政使。（参见《威海市志》）

粮"便无人愿意干的"圣人行当"。仁斋先生虽非文坛耆宿、学界泰斗,但毕竟是秀才所属,那一肚子文墨在乡间已是"学富五车"了。先生又很敬业,在李家夼一待就是20多年,赢得了全村人的尊敬和信任。因为其特别孝敬,村人当时皆称之为"陶莱子"①……

张村镇的皂南台、皂东塘、皂西台,三村联办过一处私塾,设在皂东塘村,等等。

而有些村子又是一村二塾,甚至一村多塾。比如嵩山办蒿泊村,1918年之前就有私塾两处;比如羊亭镇的曲家河,立塾时间大概更早,1892年村中就开办了两处私塾;比如羊亭镇的王家夼,1917年之前就有两处私塾,并且分开了男女性别,男塾1所、女塾1所。更有早行人,比如嵩山办的长峰村,自元代以后即有了私塾。至明清和民国时期,私塾已达3所,村东2所、村西1所,私塾先生3人;比如羊亭镇阮家口村,1920年之前,村即有私塾1所,先生1人。至1921年,又发展到了2所,先生2人。

再怎么穷的山村,穷死也要办一所私塾,这表现了扎根于先民中的一种顽强的希望和不泯的追求。里口山里的刘家疃,明清年间穷得闻名遐迩,有歌谣曰:"刘家疃三桩宝:吃烟的石头不用找(到处都是那种白色的"火镰石");椁萝枝、拣元宝(村里主要经济来源就是卖柴禾。而柴禾往往又价格很低,特别是荒年,卖不来钱,只能换回一点地瓜干。民国时的兑换比是,三担柴禾换8斤地瓜干。);大闺女跟着外人跑。(村里的姑娘,遇到山外的富人,往往就干脆跟上拿腿跑了。)但是,却有人抻头兴办私塾。此人叫"刘连机",念过几年书,考秀才未中,而一手毛笔字折服了所有村民。这人大概觉得刘家疃以

① 陶莱子:"24孝"中有"老莱子娱亲"的故事,老莱子随之成为孝道的典型。称陶先生是"陶莱子",即称赞他恪守孝道。

后有没有出息，这副担子就在他的肩上了。然后就办私塾，还真招上了几个学生！

而比较富裕的福德庄村，建村就是“明威将军”董胜之所为，所以自那时就有了“家学”；后来又有本村的读书人出来开办私塾，入塾者（含姜南庄村）达六七十人。私塾就设在“董氏宗祠”房后，宗祠就戳在那儿，祖宗们巴望什么？不就是后世读书成器吗？所以所有村庄的私塾一般都设在家庙的近旁，或者干脆在家庙之中。然而村中的儿童入塾率却因为生活贫困而极低，而且随着农村败落的不断加剧，儿童入塾呈越来越少的趋势。

而区内儿童入塾最高的大概就数指挥佥事董家的那一族了吧。

明清时期，还有张村大部分家庭都送子弟入塾，据说可达90%以上。还有好的人家，把子弟送往北京求学，徒步而行，走一趟最多也不过10来天，当时叫“走京”。

三　来自“上议院”的旨意

区内办塾如此慷慨决志，绝非偶然，至少有三方面缘由：

首先是由祖先崇拜所引起的传承追求和“唯此为大”的传统理念。

威海卫自明以来就有“18家指挥”之说。① 而景区以内拥有的指挥史、指挥佥事们的氏族，尤其见多。里口山福德庄的董姓，“南直濠州虹县斗门村”（今安徽省泗县）人氏，原威海卫的六代指挥佥事之后；羊亭镇北上夼以及曲家河等村的王姓，“直隶永平府昌黎县”（今

① “18家指挥”：威海卫内，民间传说，包括卫指挥史、指挥同知、指挥佥事，明朝时曾先后派进18家。其中大部分而今已有认证；还有至今没有找到其族人者。（参见《威海市志》）

河北省昌黎县）人氏，原威海卫十代指挥史之后；里口山中的王家疃王姓一族，相传也是威海卫指挥史之后；李家夼李姓，“江南凤阳灵璧”人氏，原威海卫前后沿袭四代指挥佥事之后；还有北竹岛的李姓、田村的毕姓、戚家夼和戚家庄的戚姓、陶家夼的陶姓等等，都是数代为官家之后。而景区内元代之前的姓氏，南竹岛还有姜子牙的后代；望岛还有孟子的后代……

这样的族群，难道会没有读书的家风传下来吗？如今我们寻找乡村办私塾的源头，难道不应该联想到今天许多姓氏族群其出自于古代官家的历史渊源吗？

英租时，曾为威海卫“行政长官”（最高领导人）的庄士敦，曾在他的《狮龙共舞》中，专门论述过卫内“祖先崇拜”的问题。他和我们一样，同样认为本地是个有着浓厚的“祖先崇拜”的地区。而这“祖先崇拜”中，关于祖制、祖训、祖先的思想等等，被庄氏极其确切又极具形象地比譬为“上议院”，从它那里传达出来的意思，往往有力地左右着子孙后代的选择趋向和行为规范。

可以推想，在是否读书、是否办私塾的大事上，“祖先占据类似上议院的位置，相当于一个影子上议院。”①而上议院总是拒绝后代无知，拒绝他们甘心永远居于人下、处于人后，于是这“祖先崇拜”便有助于族人“勤勉、朴素、容忍、快乐、守法、孝顺、做个好父亲、对过去忠诚、对未来有希望有思索。”②

如何使人“对未来有希望有思索”呢？好像唯有读书。尽管在塾里背诵过《三百千》《论语》与《上下孟子》，孩子们大抵依然没有明白些什么。

---

①② 见庄士敦：《狮龙共舞》。

另一个“上议院”也许是真正的“上议院”，就是各个历史朝代的统治者对教育的普遍重视。其倡导、其组织、其鼓励等等，使私塾这一文化沙漠中的唯一绿荫，在各个村落中扩散开来。

明朝时，威海卫就设卫儒学衙门。永乐初年，文庙之东侧，即有了“学塾”，也就是说，威海卫城在修造城墙的同时(1403 年，明永乐元年)就修建了孔庙，在修造孔庙的同时修建了卫学。毫无疑问朝廷希望威海卫在成为一个防倭重镇的同时，也成为一儒化德沛之地。所以关于学官的设置，也如府制相同。学府、儒教、德化，这种建制等等在当时，像一面大旗，从城里哗啦啦地飘展到了乡村的上空，召唤着乡间学子踏入圣人的修所。

清初又沿袭了明制。且在明的基础上踵事增华，康熙时又在明伦堂之西修草堂一区，作为儒学衙署；清初定学衙教授为正九品，1736 年(乾隆元年)又升为正七品。

英租时期，由于殖民政府疯狂地复古①和维旧，于是大力提倡私塾。凡私塾向卫行政长官署立案者，均可得到一笔实实在在的补助。所以当时各村皆自设私塾，景区内当时较大的私塾就有 9 处，最大的是戚家庄的“益民”私塾，居全威海卫第二，有学生 60 人，每年获补金 32 元，占威海卫之第一。收回威海卫后，民国政府于 1930 年 11 月，对卫内私塾和塾师进行了普查，以为“大多数不称职”“因即严令取缔私塾，建立学校”。私塾自此才基本消逝。

---

① 在卫内尽量复古和维持旧俗，这是英租占时期，英国驻威最高行政长官，尤其是骆克哈特和庄士敦这两任在任期内的一贯主张。这一是出于他们对威海旧俗的“观赏”需要；也是出于复古和维旧，更有利于他们的殖民统治考虑。(参见拙著:《英舰驶进刘公岛》)

第三是外来者的刺激。这也是区内老早就兴起“私塾热”的一个原因所在。人都有攀比之心，外来的学问人及学问事，总是会让自己萌萌然心有所动或汲汲然欲起而追之。村村的塾师大多是本土上的老秀才，然而也有外请的，比如从文登，荣成甚至更远的地方前来的先生等。黄家夼在村里待了30多年的私塾先生吕显亭，就是牟平酒馆人。这些人操着外地口音的“之乎者也”，对当地的土著居民多少也是一份“震动”。人家那儿怎么就那么出念书的？咱们村怎么就出不了秀才？人家那儿会念四书五经，咱们怎么就只懂得午马未羊？这么想着，如果这人是个财主，指不定他就会在自己的“客屋家”①里开设起了一处私塾，请来个塾师，招来些孩子，就念起了“赵钱孙李、周吴郑王”……

还有一种情况是来自外地文化人的入住。以田和办田村村最为典型。清代某年间，我们景区内，进京的人多了起来。他们或者在北京做买卖，或者在北京学生意，或者打工。他们在那里开了眼界，有了见识，开始和文化有了较为直接的见闻甚至触摸。几年以后，他们回到村里，就纵横捭合起来，把京城文化描绘得天花乱坠，神乎其神。村民对文化这东西的向往便随之油然而生。

村里孙学浩的太爷孙桢，曾在北京卖水，回家时竟带回来一位北京媳妇。这个京城的小姐果真不一般，不仅开朗大方，而且知多见广，不论天上地下，天文地理。从朝廷大臣到深巷人家，无所不知，无所不晓。又好侃，这一下热闹了，开始是左邻右舍的邻里听得入了迷，后来就是整条街，整个村都跑到孙桢家门口听北京媳妇神侃京城；赶最后，连附近几个村的听众都跑来听，等于是来接受了一次次的知识报告和北京信息的传递。尤其关于读书人的事，举人考进士，

① 客屋家：即四合院中的“南屋家”，与正房相对。

皇上点状元的事，舞文弄墨的事，赋诗填词的事，几下子就把村民的心说活了。人们一边听着，一边就不禁琢磨，就像春风解冻，冰面上在肉眼看不见的深处，发出轻微与清脆的咔咔声……

这种微妙的声响与前面所说的两个"上议院"的声音，正是"啐啄同时"。

不久，就有田村的读书人张新斋，教起了村中的私塾。

四 愚智相去30里

《蚂》文再往下写的是木墩的"笨"。念"滑句"先生教"人、之、初"，木墩则学："人、蜘、蛛"，先生纠正："人、之、初"，木墩仍旧读"人、蜘、蛛"；于是先生怒而拍案："放屁！"木墩学而不厌："放屁！"；先生两眼冒着绿光，"将双手伸到木墩腮边，拇指食指捏耳垂，余下的指头抠腮骨，两手皆然。"这刑法叫"老嬷嬷端灯"……

这里，作者大概是新中国有史以来，第一次在文学作品中，承认了人有"愚智差别"。同时作品在此后又进一步揭示了遗传对愚智的重要影响。这是尽人皆知的常识，而能够这么照直写出来，却需要到20世纪90年代以后。

我们景区内的私塾里，事实上笨的孩子也大有人在。一部《三字经》一开头就显得结屈聱牙，又不肯讲解，只是念"滑句"，于是"人之初，性本善"，就被读的花样百出：有人读"人扛锄，心里善"，有人读："人扛锄，锄地蛋。"一言既出，众人觉得好玩，便一齐扔了先生而"锄地蛋"去了。更有人笨得奇巧，摇头晃脑地读成了："人丢猪，先不管"，把先生气的，一边用戒尺打着学生的手板，一边厉声问道："丢猪不管，你说你丢什么管来？"

愚笨的遗传似乎也很厉害。木墩的笨传给了后代，儿子被村办小学的女教师客客气气地劝退过一次；木墩心里不服，坚持让孩子又坐了一年一年级，仍不能升级，才无奈下来放羊。我区解放以后兴办的小学里，也很有一些笨学生的笑话。而他（她）们大抵也是先前念《三字经》念得笑话连篇的人们的后代。老师教了一个“天”字，拆开了教，说“大”字上面加一横，就是个“天”；再不行，你抬头往上看，瞅瞅天空就想到了。次日提问一女生，老师用教鞭敲着黑板上的这个“天”字。女生忽就想起老师昨天说的“抬头往上看”，就抬头看屋顶。看见了什么？看见了屋梁。老师问：“读什么？”“梁！”满堂轰然。还有一次老师教了一个词，“人民”，这是一九五几年的事，“人民”一词在当时显得很庄重。“人”字倒是好写又好记；“民”字对一些学生就不太容易了。老师对一个学生说，你爹不是叫“保民”吗？你一见了这字，就想想你爹不就记住了？好，想想我爹！第二节正提问了这位同学。此生立刻便去想爹，开口便道：“那是俺爹！”

老师无奈地笑笑，也对，它也该是你爹！

聪明的例子也是不胜枚举。

嵩山办西庄村，早年这里是一片荒野，后来有王氏家族迁来落居，形成了一个“王家夼”。（后来又分开了三个自然村。居西的这一个村，就取名王家夼西庄，简称“西庄”。）此庄依山傍水，山清水秀。风景倒是挺好，然而早年却穷得一塌糊涂。但是，此地倒是颇出聪明人。早年四五十户人家，出了三个秀才；到了现代，百十来户的村子，竟有10多个大学生！而20世纪二三十年代到四五十年代有三个闻名乡里的聪明人，（村庄有一个特别的民俗，那就是闲着就不成文地口头评选顶级聪明人）他们是：

王树民：后来成了职业军人，八路军的一个师级干部（原新疆建设兵团师政治部主任）。曾以“伪军”“国军党游击队”的身份为掩护，从而策反过一个伪军的小队。在当时那种复杂的斗争形势下，没有一副过人的机灵头脑，焉能在这“高危”行业中与敌周旋，乃至策反？

王树荣：据说曾于黄埔军校毕业。在这所学校毕业，别的不说，光论聪明，应该是够份了吧！

王道行：一九五几年文登一中有名的“地理大王”。而事实上这位地理王是各门擅长，什么都能讲，曾经给文登县政府的领导同志在文登大礼堂中开过各种大课，讲过核武器，讲过遗传工程等等，不仅能讲，而且讲得大伙叹为听止。他的聪明，这么说吧：他抄黑板报，比如抄一篇报纸上的“社论”，他并不和别人一样一手拿报纸，一手拿粉笔；他是先蹲在墙角里一边吸着烟，一边全文默读两遍，只是两遍，这就行了。然后，报纸一扔，手执一支粉笔，径自站到黑板跟前，挥臂写开了。不信，你对照了报纸看，保准一字不差！一篇社论，再短也该有一两千字吧，十分八分钟背下一两千字，连标点符号，那不就是传说中的“过目不忘”了吗？

三个聪明人有一个共同特点：都会拉京胡，而且个个拉得亚赛明星。现在西庄的老人一看到电视上播放京剧名家李祖铭等人的京胡演奏时，就想起了他们曾经见过的王树民、王树荣、王道行三人当年的京胡演奏。

而受访人，84 岁的王书湖老人，7 岁入塾时念过的“三字经”，（当时只念过半年）至今仍能背诵如流，我以为他也该是村里的一个聪明人。

西庄东北面的西山口，也和西庄差不多的一个小村，先前大概比西庄更小、更穷。1940 年是和其他的几个村联办了一所私塾的；赶 1940 年见前村后店都办起了小学，村里的聪明人于英，便跑到县里学文化、学教学，年半载就跑回来办小学，并任教师。此人在教育岗位上直干到新中国成立以后……你能说他不是一个聪明人吗？

由于小学的基础，此村后来出过浙江台州的地级干部；四川成都军区的团级干部和山东工学院的教授等等。

一九五几年到一九八几年，很多村庄在外面工作的干部，从市里的科局级到全国的县团级以上，出过一批又一批，不胜枚举。里口山里的福德庄村，全村400多户，大学生不算，光研究生就有十几人，博士后一人。

这些人大部分都是从当年的村小学走出来的。他们小时候的聪明，那些早慧的故事，已经成了今天村里的老人挂在口头上的轶事了，成了一种家乡的佳话，成了一种让后世对比的标尺和敦促的动力。

羊亭镇义和村20世纪50年代的村小里，有个聪明学生叫郭喜强。现年70岁。父亲原来在部队上是个排长，母亲在家务农。母亲的脾气很暴。父亲干排长期间，她一次次地往部队上跑，要求丈夫回家帮助春种、秋收。后来到底让她生生把人从部队上拽了回家，她给首长扔下的一句话就是“俺自己一个人，家里、地里的忙，他在外面当官享福，这不平等！”父亲回家后，每天都和母亲打架，母亲用的是擀面杖，父亲用的是皮腰带，腰带都被他抽断成两截，打的家无宁日、街无宁日、村无宁日。你想，就这样的家庭环境，孩子怎么还能读书？后来，父亲就得病死了。母亲的脾气更坏起来。上午，郭喜强上课上到两三节，母亲就准时跑来，也不管是上课还是下课，也不管教室里有谁，闯进课堂，大吵着就将儿子拖起，每每从儿子头上揪下来一大把头发。这样拖着就往家走，到田里拔草、到山上割草、上山下泊，郭喜强从来没有上过一个囫囵天的课。他的课本也被母亲撕得没一页是囫囵页。他的作业也从来没有完成过……可是就这样，每回考试，他没有掉下头三名！班上有个学生又聪明又用功，第一总是他；而郭喜强不是第二就是第三。这不是奇才吗？后来，果然，郭喜强念完小学以后考入了烟台水产公司，在那里干了团支部书记……

"愚智相去三十里"，以曹操的聪明，在杨修面前还不得不承认，自己的智力去主簿还存在着30里地的时间，真正的"木头脑袋"比起真正的聪明人，可就真的是判若云泥了。可是话又说回来了，人又总是看在哪个方面，读书不成的人，未必干别的就不成。比如《蚂》中的木墩，被村里的识字竞赛逼得参了军，参军以后才知道自己原来是块很好的兵料子。他冲锋在前，斩将搴旗，竟成了战斗英雄。早年许多劳动模范、技术能手，事实上读书也并不见得就聪明到哪里，就是这个原因吧。

但是文化基础，对于整个国民素质的提高，总归是十分必要的。而彻底的文化大翻身，是在新中国成立以后。

五 冬学运动、识字班和小学的普及

回过头来还接着木墩念不成《三字经》来说，《蚂》中此后是，木墩在塾里苦熬了些时日，就"下来了"；后来就结婚生子了；这时的木墩正是十九、二十郎当岁的时候，"共产党坐稳这块地盘，就想出了新鲜点子：发动老百姓学文化……大家就呼呼隆隆学起来。识字班、青抗先、儿童团，开展了识字大竞赛。……"

咱们这儿也是大同小异。威海解放后，威海卫市政府大力提倡办"区学"，各区(威海第一次解放的1945年8月，本景区涉及当时的里口区、塔山区、羊亭区、凤林区、草庙子区等)普遍成立了"区文教委员会"，简称"区文教"，各村也都成立了"村学委"。此时一场轰轰烈烈的"冬学运动"和"妇女识字班"，在区内拉开了帷幕。共产党当时以发动群众的姿态，以"运动"的形式，把这场"文化之战"打得又急、又快、收效又特大。这是空前绝后的。历史上从没有谁在这么辽阔的幅员上，以这种方式"扫除文盲"。这是一种创举。群众争取文化翻身的积极性，那股热情，那股气魄，也是空前绝后。课本编的也叫生动，一套农具、场具的名字用字，什么“锄镰锨镢”“梿枷”“茓子”“砘”，大概今天的中学生也未必都能写得出。还有方言词语，还有农谚如“庄稼不使粪，等于瞎胡混”“人糊弄地皮，地糊弄肚皮”“早起三朝顶一工”之类，在人们学了生字的同时，也灌输了勤劳致富的思想。

这一代眼瞅着和文字、文化终身无缘的人们，做梦也没有想到，竟然一文钱不花就不再是“睁眼瞎”，不再是“一肚子青屎”的莽汉和憨妇了！

那时候的学法，今天忆起来颇多诗意。正像《蚂》中所说：要是中午或者午后学，就“一个教员一块小黑板，预先写好几个字，到时候一挂就教起来，教上两个钟点然后散伙。”这和今天的现代教育大不相同。而越是质朴的东西，机趣越多。天设地造，仿佛一切都在很自然地一齐支持着那急切地教与学。那一块块小黑板，有的挂在墙上；有的挂在树杈上；有的挂在锨柄的一端，而将锨头插在地里。大家跟着教员念，念会了，“就用滑石在盆碴子上划，用木棒在地上划，回家睡下又在肚皮上划。如是夫妻之间，就拿对方的身子当本本，用指头去上上下下写。”

教员们，有的是村里的教书先生；有的是先生的小学生；有的也就是个农民，只不过认得和写得一些字罢了。他们教得也特别起劲，往往超出了课本上的内容。妇女因为家务活而腾不出身，先生就把小黑板送到了各家各户，送到了灶火边，送到了炕头上。机动灵活，便当快捷：见你在家煮饭，就写“煮饭”二字，然后又联系上了“烧火”“砍柴”等等；见你正在刷锅，就写“刷锅”二字，然后联系上“洗碗”“拾掇”等等；见你正在喂猪，就写“喂猪”“养牛”“放羊”等等……那些妇女的聪明才智被激活了起来，一冬掌握500个字的妇女比比皆是。

这在乡村老百姓的文化翻身中，是一件了不起的历史性大事件。

差不多所有村庄都把这件事郑重地写进了他们的“村史”。他们在那里记下了“文盲识字 500 个”的惊人一笔。而据《威海市志》记载，“1946 年，全市参加冬学 68 424 人，占应参加人数的 66%……经过一个冬春的学习，有人能写 700 个字！”

接下来还说小学教育。而事实上自 1930 年废除私塾之后，各村办小学的具体进度参差不一，情况也参差不一。有的是村中自筹资金，自办一小学；有的是某个人出资兴办起来，反映着各村高低不同的心志、大小不一的胸怀和长短不一的眼光，当然也有财力上的差别。而要办一处学校，也得有一个中坚力量，村民的后代才可以进去学国语、算术、自然和音体美了。而沿着这条路，也就通向了现代的“数理化”，与世界接轨了。

一九三几年到一九五几年，其中即使战乱时期，村庄里依然有很多开办小学的。山村实在办不起，就合手联办，固陋就简也聊胜于无。在羊亭镇，艾山前，八村（大北山、郭家疃、小北山、港头、河北、花园、大西庄、小西庄）联办一处“艾山小学”。港头村元茂家的几个兄弟，有在青岛某大学任副院长的；有在七级部工程院从事设计的；有在当地税务局任局长的，都是从那所“艾山小学”起步的。于家夼，1931 年就由丛大文①主持，在村东头开办了一所堂皇气派的小学，其

① 丛大文，羊亭镇于家夼村人，1904—1949 年，中学毕业后，就读于南京中央党务学校，北平大学经济系，获学士学位。1933 年考入南京中央军校（即黄埔军校）第十期，结业后被分配到国民党部队。抗日战争中参加过保卫上海的“八·一三”淞沪会战。历任连长、参谋、参谋处长、山东保安纵队副司令、副师长、军参谋长及国民党鲁东行署副主任兼威海卫市长等职。为国民党第一届国大代表、国防部少将部员。1949 年 12 月 11 日因飞机失事遇难。其作为一名国民党的少将，在国共对抗中犯下过不少罪行，但他也为家乡办过一些有益的事情，也是为村民所记忆的。

宽大、样式、布局，都领一时之先。不但办公室、宿舍、食堂等一应俱全，还有一所图书馆，供学生课外阅读。学制定为六年。分初级班和高级班。不但周围河南、朱家圈等村也在此就读，连文登北部都有将子弟送过来入学者。

普及，事实上是两个了不起的字。它就像春雨洒遍土地一样地不露缝隙；就像月光泻地一般广大而均匀。艾山小学，保证了八个村儿童教育的普及；于家夼小学解决了羊亭西北角一带的儿童教育问题。小学越办越多，儿童入学率越来越高……

张村镇，某村，1943年曾有个叫“张善圃”的开明资本家，慷慨解囊，办了一所小学。

李家夼村历史悠久的私塾遗迹：如今只余下了一座摇摇欲坠的空壳

竹园、南葛拉和闫家庄——里口山东南的一条山夼中三个相邻的村子，1951年三村联办了一所小学。

再往南的又一条山夼中，台下村联合五家疃、西庄，又一个三村联办小学。这处小学的建校时间，好像比较早一些……

一度落后的中国，一个一度落后的民族，事实上早在80多年前，就已经启程追赶世界了。老先生的手里还握着羊毫笔管，可是已经在用毛笔画开“X、Y、Z”了①；学生们，刚把小辫儿剃了的脑袋里，就

① 20世纪四五十年代时，习惯手执毛笔写字的老教书先生，用毛笔解代数习题的大有人在。例如，1945年在当时设在孟格庄的威海中学任教，50年代初又转入文登中学的梁鹤铨老先生，就曾以毛笔为学生解代数习题。

已经开始装起了地理课本上的“四大洲”“五大洋”了……

然而,“路漫漫其修远兮”,求学和追赶的路上还不知有多少东西需要“上下而求索”呢。

六 《蚂》文中的后续故事

《蚂》的故事当然没有完。后来,木墩在战斗中成了英雄以后,被安排到杭州,驻一家军鞋生产工厂,当了“军方代表”;又因为不识字而处处别扭,心情不畅。终于逃离杭州,而开了小差。而其后代仍然不是读书的料;他便决心给他的儿子娶个聪明媳妇,换换“种”,以求孙子辈上获得文化翻身……

而我区乡村求学的故事也没有完。也不会完。新中国成立以后,尤其是改革开放以后,人的思想变了,脑子变了,精神变了,这一变也等于是“换种”,他们的智力,特别是后代的智力,发生了神奇地改变,于是乡村的大学生、研究生、博士生、博士后,层出不穷。而科学的前沿和尖端,也正在热切地召唤着他们。

第十一章

盖头的蒙启与丧礼变数

“执子之手，与子偕老，生死契阔，与子相说。”①自古以来，婚配和丧葬就是人生的喜哀两端，更是世俗中最为重大的两项民风民俗。两大人生戏剧和民间风景。而区内的婚礼与丧仪，历史深远，来路迷茫，现今犹存，是不容忽略的。而此时，卡夫卡的那句名言，立刻显得深刻而恰如其分：生活是由最近的以及最远的两种形态的事物构成的。这两个世界不是截然二分的，它们互为交织和渗透，共同塑造着具体的生活型范。

我们先从早年间喜事中的大红盖头说起。

---

① 语出《诗经·邶风·击鼓》。原本是对战友之情的倾诉；后来演变为夫妻之情的表达。而我在此“同守姻缘”的表述里同时也看到了“共死”的相期。故此这句话里事实上包括了喜丧之两极。

一 火红的盖头进夫家

在漫长的婚姻旧俗中，盖头是一个极为重要的道具。它的蒙盖与掀起，体现着专一、神秘、喜庆和新的开始……

有关资料中说，盖头（又称“盖巾”“喜帕”）缘起于南北朝的齐代。后有唐明皇李隆基标新立异，（历史上许多有关妇女的肌体、装束等等，似乎都与这位唐明皇与杨贵妃有关）指令宫女以“透额罗”罩头，也就是在初唐，妇女的帷帽上又添了一块薄纱，遮住了面颊，以作饰物。此后，盖头在汉族民间流行不废，并成为新娘不可或缺的喜庆装饰……区内也随之依样一代一代沿袭下来：无论贵贱，不管穷富，嫁女皆弄一方大红的绸缎，罩住了头脸，为美。好像为花园围起了一道优雅的栅栏；好像在“处分”的物件上①，打上了一记精美的印章……

大抵至清末，英租威海卫时期，盖头在本地基本停废。

威海这地儿，清朝光绪年间就进入了英租占，而殖民主义者的占领，外国军舰的频繁往来，及外国人和威海人的多年接触，不可避免地引起了“西风东渐”：应该说，盖头这方“国粹”大致上就被早早“渐”掉了。

但是“渐”归“渐”，切实的改变事实上总是参差不一的，而且有时候还是东西相互渗透，不知是谁“渐”了谁。比如 1938 年，英舰少将帕顿，在与来自上海的新娘帕森斯小姐，于刘公岛上所举办的一场英

① 民国时期，学者陈顾远先生，在《中国古代婚姻史》中认为：古代嫁女，事实上就是父母把女儿当物件出卖。他说，“……孔子把自己的女儿嫁给公冶长，把哥哥的女儿嫁与南容，及何尝不是凭着家长的权威，自作主张，把女儿和侄女儿当物件处分了呢？”

式婚礼，就抛弃了很多英国的东西，而增添了若干中国的传统礼仪。新娘乘坐一顶中式花轿进入教堂；新郎穿了件中国的长衫马褂，戴了一顶中国礼帽；花轿中挂着中国传说中的“避邪物”；轿后还跟了一群专门说吉利话的“帮腔”……

所以，直到一九四几年(20世纪40年代初)，甚至50年代初，区内的乡间，仍然有人在结婚时，新娘是蒙了盖头的。

如果是以花轿为交通工具，轿中的新娘很多是蒙着盖头的。里口山里的刘家疃，一位80多岁的老人说：

> 我是1950年结的婚，老婆是黄家皂的，隔俺这儿10来里地。别看是1950年，我们还赶上了坐轿。大概从我那以后，结婚就改了坐大轱轮子。两乘四人抬的轿子，我前妻后。妻子在后轿中蒙着盖头，一出娘家门就蒙上了，然后是大舅哥把她抱到了轿上。她低着头，盖头的边角耷拉到了胸脯。轿子走到半道上，听到抬夫喊：“平轿！平轿！”轿停了。抬夫向我讨喜钱。我给了他们。我听见前面的抬夫喊：“凑不凑？”就是准备好了没有的意思。后面的喊：“凑！”接着，后面的又喊：“起轿！”轿子继续朝前走，直到家，再没有停下。

而人们(看热闹的乡亲)对蒙盖头的新婚者，或者对乘轿而来的新人，似乎格外热情和兴致高涨。他们老早就在村头守候着，一边议论些什么，一边翘首鹄望。轿子一来，就立马点燃了早已准备好的鞭炮，在轿子一旁噼里啪啦地炸响开来。《文登县志》中说，当地民间“婚礼不用乐”，这句话是值得推敲的。如果说专门的乐队，像如今这样的音响设备，自然是不用的，想用也不能够；而如果说什么乐器也不用，则说得太过了。早年间，事实上最少是用了打击乐的，小锣小鼓、咣咣镲子呀，老远儿看见轿子进村，就敲打了起来。里口山最里面的谷家疃，有一年村里抬进来两乘新婚的花轿。那时候里口山里只因为一个穷，说媳妇难着呢，一家的喜事仿佛就成了一村的喜事；一村的喜事仿佛就成了全里口山三四个村子的喜事。当轿子从张村大道向东一拐，逼近河东(福德庄)，福德庄一看就准知道是里口山里面哪个村娶媳妇的，便搬出来锣鼓，咚咚锵锵地敲打开了；一直到轿子走过去已经看不见了，咚锵之声还没有停歇。轿子在这山村锣鼓里走进了刘家疃，刘家疃又照样敲打了起来。轿子又在刘家疃的锣鼓声里去了谷家疃。这时的谷家疃自己更加来了精神，差点儿没把鼓擂破，差点儿没把锣敲裂。

整个山村都沸腾了起来。

而人们再怎么沸腾，锣鼓再怎么敲打，哪怕山山岭岭都跳跃起来：轿里的新娘也得拿得稳稳的，尤其头上顶的那方盖头——于波动和震颤中毫不惊摇，应该像海浪翻滚中的稳坐钓鱼舟；像风吹草动的巍然大树……

有一回，某个山夼中的青年娶媳妇，闹了一个笑话。那天新媳妇按规矩穿的是红棉袄、红棉裤，坐在一头黑毛驴的驴背上。头上则蒙了一方盖头。新郎则牵着驴，在地上走。正在大道上走着走着，到了要向山夼里拐进去的当口，忽然身后响起了一声汽车喇叭的鸣叫。那时候的道路上，特别是通山夼的小路上，十年九不遇地有一半辆汽车驶过。这突如其来的高音喇叭，把那头驮新娘子的毛驴惊得够呛；而且女婿也没有尽职尽责地把驴牵好——也是巧了，当时路对面正有一个熟人在跟他道喜，他正欲去驴背上取那驮篓里的抓果①、喜饼之类给那人，就放松了牵驴缰绳的手：这一松不要紧，毛驴撒腿就狂

① 抓果：胶东民间在办喜事的时候，用油、糖、鸡蛋和面，而烙成的一种菱形食品。

奔了起来。赶到小伙子追上去，那毛驴整个儿惊了，又踢又蹦地闯到了路旁的庄稼地里。可怜驴背上端坐着新媳妇，向东歪一阵，向西斜一阵，最终狼狈不堪地从驴背上滚到了田地之中。

然而，盖头却始终好好地蒙在头顶上。丝毫未动！

这些新婚的姑娘，你以为她们只这一点顶盖头的功夫吗？在进夫家门之前，还有更大的难度表演在等着哪！是的，有“领口”①领着下轿，但“领口”只顾指示一下方向，稍扶一下；如果近身扶持，寸步不离，那么新娘岂不是一幅年迈苍茫的模样了吗？这怎么能行？下轿、下驴而不被绊倒，同时盖头还不能动，这已是不易了；还要跨马鞍子，还要迈火盆等等，都要在盖头里的一片红色的黑暗中完成；然后被送入了洞房：端坐在床沿上，羞赧着、妩媚着，寂静着，娇花照水，只等新郎那轻轻地或重重地，一挑、一撸或一掀而去……

二　盖头起落的那一刻

这是带着一点儿紧张的激动的一刻，因此也是整个婚礼中最具诗意的一环。这一婚礼细节是整个传统婚礼包括采纳、问名、纳吉、纳征、请期、迎亲等六大步骤的最后“关头”，是一个结果、揭晓和临尾时突起的高潮。故而它使人们一直津津乐道；它也成为一场婚姻的代名词。

我想到王洛宾的那首《掀起你的盖头来》：

掀起你的盖头来，

---

① 领口：方言。婚礼上由男方安排的照顾新媳妇进行婚事活动的女宾。一般要求是由丈夫、子女齐全的妇女担任。

让我来看看你的眉。
你的眉毛细又长呀，
好像那树上的弯月亮。
你的眉毛细又长呀，
好像那树上的弯月亮。
……

所有的美都在这一掀一揭之间了。

而洞房里，民间的掀揭，不是用手直接拉开的；而是用了一种工具：秤杆。也不是掀、揭，而是挑。

因为秤杆上面有秤星（称心），其中便包含了"称心如意"的祝福。称，又称"戥子"，表示儿媳与婆婆之间彼此的公平。洞房。红烛上高举着火苗。红桌围。秤杆儿就放在桌面上，棕红色的。红色的新娘。红色的盖头。盖头内外，两双期盼的眼睛。秤杆儿拿起来了。伸进了盖头的下角。温情地一挑，盖头滑落，如一片轻盈的羽毛。随之，美妙惊现。

美妙总是惊现。即使彼此先前曾经见过面，或者是很熟悉，到这一刻也差不多总是"惊现"。因为化了妆的缘故，因为刻意地打扮；或者并没有浓妆艳抹，也并没有多么精心打扮，而仅仅是因了这种环境，这种氛围，这种时刻——这是一种善变的时刻，一种让年轻的女子愈加动人的时刻。所以民间有种说法，说盖头是一种"辟邪"的物件，可以使妖怪变成美女。尤其是区内那些山夼中的村庄，一种传说大同小异：山中某种动物成精，相中了村里某一勤劳但是穷苦的光棍，几番挑逗，终不得手。后来，转来转去，女妖潜到了光棍房中，用盖头盖了毛索索的脸。然后光棍哥大手一掀，竟掀出了一个亚赛天仙的小姐……

这大概是一个对于美满婚姻无限向往的传说故事。

而此后，盖头落下之后，大家耳鬓厮磨，然后又鼠肠虫爪——当他们开始直面生活的真相的时候：他们从喃喃细语，变得时喋喋，时谔谔，时怲怲，时怛怛……时而相互直视盱盱然，时而相互斜视眄眄然，时又惨惨然，时又眊眊然……

他们想吧，想吧，再想那原先红烛之中的神奇美曼的一刻，已不可复得了。就仿佛那是多年以前的一曲在手风琴伴奏下的如今已无影无踪的《莫斯科郊外的晚上》！

里口山里早年有一个看山的。有一年秋天，打牟平酒馆那边来了一位搂草的青年。那年月烧柴金贵，什么都金贵，青年扛着把抓手①，撅着网包，从牟平的山间，一路追逐着柴草而追进了里口山。青年在里口山这边搂了几天草，夜宿在看山人的房子里，与那看山人搭上了话茬。看山人喜欢上了这位搂草的青年，就把自己的女儿许配给了他。他事实上曾在山路上、房子里见过看山人的女儿：留一对长辫子，中等个儿，头上常常沾着草叶，衣上常常沾着黄土，并不觉得有多么漂亮。可是当他在洞房里挑开盖头时，他简直不敢相信自己的眼睛；也就在那一刻里，他相信了山区中盖头变美女的传说。

嫁鸡随鸡，嫁狗随狗。看山女嫁到了牟平以后，忽就一改在里口山里烧柴大撒手的习惯；无师自通地用三根手指往灶底下揄②着柴草，而另一只手则时急时缓地拉着风箱，忽哒忽哒地几棵草叶就把锅烧开了。男人搂来一车草，竟可以烧两三个月呢！后来夫妻俩回里口山娘家，走的是山路，妻子还故意掴饬③了一番。妻在前，夫在后，

① 抓手：方言。用竹皮子弯成钩状的，带有长把手的搂草工具。

② 揄：方言。输送、填进去的意思。

③ 掴饬：方言。打扮的意思。

走得紧。丈夫在后面看着妻子被风刮得凌乱的头发，忽想起成亲那夜，在洞房里挑起她的盖头时的那股美丽，就问，“喂，你去年的那块盖头呢?”

妻子莞尔一笑:“早不知弄哪去了。怎么还要让我再蒙一回红喜帕吗?”

“……”

盖头丢了，朱颜霎时就随之永远的丢了。

说起盖头，我有一次和蒿泊一位退休的老教师聊此话题。他说了一段诸葛孔明先生当年成婚时，夫人曾蒙过盖头的一番闲话。顺记于此:

人们都说孔明先生的妻子，沔阳名士黄承彦之女黄月英，聪明过人，品行贤惠，只是长相过于丑陋，而孔明先生求之为妻;但黄氏家乡湖北襄阳一带却有另外的说法:黄月英小名阿娇，长得花容月貌。月英闻说诸葛孔明品学俱佳，心中非常倾慕，便托父亲向其求之。同时他还让父亲在孔明先生面前说自己相貌丑陋，以试他是否是个重貌轻才的凡夫俗子。结果孔明先生很爽快地答应了婚事，根本没有理会长相美丑的问题。结婚那日，黄月英头上顶了一方红盖头，也是想最后再试一试，夫君真情还是假意。诸葛孔明先生毫不犹豫地揭开了盖头:面对眼前的绝色美貌，他几乎以为是给弄错了。黄月英这才道出了事情的原委……

将盖头和人的识见排在一起，也是中国文化赋予盖头的道德和智慧的特殊内蕴。

三　盖头一路颠过的里程

这就是一个有关“婚姻圈”的问题，包括“娶入圈”和“嫁出圈”。

这个有或者没有盖头的联姻圈子，事实上是现代婚姻学科及婚姻学者，一直深为关注的重点概念。我在全区进行婚姻调查的时候，也对这里的古今婚圈进行了比较细致地访问。下面是羊亭镇里口山前坡贝草夼村的两份统计表。表 11-1 是娶入统计，时间是 20 世纪 30 年代到改革开放前夕，跨度大约在五六十年。当时村里人口 20～40 户；表 11-2 是嫁出的统计，是 20 世纪 30 年代到五六十年代，跨度大约 30 年。

表 11-1　娶入统计

村庄现属	村　　名	距本村路程/市里	人数
今烟台市牟平区	蛤堆后	34	1
今威海市文登区	文登郊区（村名不详）	45	1
	汪　疃	45	1
	凤凰山	36	1
	小　观	35	1
	东　羊	30	1
	吐羊口	20	1
	小宅库	20	1
	南上夼	30	1
今威海市初村新区	马　山	28	1
今威海市经区	蒿　泊	40	1
今威海市嵩山街道办	岳家庄	30	1
	宅　库	30	2
今威海市竹岛街道办	北竹岛	34	3

续表

村庄现属	村　名	距本村路程/市里	人数
今威海市田和街道办	黄泥沟	32	1
今威海市张村镇	里口山某村	4	1
今威海市环翠区羊亭镇	羊　亭	5	16
	鲁　东	6	7
	廒　上	10	1
	曲家河	6	2
	于家夼	8	3
	王家夼	10	2
	埠　前	8	1
	上　炉	10	1
	南　郊	12	1
	黄埠屯	12	1
	孙家滩	10	4

表11-1显示，该村娶入的媳妇，离开该村的平均距离是14.8里；距离的中位值①是8市里；众值②是5市里。这也就是说，该村娶媳妇，大致是在十四五里地以外或者以内；而比较起来，不算太远也不算太近的距离是8市里；娶的最多的是离该村5市里的羊亭村。

区内有句古老的俗话说："三里五里娶媳妇。"也就是说明清时候的娶入圈，半径大约只在三五里的距离。这想来总是离不开信息交流的活跃范围、交通工具的承载力以及通婚习惯等因素的影响。而且这个娶入圈一旦形成，似乎就有了相对的稳固性。贝草夼从新中国成立

① 中位值：将一组数据由小到大（或由大到小）排列，如果数据的个数是奇数，则处于中间位置的数，即为此组数据的中位值；如果数据的个数为偶数，则中间的两个数据之平均数，即为此组数据的中位值。

② 众值：一组数据中出现次数最多的那个数据。

前到新中国成立后，混算起来，娶媳妇的距离众值是市 5 里；尽管远的有蒿泊的、有牟平的，但那大多是一九七几年甚至八十年代初的事。

区内其他各村，娶入的距离，改革开放以前，大都不过十里八里，最多也就二三十里。逐村走访，概莫能外。

倒不是说婚姻圈愈大愈好，找对象距离的远近对遗传质量的影响，似乎尚没有明确的数值性结论。但是它至少在说明着农民参与社会的能量发挥程度以及一个社会的活跃水平。为什么改革开放以后，各地的婚圈突然扩张？婚圈半径的长度无疑是现代社会和市场经济繁荣的一种明显的标尺。

而相对来说，比起娶入圈的局促，各个村庄的嫁出圈，普遍宽阔一些。还以贝草夼为例，虽然表 11-2 的统计比表 11-1 少了一二十年，但我们通过估算，仍能大体上发现一些规律性的东西。

表 11-2　嫁出统计

村庄现属	村　名	距本村路程/市里	人数
威海市环翠区张村镇	里口山某村	4	1
威海市环翠区羊亭镇	贝草夼	0	4
	北　观	4	1
	羊　亭	5	6
	北上夼	5	2
	曲家河	6	1
	中　阳	7	1
	于家夼	8	1
威海市环翠区羊亭镇	南江疃	8	1
	北江疃	8	1
	王家夼	10	2
	南　郊	10	1
	孙家滩	10	2

续表

村庄现属	村　名	距本村路程/市里	人数
威海市环翠区羊亭镇	北小城	10	1
	阮家口	10	1
威海市双岛街道筹建处	海　庄	20	1
威海市文登区	羊　格	30	1
威海市竹岛街道办	北竹岛	34	1

据表11-2的统计，(村里有五名嫁到外地的女性，没有统计在此表中。其中：嫁入烟台的一人，是其在烟台读书时，由同窗之谊而发展起来的感情，后嫁；嫁入河南郑州的一人，是由其哥哥，将妹妹介绍给了自己的战友；嫁入大连的三人，先一人由其姑姑做媒，后两人大概由先一人串联，也未可知。)嫁出的平均距离是8.2市里，较娶程少了6市里多。如果在此后一二十年里再多几里，大约也仍是较娶程短了一块。中位值：6市里，比表11-1中的中位值亦少。众值与表11-1的众值一样，都是5市里，也都是羊亭。说明：嫁，总是不怎么忧，(各村基本上都是男多女少)就懒懒地就近嫁了。羊亭离村也近，又是大集，历代乡镇政府的所在地，阔地儿了：她们在那里相对象；在那里拍的结婚照；在那里扯得花衣裳，在那里请媒人下的馆子，于是就羊亭了。嫁入羊亭镇的，那就更是绝大多数，占了整个嫁出人口的86%。盖因为她们的全部关系，包括她们的父母、兄弟姐妹、亲戚、同学同事等，全都在羊亭这一方区域之中，于是这里便不可避免地成了她们人生的归宿。

而如果全面地统计一下，那又无疑是“嫁比娶远”了。三个大连的，得长多少平均数？一个郑州的又长多少？还有烟台的。说明：嫁的机会要更多一些。她们，可以跟了本地的某个驻军中的退伍军人而回到他在外地的家乡；可以通过走亲戚而走到各地去，在那里嫁了等等。羊亭一带乡村的女性，嫁到威海城里，嫁到城郊的田村镇，嫁到邻近田村的张村镇；而男子想从城里，哪怕从城里近郊娶过来一个媳妇，那可不是件容易的事！各村都是一样。这就是通婚圈的地域性特征。

威海环翠区这里，在通婚圈中有一个突出的概念，就是分“南乡”“北乡”。在南道中，过了戚家庄、望岛，以南就被称作是“老南乡”了。连长峰也概莫能外；戚家庄、望岛以北才可称得上是“北乡”。在长期的经济发育中，北乡永远比南乡强。北乡靠近城市，其机遇使南乡只能望其项背。这里的物质条件、生活水平，甚至语言、习俗，都使南乡望尘莫及。因此，甭说男子娶媳妇，就连女子嫁人，要从南乡嫁到北乡去，也是难上加难。

转引自《米字旗下的威海卫》中“1933年威海卫内的娶亲花轿”

反过来，想让北乡的闺女下嫁到南乡，也如痴人说梦。就是为此，一九七几年那几年，戚家庄竟压了 26 名女青年嫁不出去。怎么了？往北走，走不动；往南走，不肯走；当时又不准招上门女婿，不当“剩女”怎么办？

而东西道上，以艾山为界，艾山北坡为“北乡”，艾山南坡的于家夼等村就成了“南乡”。在这一带的男子想要娶一个北乡张村、田村一带的媳妇，同样难以想象。

但是，有时候情况会突然地发生转变，使婚圈跟着就产生了颠覆性的变化。

还说于家夼。20世纪80年代初，改革开放以后，我国南方较早富裕起来，钞票来不及点，用秤来称，头高头低都不算数；而就是这样，他们那里的人来到于家夼，还觉得他们那里不如于家夼。他们说，除了富裕以外，这里的气候好，风土人情也好，人情味儿很足。那些来这里做生意的，那些倒插门来这里作养老女婿的，都夸这里比南方强。而事实上于家夼在20世纪80年代以前，生产队时期，就是一个出了名的好村。村里有副业、有小工厂，劳动日折算金额在羊亭镇数一数二。于是，里口山、张村那一带都有女青年纡尊降贵嫁了过来。多年来"有女不嫁老南乡"的规矩一下子突破了！

最为典型的是李家夼村。通常这个村的婚圈在十几里左右。一九七几年老书记李宗壮在村里大杨树西面弄起了一个地毯分厂，村子一下子就富了起来。劳动日能折合到两块多，群众的情绪空前高涨。迎来了李家夼的"黄金时代"。而这一下，村里的女子干脆不走了。因为她们大都在村里的地毯厂上班，有工作能力，有专业技术，比个男子挣钱还要多；而一旦她们离开了村子，又到哪里去寻找自己发挥技术的地方呢？又到哪里去挣这份能抵得过男人的收入呢？那岂不是捧着金饭碗出去讨饭吗？因此大家都在本村找对象，嫁给了同村的青年，在本村组织了家庭。村里为了解决她们的住房问题，在村西建起了一片新瓦房，并命名为"闺女村"。这时李家夼的闺女，有姑跟侄儿的，有侄女跟叔的，（都是街坊辈，事实上早已出了五服）使该村的婚圈，一下子紧缩了起来。

所以婚圈的大小，反映经济状况的好与坏是很微妙的。很多时候越是比较富裕的村子，婚圈反而越小。比如北竹岛村，男子娶妻，门当户对，因此在威海本地找媳妇不会走得太远。不过周围三里五里，戚家庄、毕家疃、神道口、合庆、钦村，最远不过望岛、长峰。这样事实上就促成了一种良性互动：村子本来就富裕；嫁来的女子也不含糊，往往带着山岚过来了，（因此后来该村在戚家庄、望岛、陶家夼等村都有他们的山岚）使村子整体经济状况更其富裕；而更富了反过来又使婚圈愈加地小了。尤其在20世纪70年代，本村的闺女全都不出村了。因为从一九七五、六年，村里的劳动日就已经能折合人民币三五元了；（而此时别处的劳动日，一般最好也就是一元左右）村里有果业、有渔业、有小工厂，妇女能干的活儿很多，也很值钱——因此村里的姑娘就有了相应的对策：专往家里招倒插门的公职人员，包括干部、工人、职员等，从而使女嫁的婚圈小得不能再小。

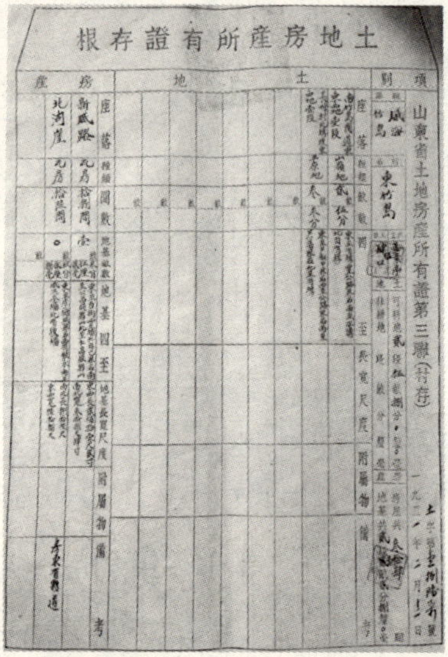
土地房產所有證存根

随手翻开的北竹岛村解放初的土地房产所有证存根总册内页

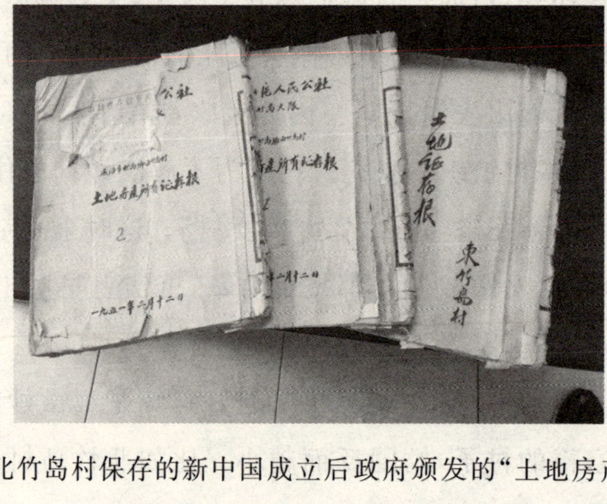

北竹岛村保存的新中国成立后政府颁发的“土地房产所有证”存根总册。从中可以看出，该村不少山岚都伸入到了周围其他村庄，而其来源就是娶媳妇时，由她们带来的嫁妆

男娶也是一样，如前所述，该村的小伙子，要娶媳妇，一直到现在人们的思想水平，大致上仍然是要求女方同样也得差不多是“门当户对”，总不能以“烟砖豪宅”去对应“筚门圭窬”吧，因此男娶的婚圈，在20世纪70年代也同样到达了一个史上最小的时期。

四　无处不在的“红娘”

也许，古代的时候婚姻就与货币结缘，婚姻六礼中的第五礼“纳征”①就是明证，所以大约从周之前，男女成婚的事就离不开一个无比重要的角色——媒妁，即媒人。正所谓“父母之命，媒妁之言”也。

古代，诚如陈顾远先生所说：“……在嫁女方面家长要维持他的权威，女子可能就变为物品，任家长出分了。这么一来，并且可说因为有家长存在，这购买的形式，巩固地才越厉害。”

“父母是主持事情的人，但他仍不能自找物品，或顾主，这期间必定有个拉牵的，就是叫作媒妁的了……”

话说得好像厉害了一点，但向“底”里看，包办婚姻也似乎就是这么回事；然而从民间对媒人的认可，特别是破除了包办以后，媒人仍然活动频繁，从这方面看，媒人的事情似乎并没有如先生所说的那么严重和龌龊。前两年给环翠区撰写《环翠地域文化丛书·名人轶事卷》，调查民间各种名人时，在羊亭，到处都有人催我：“那就写写孙立国，快写写孙立国吧！”

我问他们：“孙立国是个什么人？”

他们说：“他是信用社的。”

① 纳征：亦称“纳币”，即婚礼中的男方以相当的聘礼，包括财务及钱币，送予女方家。现代称“过大礼”。

我说:“信用社的?搞信用储蓄的吗?”

“不,也是。可他是个媒人啊!”

“媒人?这么说是个业余媒人吗?”

“这个人做媒做得太响了,不信你在这三里五村问询问询,看还有不知道孙立国的吗?”

后来通过采访,我知道了,虽然俗话说“痴人当保,馋人做媒”可孙立国却为人说媒分文不取,且尽心尽力,不遗余力,乐此不疲。也就是在孙立国那里,使我对“媒人”的概念,才有了一种比较深刻的理解。才知道了媒人这一角色的难能可贵。

大北山村当年的媒人李光修,现年(2016)81岁

这一回在大北山,又遇到了一个免费说媒的老人,叫李光修。李老汉连自己也不记得一辈子给多少人说过媒了。现在,他老了,身体虚弱,言衰气弱,连说话都好像有点木讷。而人们说,他从前说话就不太利索。我就疑问,媒人不是需要伶牙俐齿吗,这样磕磕绊绊怎么能做媒人?可是村人却说,能的,能的,你别看,他做媒十有八九准能成呢……

我疑惑着疑惑着,忽然悟到,也许说媒这事儿,要的并不是斩钉截铁、伶牙俐齿,孙立国不也是并不像想象的那般口似悬河、滔滔不绝吗?大概正是由于一种略带思考的迟缓,稍稍柔软的口吻,才使得他们的说媒,有了一种特别的魅力:缠绵、平和、不急不躁,并且带着一股特殊的温度……

媒人,乡间的媒人,在田野的小路上奔走的人;在屋子里、在院子里、在地上蹲着，在板凳上坐着，随便找个什么地方，就向男方或女方展开了他们的工作的人；那些老百姓中间，为老百姓办事的老百姓。

媒人，又被唤作是“月老”。唐朝有个小说家李复言，在他的《续玄怪录》中说，本朝有个叫韦固的读书人，少时即为孤儿。有一次夜行经过宋城。（唐韦固，少孤。旅次宋城。）在宋城宽广而迷茫的月色里，韦固迎来了一个奇异的人，“倚囊坐，向月捡书。”韦固奇而问之，答曰：“天下之婚牍耳。”就是天下的婚姻簿啊！固又问：“囊中何物？”曰：“赤绳子，以系夫妇之足，虽仇敌之家，贫贱悬隔，天涯从宦，吴楚异乡，此绳一系，终不可逭。”①这就是媒人，已被神话升华为神的媒人，掌握着人间眷属的月下之神。

媒人还有个称谓叫“冰人”。《诗经·邶风·匏有苦叶》中，“士为归妻，迨冰为泮”小伙子要完婚，就该趁着冰未解冻，快去求亲。这是古代典籍中首次提出“过冰求亲”。此后才称媒人为“冰人”。媒，就是那桥梁一般的冰；坚固可靠的冰，赖以成婚的冰。古书上说，有人做了一个有关冰的梦，梦见自己站在冰上，同冰下的人说话。有解释说，“冰上为阳，冰下为阴，阴阳事也。”②也就是婚姻的事，做媒的事可见冰上冰下，何其庄重，冰层穿越，何其热忱！

因为这种男女双方之间的沟通，是颇费周章的，所以历史上人们曾将他们的工作称之为“作伐”。也就是说，做媒如作伐，像伐柯那样地挥动斧头，一下一下，伐木声声，木屑四溅……一般需要伐到腰酸臂疼方才得之。区内的媒人，双方跑上一个往来即告成功的事，当然

① 两段引言，均见陈顾远：《中国古代婚姻史》，山西人民出版社，2014 年 12 月版。

② 关于冰上冰下的故事，见《晋书·索紞传》：孝廉令孤策梦立冰上，与冰下人语。紞曰：“冰上为阳，冰下为阴，阴阳之事也……”

也有；但是一般都得三趟五趟，把彼此之间的路跑成了光溜溜的冰；甚至有的需要一个月、数个月地奔走：先说成见面，后疏通双方家庭；一直到了双方通达流畅，男女双方谈恋爱去了，这才将媒人撇在一边。《诗经·豳风·伐柯》：“伐柯为何？匪斧不克。娶妻如何？匪媒不得。”树枝怎么砍伐？缺少斧头砍不下；找对象该用啥良方？不经过媒人，媳妇来不了家。

这也就是在某一阶段曾被我们批判过的媒人。那时候我们一度把他们描绘成一种老年妇女的形象：挽着簪，裹着脚，穿着件黑色长大的夹袄，虾腰驼背，嘴里叼着一根长杆儿旱烟袋，腮帮上还有一颗重重的“美人痣”……纯粹的一种丑化。我们如今想来，这和一种基本的事实是不符的，是冤枉了这一类人。是的，最早他们曾经是包办婚姻的产物，但是即使我们今天的自由恋爱，似乎也还是离不开他们，区内前两年还有老人讲：“现在的闺女，自己找婆家，我们做老人的不阻拦，但是，他们还是得找媒人，不然的话像怎么回事？我们是不答应的！”而事实上自己找对象的青年男女在谈过了恋爱之后，要结婚了，也大多是找个媒人在中间走动一下，以使双方的老人能有机会谈一下自己的感受和意见，以求更加完善和周全。

至于没有谈恋爱条件的男女，那就更不必说了。因此才会有今日方兴未艾的“婚介所”嘛。

而人们，作为乡愁而怀念的，仍然是那些曾经行走在田间阡陌和山林小径上的无所不至的媒人。他们有种地的，有种菜的，有修车的，有修鞋的，有做买卖的，有走方郎中，有扎姑①伞的修理匠……一旦需要，他们或者扔了业务往冰道上跑，或者带着自己的生意一起踏上了冰道。他（她）们的心里都装着一本关于当地三五十里地的范围

① 扎姑：方言，修理的意思。

内，乡村青年男女的“婚牍”：他（她）们的家庭状况、本人婚姻要求、个人品性习性、收入和支出等等。像一把扑克牌，他们不时在手中将一张张的单牌，凑成一对对的双牌，在他们手头仿佛就没有过不能凑起双来的牌……

他们就是宋城那位坐囊翻书的月下老人啊！

五　特殊的婚姻形式数典

早年，除了一般常见的婚姻外，还有很多特殊婚姻形式，虽大多实在是属于陋俗之列，但也都一度成了旧时普遍的“规矩”，几近于制度和法则。所以我将其历数道来的时候，小标题上用了“数典”两个字。

合同婚，民间里多称“娃娃亲”。这是早年间比较常见的婚姻形式，或许谈不上是“特殊”。而这种“合同”也并不规范，很多并无文字契约，只是口头上的约定而已。两人交情甚笃，或者不见得怎么笃，把酒而饮，声气相投，三击掌而曰，“今个咱老哥俩把话搁这儿了：我媳妇怀胎，你媳妇有孕，日后同生为男，结为八字；同生为女，结为姊妹；若有男有女，结为夫妻！”有时候是一方有子三五岁，一方有女亦相仿，二人指此男女孩童，日后结为伉俪。二人长大以后，也不管是花容月貌，也不管是歪瓜裂枣，必履此合同而不得反悔。当事人的主观意愿在此早被剥夺得一干二净了。所以新中国成立以后，这种“合同婚”被人民政府撕毁殆尽，各自寻自己的另一半去了。

童养媳，往往是因为家里贫穷，将自己的幼女送到也有男孩的家里，让人家养着，在人家家里生活、劳动（命如丫鬟、仆人般）、生长，等长成以后人家为她与儿子圆房，成婚。这种制度在旧社会各地都有，收养的家庭说他们养大了女童，女童则说自己并未白吃他家的饭，受尽了虐待云云。新中国成立以后全被政府废禁，今后不再有童养媳出现。并且已经养大了的也回了家去，原来的婚约作废。

抢亲婚，抢亲婚也称“抢孝妇”。这是针对封建社会寡妇不得再醮的习俗而来的破解之法。抢婚抢婚，因为本寡妇是被抢走的嘛，这可不是我不守妇道。所以寡妇若被什么人抢进了洞房，则可以被男女双方家族认为“合法”。事实上，有的亡夫之家，为了贪图死者的财物，瞒过了寡妇本人，暗中将其卖予他人为妻，然后约定对方几时来“抢”；是夜一哨人马，呼啸而入，闯入寡妇房，抢进轿中，抬起便跑。族人为掩人耳目，假模假样出来追赶，追得跟真事一样，实在是暗助强盗，护其出村也。有时则是寡妇约定了其心仪之人，趁月黑风高，前来行抢。当然是一抢即成，然后寡妇一路哀哭，看看无人再追，哭声即止。然后又是红烛高烧，再拜天地。一场闹剧演得惟妙惟肖。

扶正婚，也就是旧社会在一夫多妻的情况下，富家男子在“纳妾”的基础上：先有“正妻”身亡，或者休掉了，从而将妾升之为妻的行为。

接续婚，即姐姐死后，为了使姐姐年幼的子女免受继母虐待，姥姥家又将前嫁闺女的妹妹续予姐夫。让小姨子接续其姊之位。

错房婚，即哥哥死了，由弟弟娶了嫂嫂；或者弟弟死了，弟媳又嫁给了无妻的哥哥。

双情婚，姊妹嫁给兄弟，或孪生姊妹嫁给了孪生兄弟。

交换婚，有两家交换的：甲家男子娶乙家之女；乙家之男又娶甲家之女。从而使两家下一代对上辈的称呼顿时混乱起来，舅舅也是姑父，舅妈也是姑姑……这样做无非是为了双方免了两份彩礼，以解决经济上的困厄。更加隐蔽的是三家联手，甲男配乙女，乙男配丙女，丙男配甲女，形成了一种三角形的交换。在早年贫困的日子里，山乡的婚事无奈就走了这样的一途。甚至由于经济的增长跟不上彩礼涨幅，直到 20 世纪六七十年代，这形式在暗地里仍未绝迹。

另外还有“冥婚”“替渡婚”“买卖婚”“赌债婚”等老怪陆离的畸形婚姻形式。兹不絮赘。

六 “倒头马”和“呢咕呐”

殡葬之俗，在城里和乡间实在有着一些礼道上的差异。从一开头就不同：城里死了人，人们会立刻听到那家院落里传来一阵惊人的哭嚎。事实上在那个院落的房屋里，丧家是一边哭丧，一边正在操作着“小殓”的种种事宜，比如：给死者更衣、整理尸体等；而乡下死了人，家里该“小殓小殓”，而外面已早早遣了人到门外的路口或平地上，烧掉一匹“倒头马”。大概在民国以前都是如此。这一烧，是为了让死者归西时好乘坐骑，急赴黄泉。要不然，阴魂在门口四处寻马却不得见，那边阎王爷又催着走，如之奈何？

所谓“倒头马”，实际上就是一匹纸扎的白马。那时候许多村里都有一间纸匠作坊，那里常有纸马出售。谁家死了人，就去买来一匹；回来马头朝西，（也有人事先已给家里的老人定做了倒头马）马尾朝东地摆好了；再用棍子围马而画一个圆圈，在马头的方向留下一个缺口；然后点起火，纸马就在火中哔哔啵啵地“升腾”了。人们望着火光中飞舞的纸灰，如同见到死者在火光中驾鹤西归……后来，唯有扎马架子的高粱秸秆儿堆在地上的余火之中：往往飞马已在空中奔跑了很久，仍有余烬像马肋骨似的高粱秸子，杂陈在土地上。

有时候人死得突然，村里又没有纸匠铺，纸马不能凑手。怎么办？就用粉笔或者“滑石”（一种软绵绵的，灰白色的石头，乡下很多）在地上画一匹西行的骏马，一口气画成，然后点火烧地，亦可。

接下去城乡的规矩差不多：送汤——提着乌陶水罐往土地庙里送去汤水。实际上是去为死者报道的意思；打圹——即“开山”挖坑；

下葬；哭丧和吹鼓；圆坟和过七。而在下葬的队伍排列中，城乡又见不同。城里显得烦琐复杂一些，乡间显得简洁明快一些。而此中的吹奏班子却是一律不可或缺的。盖因为最能制造气氛和最使出殡像一场出殡的就数吹奏班子的吹鼓了。它使一个人的死显得轰轰烈烈，惊天动地，远近皆知。它使那些或者只是一项套路表演的吊孝，突然就有了悲怆的味道，以至于仿佛天地也为之黯淡了下来。整个村庄以及村庄以外的旷野，全都被一派“呢咕呐呢咕呐呢咕呐呐……”的音符给颤动了起来，柔软了起来和哭泣了起来。

那是吹奏班子里吹的唢呐，乡村里叫它“喇叭”。而吹奏班子即演奏班子，在区内一般都称作是“响器”。因为一般人死后都离不开响器，所以区内称死人这事儿，也就叫“呢咕呐”。那谁谁，早在去年春上就“呢咕呐”了，就是指去年春，那谁谁就已经死了的意思。

七　丧事的从俭与铺张互变

接着“呢咕呐”和吹奏班子说。

吹奏班子，一台五人：吹号一人；吹唢呐一人；吹管的一人；吹笙的一人；拉胡琴的一人。一般人家的殡葬请一台吹奏，富豪之家的豪华殡葬请两台或者更多。时间上有三日鼓手、七日鼓手、半月鼓手等。

吹法按时间长短，乡间一般分三种：大隔夜、小隔夜和送纸吹奏。大隔夜吹两天一宿，中间夹一整夜。即，譬如今天上午死一人，下午就请来了吹奏班子，开始吹，吹到晚上；接着又吹一个整宿；第二天再跟着下葬的队伍，一路上吹，吹到茔地为止。这是大隔夜。小隔夜即白天死人，晚上请来吹一夜，第二天再跟着下葬的队伍一路吹去，吹到茔地为止。送纸吹奏，即死人之后，只请吹奏班在“送汤”这一环节，伴着汤水，吹上去土地庙的一路，即告终结。因为时间很短，显得急忙草率，所以乡间又称此种吹法为“勒勒雕吹奏”。勒勒雕，乡间早年常见的一种老雕，抓鸡抓雀儿的，翅膀宽大而毛毛刺刺，往往在空中平举着，平举着，瞄准了机会突然就在人们的头顶“唰”地一划而过。乡间用它的速捷和毛糙来比喻这种送纸吹奏的简短而潦草，是十分天才的。勒勒雕吹当然价格低廉，因此往往成为贫寒家庭办丧家之所选。

而奢华的丧事，早年间在乡间是不乏其人的。而且差不多每一起，都给人们留下了深刻的印象。没听说过百年前某人的婚事办得如何如何阔绰；只听说过谁谁谁的那丧事办得如何如何铺张。同时，人们还说，铺张的丧事把一户人家摆弄穷了的，比比皆是。所以他们管这种败家的丧事为“大破丧”。

在王家疃，受访人谈起出大殡，情不自禁地想起先前一度被当地人议论不休的一场大出殡。那大概是 20 世纪 40 年代前期：

那可真是一场大殡。给谁出殡？前双岛的李万英。李万英，你听没听说过？那可算得上是西海沿上的一位名人。上海、天津、沈阳都有他的买卖。有一年我们这里闹荒，村里家家户户都揭不开锅了。李万英从外地买了一船高粱米，发运到了威海。船开进了双岛港：叫老百姓拿着口袋到海上来按人头领取高粱米……这样，土改的时候，他被村里保护了起来，没有挨斗。而他又把家财拿出来分给了村民。这人在当地，当年称得上是首富。他的老爹，死的时候，他给出了一个大殡。停灵停了多少日子不知道，只知道那些日子西海沿那儿天天喇叭“呢咕呐”地响。吹的什么？好像是《大谣牌》等几个调儿，因为死的是位 80 多岁的老人，属于喜丧，所以吹的是喜调而不是悲调。

赶出殡这天，从早晨7点多起灵，到9点，灵柩还没有出村：满道很多的“路祭”①，抬大杠的几步就得一停，几步就得一停。有两三帮人手倒换着抬……

那样的人家才能出得起那样的殡；而就是李万英，据说这一场大殡下来，也把他家的“底子”抻得够呛。

而张村一带，老人们记忆最深的是城里王宅王四官（王者政）在福德庄的一场大出殡。王者政，清朝道光和咸丰年间在四川做过知县和知州，有权有势，死后选中距城里50多里地的张村福德庄的一处叫作“石门”的“地气”，出殡那天，灵前有“肃静”“回避”牌的仪式，鸣锣开道，路祭处处，每到一处，停灵祭奠。素车白马，执绋者②不下百余人，“极一时之哀荣”。③

然而尽管王宅势力过人，那场大殡没听说对于王宅有过大多伤害；但是却听说，王宅内部有些办事者，因这场大殡而中饱私囊地发了家……

羊亭村一位受访者说：

我大爷是20世纪50年代，大概是1950年去世的，赶上了最后一场丧俗。摆过路祭，有送帐子的，有送挽联的，用过大隔夜，用过道士，也不知从哪里请来的，那罩棺的大罩又高又大，出村时有专人拿一根长竿子，为它挑开那些碍事的树枝……

过了那以后，丧事的礼道基本就废停了。

---

① 路祭：旧时，殡葬故人时，其生前亲朋好友等为了表示哀思而在路旁摆出祭礼，有挽联、祭桌、祭品等，称为“路祭”。

② 执绋者：送葬时帮助牵引灵柩的人。绋，即引柩的绳索。

③ 参见《威海文史资料·第二辑》，李继安：《王者政和他的王宅》。

到了 1958 年，停得就差不多只剩一道胳膊箍了。老辈说“死者为大”，到那阵子，好像没有谁把死人当一回事了……

但是，民俗自有一种复活的能力：到 20 世纪七八十年代，丧事中的唢呐重新响起，而且大有越来越响的趋向。往日的“响器班子”成为了一种职业；班子也不断膨大起来，由当时的五人一直增加到七八人，八九成十来个人，而且有女吹鼓手，也就是“响器花儿”产生出来。这种组合，好像不少村里都有联络人：只要你拨一下他的号码，他会如期给送来一个乐队。前两年大隔夜的价格是 1 400 多元/场；小隔夜 1 000 多元/场；勒勒雕吹 700 元/场。眼下肯定是涨了吧，涨了多少？不太清楚。

这几年，有殡葬部门推销一种丧葬礼乐录音。但是这种放录音的形式不被看好，仿佛只有现吹现打的来得更得劲，也更显阔绰。

墓地，也渐有比阔之势。

这是经济发展的必然吗？还是民风民俗的负面影响？还是在无聊中寻求精神寄托？而如果是“怀旧”的话，那可就怀得不是地方了吧！

第十二章

旧俗五种备忘录

“备忘录”也算是一种文体吧，盖有两种含义：一是一种外交的文书，借以阐明对某一问题的立场、态度和要求；二是一种随机的记载，以帮助记忆的方法。我在这里当然是采用了他的后者。在我看来，很多很多民间旧俗（事实上所有民俗都是“旧俗”）至今天仍能在现实中找到它的影响，它像影子一样默默地跟随在我们的脚下，它记录了我们的来路和预示着我们的趋向……它们有时候是美丽的，有时候是迂诞的，有时候它又是机智的，有时候透露着某种神秘。但总是我们前辈曾经付以虔诚，付以信仰之所在；总是人民长期以来所形成的，镌刻在我们日常生活之中的点点标志。

可以这样说，如果我们是竹林，在地上竹株分立，那么我们的“根”——竹鞭则在地下延伸着，连成了一片，我们正是在它上面延伸出来的竹笋，伸展出来的新竹啊！在今天与昨天的“外交”中，我们难免受了这些“俗”的左右，产生出相应的立场、态度和要求。因而尽管本章采用了“备忘录”的第二种含义，却有着和第一种含义相通的意义。

然而又远远不能将所有的“民俗”“一网打尽”；只能择其凸现者，

以记其略而已。

一 祈雨:苍天下的跪仪

全世界的草民,甚至有时候也包括那些帝王,都曾有过一种叫作“地上没有天上求”的思想。所以祈雨(又叫求雨)曾广泛地存在于世界各地、各民族。从日本的原始部落到北美印第安人,从澳洲的土著到俄罗斯的先民,都有过跪伏祈雨的民间活动以及由专门的祈雨法师来“控制”雨水降落的事情。即使到了近代,一些已经进入了现代社会的民族,这种跪乞仍未断绝。

我区亦然。甚至犹然。

盖因为威海这块海峡之地历史以来就旱灾频繁,特别是在春季,干旱几乎成了春天在这里的一种习惯。要不就该播种了而不能,一撅刨下去土地里还冒白烟儿,农民干着急,挓挲着手而无计可施;要不就是刚刚出土的小苗儿被无情的旱魔像把人掐死那样烤得奄奄一息……地方志上寥寥数字的记载,令人心惊:××元年“旱、饥”;××二年“旱、饥”;××三年“旱、饥”“旱、饥”“旱、饥”……×年×月“春旱”;×年×月“大旱”;嘉庆六年(1801)的记载竟然是“自春至秋无雨,草木尽枯,大饥”。最严重的甚至有“自三月无雨,千里如焚,人啖树皮,城几罢市(1615)”;“饿殍满路,聚盗夜劫,市卖子女(1616)”;“旱,饥,民死几半,人相食(1641)”……

新中国成立后的 1960 年,“大旱,粮食作物总产比 1959 年减产 2 118 万斤,比 1949 年低 640 万斤。”1977 年“1—8 月旱,虫……”

1980 年“旱,年降雨量 492.5 毫米,粮食减产 1 800 万斤,果减产 2 400 万斤。”1981 年、1982 年……

地处山区的里口山景区内,由于山区土地的蓄水性差,历年旱情自然较之别处有过之而无不及，次次受灾在劫难逃。

祈雨也就经久不息。

下面是一组景区内张村镇诸村及羊亭镇诸镇早年间祈雨情况的调查表：

镇属	村名	祈雨地点	仪式	灵验指数（1为满值）	补充说明
张村镇诸村	里口三村：刘家疃 姜家疃 王家疃	活龙山上的李龙王庙前	打着彩旗、赶着驮纸元宝和大饽饽的牲口，敲锣打鼓放“四眼铳”①，祈雨队伍鱼鱼雅雅进了庙前；然后按步骤求雨	0.90	里口山三村的求雨情状，大同小异
	福德庄	同上	同上	0.90	较山里的三村，福德庄的求雨，似乎多了些“硬气”。大概由于先前有该村的王振麟晒龙牌的事②，此后村人求雨毕，必唱一段西皮京调，曰：“龙王爷你听明白，三天以里五天以外，要是下雨请你三台大戏；要是不下，我来把你的龙牌搬出来晒！”

① 四眼铳：民间早年间的一种带有四个喷火孔的火器。

② 王振麟晒龙牌的故事，是说福德庄早年有位抱高照的大力士样的壮汉，叫王振麟。那年求雨，天总也不下，把王振麟气坏了，他从庙中把龙王的牌位搬出来，回到村子，将其用滑轮划到了家庙前的旗杆上，让太阳晒它。是夜恰逢天降大雨。听雷声轰鸣，把王振麟吓得跪倒在地，第二天又重做了一个新龙牌，献于李龙王。参见黄河出版社，2014年1月版《环翠地域文化丛书·民风民俗卷》。

续表

镇属	村名	祈雨地点	仪式	灵验指数（1为满值）	补充说明
羊亭镇诸村	羊亭村	村子北面有座“旗顶山”，山上有座玉皇庙。求雨在此小庙前	二三十人列队进山。带上香纸之类，一路上敲锣打鼓。然后按套路求雨	0.80～0.90	
	东阳	亦在羊亭村的玉皇庙前	同上	同上	
	大北山	村北“火焰顶”（山名）上有座“玉姑庙”，庙至小，侧身可进一人。该村求雨即在庙前之地	同上	同上	张村镇的东西莱海两村，也到此地求雨
	于家夼	东南山上有座玉皇庙，山也就叫“玉皇庙”。求雨在此山此庙前	同上	同上	该村求雨也有“迫降”之意：天大旱时，将庙中的玉皇大帝，两尺多高的石雕像，抬出来晒，也含让其体察旱情之意
	朱家圈	村东山半坡，有块“狮子石”（见本书前照片）求雨在此石之前，以及石上面的山顶上的一座小玉皇庙前	新中国成立前，全村老少100多人，（当时全村30几户）由村董带领，先在狮子石前（那时狮子石尚未被砸毁）烧香叩头；然后去山顶庙前：摆祭，众跪于地，村董开口念叨	同上	村董在庙前念叨的词儿，无非是一种朴素的祷告语：“玉皇大帝，下点儿雨吧，下点雨好种庄稼呀……”众人有时也跟着重复尾句，好似合唱团在末句的合唱一般

续表

镇属	村名	祈雨地点	仪式	灵验指数（1为满值）	补充说明
羊亭镇诸村	北上夼	村后活龙山上的李老爷庙	每去三四十、四五十人，必敲锣打鼓、打彩旗；必有大饽饽和金银山（纸货）等供品；必有祭文	0.99	人们都说，北上夼是李老爷的孙子，每求雨准下。由此，村民求雨愈发恭敬和虔诚
	贝草夼	村西帽子山上的小玉皇庙前	每去二三十人，带着香纸以及上供饽饽	0.80～0.90	第一次采访时，受访者说，这村自古没有求雨的；我不信，又寻访了一次，村里年纪更大的老人，叫王恩江，说有，在玉皇庙那里……
	大西庄	亦去了旗顶山上的那座小玉皇庙，求雨在此庙前	同上。只是求雨的人数，因为村子较贝草夼大些，因之更多一些。念祭文。祭文之乎者也，为村里穿马褂的秀才方先生操觚	同上	
	阮家口、北观等	阮家口村西南天柱山上的三官庙；庙废后，有求雨者依然在天柱山上	求雨者的队伍，赤脚上山，光头，（也有戴顶破草帽，以向天示贫弱之貌）敲锣打鼓。小孩子打着三角绸子小旗，二三百人之众一齐来求雨	0.90	受访人说，阮家口村民国时期的村长叫阮克胜，跪在庙前念祭文，拖腔扯调，呜呜咽咽。往往在求雨的队伍下山时，即下起雨。最晚到第二天，必下。 即使庙已废停天柱山早年也被认为是块求雨颇灵之地

从调查表以及其延伸资料中，我们不难发现这么几条信息：

（一）祈雨地址的就便取近原则

一般来讲，大体上，先前的求雨总是选择在较为方便抵达的“朝圣”之地，比如一个山头啦，一座小庙啦，甚至是在自个儿的家中，佛龛之前，焚上香就磕头作揖起来。集体的，里口山中的三四个村，再加上山前坡北上夼等村，当然就去了刘家疃西赫赫有名的活龙山上的李老爷庙。为什么？就便取近呗，李龙王又是正宗经营云雨之神，焉能不前往求之？而羊亭那一带包括附近的东阳、鲁东、大西庄等村就去了羊亭北面的旗顶山上的玉皇庙；大北山则去了村北火焰顶上的玉姑庙；邓家寨山峰的南下角有座山神庙，有个套院，庙中供奉除“山神”外还有“狼神”“虎神”“虫神”等，然而就便取近，众神崇拜，竟也成了附近今嵩山办河北村、张家疃等村那时的“朝拜之地”；而戚家庄、望岛则去了村东一侧边上的龙王庙。

急嘛，旱灾如大灾，眼瞅着绿叶变焦，土地开裂，老鳖精都走上了干河床，不随地求拜，还能等吗？饥不择食、慌不择路、有病乱求医，走到哪里，火辣辣的毒日头都当头烤着，奈何奈何，赶紧下跪磕头则个。

南葛拉村西山上，近年来修建了玉皇庙。这是由嵩山街道办事处提供的 2016 年正月初九庙会的情景。而天大旱时，周围村民仍有到此求雨者

在彼时的环境和条件下，人，个体的劳动者，对于天旱，能够用得上力的，除了杯水车薪式的抗旱，恐怕就只有

伏地求天了吧。

（二）祈雨选址的随机性和灵动性

尽管祈雨活动的地点大体上说是相对固定的，但有时候也是由某种“灵感”的突显或有“感应”所至，因而偶选了某地。而这种选址往往带有一种格外的“神秘”，也就似乎来得更灵验。我曾在其他书上提出过的张村镇某村已故的黄先生求雨的故事。黄先生那是典型的心血来潮，“灵感”之所至，故而在高麓山上自己现动手，现造庙，就地取石板，几块几片地一搭，小庙立成——那时春旱得很厉害，村人到南边的艾山庙求过，不灵；到村西的龙王庙求过，不灵；哪里都求过，就是个不打雷不下雨。黄先生急得在家待不住，忽忽悠悠梦游般地就到了村南的高麓顶。在顶上抬头望天，俯首看地，行走间忽生灵感，躬身抱起了石板，几乎在不自觉中完成了一座“天人合一”的玲珑小庙；然后回家写祭文，带来了香纸；又回到庙前，头发支棱着，衣衫不整，却是很认真地举行了一场只有一个人的祈雨仪式，焚香、诵文、伏地、长拜……嘿，竟把雨求下来了。再后来就是自拉自唱以“还愿”的故事……①

这今天看来纯是无稽之谈的选址，在昨天，却曾是那么急切，那么神奇和那么紧要！

阮家口村西的天柱山，山上有座“三官庙”。有庙的时候，大伙在庙前跪求苍天；到1946年庙被废停，改为“天柱山高级小学”，虽庙已不存，但是此后数年中仍不时有求雨者前往天柱山——不只是种积习，重要的是这山是“天柱山”！天柱山，山不算高，但是却因北坡陡峭，有巨石耸起，望之俨然有冲天之概，故名之“天柱山”。有歌谣曰：

---

① 黄丕海高麓顶求雨的故事，参见拙著《环翠地域文化丛书·民风民俗卷》。

“天柱山天柱山，举着扫帚摸着天！”这里被认为是最接近天庭的地方，也就历来被认为是求雨最灵的地方，简直就是上苍的“耳朵根儿”之所在。因此虽庙已改学，求雨之地却依然如故。

（三）祈雨的形式及内容

求雨乍一看似乎只是一道挺简单的程序，无非某一权威者率队上山，按祭祀的形式祷告祈求而已；而若细分起来，事实上分文求和武求两种。文求就是一般的求法：庙前肃立，在领队的号令下，众伏于地，头撞泥土。长天下，东西山头、南北山岭，一簇一簇鹑衣百结、鸠面鹄形的乡民，在香烟缭绕之下，在哭泣般地读祭文或求告之声中，在有节奏的鼓声鼕鼕中，头触黄土，翻眼看天。以北上夼在活龙山上的求雨最为典型，虔诚之至，就连赶过来的牲口也显得分外恭顺，默然停走，不踢不叫——村人用骡驮子驮了10个大饽饽来进贡。那年六月初八，赶牲口进了庙院，天空里“哗”的就下起了雨。祈雨者赶紧动手要卸下骡驮子。院中主持说，“别，别急着卸大饽饽，先把打的那几面旗放下了；用旗杆旗面搭起一个布‘棚’；再把骡子驮的大饽饽和纸元宝、金银马放进去。”这么里外地折腾，指挥着骡子前走后倒，人声嘈杂，手忙脚乱——骡子却不惊不乱，配合得有条不紊。仿佛它们也懂得此时此地的庄严性和重要性。

诵祭文的是村里的“文化人”王本友，祭文写在一张黄裱纸上，也是王本友写的。村里也并非唯王本友识字；但人们都以为非王本友写和读不可。王本友开口念叨：“维——”带着颤音，像一根银丝在阳光里抖动。人们不知道这声颤音是个什么意思，反正李老爷能懂。时，求雨者跪伏于地，双手合十，磕头作揖，有鼓声微微，像是为王本友的诵读打着拍子……最后还有一道抽签的仪式：由带队者在庙上求一“雨签”，签上有圆点点，看点儿以预判雨之大小。

这是“文求”。

“武求”据说就热闹多了。明清时村子里的村长、会长之流，离队而出，打扮成罪人模样，脖子上套着纸板做的“枷板”，手脚上佩戴着“桎梏”，跪在求雨之地，哭泣着说：全村之罪都是他一人之罪，祈求苍天看在众村民的份上，赐一点雨下来吧！有时候还有人“执法”，手拿牛鞭，作抽打“罪人”状。鞭下鼓响，鼓声咚咚，分外慑人心胆。也有人竟真的让人将牛鞭抽下，打得“罪人”披头散发，遍体鳞伤，需用担架抬到家里养伤。仿佛唯有如此饱受折磨，才能感天动地，让老天爷滴下雨来。

(四) 不效反怒，变“求雨”为“逼雨”

这也不知算不算是第三种求法。就像上表中所提到过的福德庄王振麟的求雨法。不是跪拜，不是擦天抹泪哭哀哀，而是怒火万丈把龙牌吊起来晒！或则怒发冲冠，愤而将神像掼地摔坏。仿佛把神圣吓坏了，乖乖下起了雨；发脾气者又返过头来，磕头如捣蒜，好言赔罪，好礼弥补，悔恨不迭。

我曾经读到过一则故事：

“有一个村子遇到了严重的干旱，派人到远方请来了一位职业‘求雨师’。求雨师进村后，发现全村的牲畜已濒临渴死，农作物枯萎，人心惶惶，整个村子混乱不堪。”

“求雨师对村董说：‘你给我弄一间茅屋，让我在里面呆上三天，在此期间谁也不要来打搅我。’求雨师就这样在茅草屋里静静地待了三天。而村民们都在屋外等候，心急如焚而无敢哗者。”

“第四天，天果下雨。求雨师走出了茅屋。人问之，‘你是如何做到让天下雨的?’”

“答曰:‘事实上我什么也没做。’求雨师解释说,‘我来自道之乡,本已习惯了风调雨顺。而在自然中,天本来是会下雨的。而我到村里却发现大家惊慌失措,混乱不堪,这里的生活也就失调了,远离了自然之道。而我也受到了你们的影响,心神不定,失去了内心本来的和谐。这时候我又能做什么呢?我只有安静下来,调整身心,恢复我和道的联系。而当我恢复了和大自然的和谐状态,我们失去的雨,也就回来了。’”

这是世界著名的心理学家荣格讲的一个故事。

他对求雨的认知是:天的降雨本来就是和耕种一致的,所谓求雨,求得不过是自己内心的和谐,而内在和谐了,又自有与之一致的“外在表现”呈现……

而我的理解是:我们的内心要平静和谐;而这种内在的平和,似乎大体上与晴雨的正常相呼应。(当然灾情是特殊情况,要除外)

用荣格的这则故事来解释求雨为何大多灵验,大概最为合适不过。

二　花样百出的巫术和陆离的“海上方”

封闭滋生窳败,窳败滋生怪异,怪异滋生神秘。因此古时候从城到乡怪异妖鬼之类,频发多发,俯拾皆是。《聊斋志异》中有则故事说:有一人的宅子里经常发生怪事,“宅多妖异”。有一回他见到家里有一个长条木凳呈现出了肉红色,“甚修润”。这人越瞅越觉得奇怪,而且心生怯意。忽又想起,家里原本并无此凳,心中更加惴惴然。他走向前去,小心地用手去抚摸,那东西竟随着那人的手势而弯曲了,像肉那样柔软,像皮肤那样光滑。那人“骇而却走”,“旋回视,则四足移动,渐入壁中”……还见过一根不知从哪里来的白手杖,靠在墙壁上……康熙十七年,秀才王俊升在家里教书,在他的床上歇息时,见有一个三寸高的小人儿进了屋。小人儿竟在屋里挺灵哭丧。王俊升吓得“毛发森立,如霜被于体”。他大声喊叫,学堂的人闻声起来,堂中却什么也没有。① 区内乡村里早年这种凶宅,这种怪诞,几乎哪个村都有,大同小异而各式各样。

因此就引来了巫术“道法”的一度流行。

民间人们随手可做的,就有很多。什么以炊帚蘸着凉水,围着房子里各个房间的四周,边念叨“咒语”边洒水;比如“收鸡蛋”②啦;比如“竖筷子”③啦……什么夜半而起,面南而烧香、焚纸、念咒,而后扭身便走,无论身后有何动静也绝不回头……除此之外就是请“职业施法者”:有请某村巫婆,带着锣鼓前来“跳大神”的。咚咚锵,咚咚锵,大红大绿,腮边带痣,又扭又晃,东倒西歪,拖腔拉嗓,乌烟瘴气……有请寺里的道士前来做法,手执拂尘,念念有词,无量天尊,众神下凡,驱邪逐怪……

巫术治病,“道法”治病曾一度盛行乡里。其中简单的普通易掌握的,很多在民间仍有实行,虽然只是一种罕见的现象。有人仍以为

---

① 见《聊斋志异》卷一《宅妖》。

② 收鸡蛋:一种民间应用巫术。人有病,便说也许此病是已故的亲人(长辈)××鬼魂回家和患者亲热,即“打灾”所致。证明是否是这位已故者,还是哪位已故者——取一枚鸡蛋,大头朝上,小头朝下地竖在桌面上,一面念叨死者的名字,一面看鸡蛋是否站住。念到一个名字时,若鸡蛋立住,就说是这位死者前来“打灾”。这时,祷告几句或呵斥几声,说是病人即愈。

③ 竖筷子:和“收鸡蛋”是大致相似的巫术。以一双用餐的竹筷竖进一碗清水中,站住即为某死者“打灾”,说是说破即可治愈患者。

其灵验。另外，因为目前仍有许多为医学所无法治疗的疑难杂症，也给了巫术以活动的空间……

这就是旧俗的惯性作用，在这“惯性”中，正如马克思所说“死人抓住了活人”。

还有一些民俗活动，早年就是为了一种实用功能，而今依然在乡间流行——我们并不能称之为“恶俗”，我们采用它那美丽的“精神密码”和美好的内心祝愿，用以装点我们的生活。从这些意义上讲，它找到了延续下去的理由，它在新的土壤中找到了再生的机缘。

何况，有一些旧风俗，虽然在当时就没有什么现实意义，但它与人无碍，与人无害，这样的习俗，有的传承了下来，有的没有，而考察一下它们的源头，倒也是很有意义的事，比如节日民俗，正月十五，吃汤圆以求全家团圆的习俗，至今犹在；“走百病”的习俗①，列队过河以求走掉百病，今已不存；（但是今天许多村中老人长年徒步而走，是否也算是一种新的“走百病”呢？为什么走步的保健提议那么容易被接受，这与传承习俗是否也有一种联系呢？）房门上面插松枝，寓意繁荣和长寿之俗，在若有若无之中。五月初五：家家户户门顶上挂艾蒿的习俗、吃鸡蛋的习俗、孩子手腕上缠五色线的习俗、孩子身挂绣有“五毒”兜肚的习俗等都还在闲意悠长的我区现代乡民之中得以传承；而唯有自制“百草膏”②以自疗灾病的习俗，由于新中国成立后医药事

---

① 元宵节“走百病”：元宵节这天，村民排列队伍而走过村庄附近的小桥，过了桥，再转个弯儿回家，此举谓之“走百病”。用意是通过走动，让百病随着百步行走而被走散。

② 自制“百草膏”，旧时端午节的一种制作习俗。即此日早起，向门外有一块草地的地方，走出百步以外，走时不能回头，然后拔取100棵草，带回家。然后将草放入水壶中，煮沸。再将草渣滗出，将草汁装瓶。以后待有病痛时服之。谓之“百草膏”。

业的不断发展和医疗条件的逐步改善而早已终结得几乎无人知晓了。

奇特的令科学也难以破解的"海上方"治病,也曾一起盛行乡里。这也是自然而然的事。

早年乡间的老百姓得了病怎么办?在缺医少药,又没钱请行医郎中的情况下,所赖大体不过巫术和道法,再就是"海上方"以及中草药了。

民间的"海上方",往往剑走偏锋,独辟蹊径,来得令医学界也颇多费解。比如庄士敦在《狮龙共舞》中所记述的一个故事:在我区东南某集市上,想当年"有一个在当地小有名气的人据说他有很多治疗狂犬病的有效方法,他主要靠的是一本秘籍,他将其视为家里的机密,小心翼翼地保管着。"

"……切下一双筷子(东方人代替刀叉的物件)的一端,将其捣成浆状,炖一个小时;加入少量几乎烧成灰的麻秆,以及少量像是春风藤之类的草药。筷子必须是木质红漆的、经常使用的旧筷子。切下的是细的,用于夹菜的那一端。所有这些很好地混合在一起,放在水中煮,作为汤药让患者服下。处方称,在这一治疗过程中,病人需要注意不要让自己有紧张感;接下来的三天病人要避免吃生冷食物;由于这服药的神奇功效,他可以趟过河水……"

筷子入药,本就奇特,又必以常用来夹菜的细端,则更是引人入胜!

这类神奇的低成本或零成本的"海上方",先前在乡间很多很多。例如,以少许钢锯割生铁割出的铁沫子,砸在鞋底中,垫在脚下:可治疗眼睛复视;例如,以白矾破成豆粒大的碎块,装枕头,枕之睡觉:可治高血压;城墙土煎水喝,可治腹泻;马蜂窝亦可止牙痛,人称"霸道方”……一些意想不到的眼皮子底下的琐碎之物，事实上都是药材，它们在入药过程中发生了怎样的变化，焕发了其自身怎样的特质，真可谓奥妙无穷啊！

但是，持有药方的人，往往保密性都非常非常高，嵩山办一带某村早年有个郎中，一清早出诊去了。这时有病家来求医。郎中妻见那病很简单，即告之到山上撸把什么树叶，回来烧水喝就好了。郎中回来后，其妻告知此事，郎中气得挽起袖子把老婆打了一顿。一边打一边骂：“妈的，你个败家娘们，你这么把方子都告诉了人家，咱可吃什么？”故此，往往在有一些郎中去世之后，一些神奇的处方也就跟着在人间消逝了。“海上方”，今天仍然有，然而无疑是越来越少了。

三　浓郁的家族意识和祖宗崇拜

古代的人们为了生存，只有联合起来，征战野兽而获得食物以及共同抵御外侵。这很快就演化成了一种家族群居生活方式，也就是种群群居。这种群当然是以血统宗族为单位的。而进展到了今天，全世界各个国家，同一家族的人一般都喜欢聚居一处，事实上这种普遍的习性和习俗，抑或仍是古代群居的延续。

而由于历史的漫长和人口的众多，中国人尤其有着更加浓郁的家族意识。

我区因此也概莫能外。

这种意识首先就表现在辈分的称谓上。区内乡村，经过了多少次政治的、经济的、文化的改革，但辈分称谓却坚守不变。那边门口站着一位妇女，怀抱着一个或者正在睡觉的娃娃。这个襁褓中的小娃娃，你别看他年龄小，可是辈分却很高。于是，走过来一成年人称这娃娃是“小爷儿”，“××老太，小爷儿睡着了吗？”又过来一位，“×

×婆，在哄小叔睡觉吗？”……

有辈分小的跟长辈说话，因为自己年龄大，就自称“老孙子”“老侄儿”什么什么的。“那某某小叔，你老侄借你张镢用一会儿……”所以在村里你不能看年纪大小，年纪大的不一定就是大辈儿，年纪小的不一定就是小辈儿，然后尽管小辈儿婆长爷短、叔长婶短地叫着，作为长辈的“爷爷”“奶奶”“叔叔”“婶婶”仍自对“老孙子”“老侄子”颇为尊重。因为他们毕竟都上了岁数。这是“里仁”之风最起码的表现。

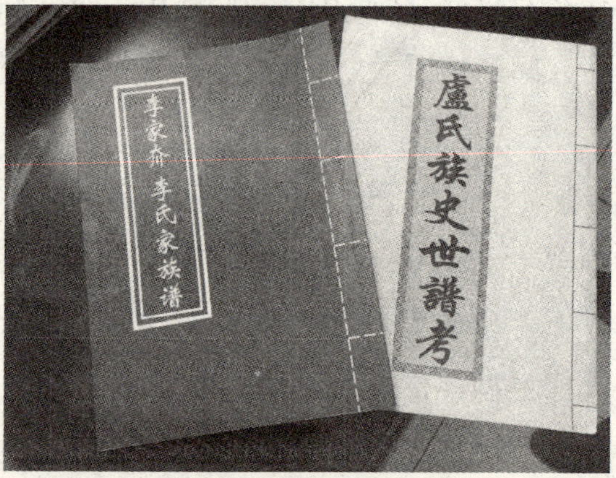

区内近年来重新修订的家族谱书

所以在乡村，辈分是件很重要的事。首先要弄清楚谁谁是某姓氏第几“世”的；你在他的上几辈或是下几辈；你还有责任告知你的子孙，他们是多少“世”。然后再把每个人的这个“世”编进家族谱书当中你以及你子孙的姓名之处——一般来说某姓氏的某一辈分用什么字作为名字的一部分，是有着明确规定的，如今也有不肯这样规规矩矩的采用者，但也依然有坚持采用者。这也是一种民俗。这规定，写在各个家族族谱的最后，由当年编谱的人顺手编就，一般20来个字，后世逐个使用。这些辈分用字，大多被编成了一套吉祥歌，因之一般能被本姓的族人所记住。每个姓氏中的辈分歌，在那个姓氏里总有人能背诵得出，以供后辈出生起一个中规中矩的名字。

比如里口山谷家疃为谷姓的辈分用字歌是：

学孟如思忠

原文顺国兴

希天增万瑞

聚善友玉祥

宗室传家勇

仁信守世长

现在族人已用过了15个字,即到了有人叫谷瑞什么或谷什么瑞的时候了。

李家夼,民国年间陶仁斋陶先生在住私塾的时候,为村里编写族谱时编了16个字的后世辈分用字歌,虽不甚押韵,却家族主题突出;

宗支荣茂

续嗣光昌

根基千载

功业万年

现在用到了"续"字,即21世,"光"字正在待用或启用。

今嵩山办那里的谷家洼谷姓,辈分用字出自夏家疃早年的秀才谷均声之手,来得更轰然大气,振振有声:

源昭祖德

世诵涛芬

家声广胜

瑞兆鸿文

强烈的家族意识跃然纸上、口头上和心灵上。

家族意识的浓郁,就必然地产生出某种我们姑且称之为"祖宗崇拜”的东西。它首先明白地表现在各村家庙的建设上。我区从晚清开始，直到民国时期，那时推举个什么人物，首先看看他在村中是否为家族兴建或修葺过家庙，这被视为道德之首。家庙，曾经是村落中最具权威的建筑。每村不同的姓氏，各自皆有各自的家庙。还有的同一姓氏又按不同的支流建起了各自的家庙。比如里口山里的姜家疃，同一个姜姓却有两个族支，故此修了两座家庙。所有的家庙，都是修造尽可能精良，精工细做，配以鸱吻①饰物。内中供奉着先祖的画像、不同的族谱，陈列井然，祭拜有数，充分体现着孔夫子“祭如在”的儒家精神。早年间甚至还有在家庙中惩罚那些被认为有辱祖先的“贱人”。这就又成了体现封建族权的场所了。家族中一旦出现了一位有成绩的人物，全族人都跟着脸上有光；相反，一旦发生了不光彩的事，全族人也都跟着脸上无光。一荣俱荣，一损俱损。还有家族中的成员有了特大困难，家族中的“荣誉族长”即有点影响的人物，会领头动员族人伸出援手(使其与对外族有难者的态度，往往会成为鲜明的对照)。还有各村编写家谱的热情始终不曾冷漠。有的村几度编写，有班子，有组织，族人无不成为“左祖者”这种全族总动员的劲头，也不由人不敬重。

诚如钱穆②先生在其著作《中国文化史导论》中所说：“家族是中国文化一个最重要的柱石，我们几乎可以说，中国文化，全部都从家族观念上筑起，先有家族观念乃有人道观念，先有人道观念乃有其他一切。”

但是，家族观念和祖先崇拜又绝不相同。既然庶几称得上是“崇拜”，就必然会有盲目性和排斥性。这些显著的特点在一定的背景

---

① 鸱吻：庙宇建筑放在屋脊上的鸟兽类装饰物。

② 钱穆：一代国学宗师。所引文字见商务印书馆 2007 年修订版《中国文化史导论》。

下,极容易与现在社会发生冲撞,这一点必须引起人们的高度警惕。

四 “扯广线”扯出来了仁义道德

“扯广线”是流于文登哪边的方言,即拉闲呱、讲故事之类的民间自娱自乐行为。和前文提到过的“说书民俗”不同的是,“扯广线儿”人人都可以“扯”,听众可多可少,扯者可多可少,地点更变动不居。我区嵩山街道办那边以及羊亭镇西南部接近草庙子,蔄山的山村,事实上也有一些村民把聚在街头、田间地头,拉一些断断续续或长或短、有影没影的故事,称作是“扯广线”。体会一下,“扯广线”这三个字里大致包含着:传承久远、依稀恍惚、不大可靠、也不在乎是否可靠等意思。“扯广线”,像风中的老式广播线一样悠悠地扯着远近,连着古今,维持着一脉人的思想和精神……

“广线”,就是各种故事、各种闲话之类。

我区的“广线”,我大体有个粗略的估算,应该在300个左右。当然其中有雷同的、大同小异的,把此类压缩到一起,怎么也不下于200个。如果分类的话,有山川地理由来类的,其中神话比较多;有人兽和平相处类的,这类故事以里口山里早年打猎的故事为代表,一般模式是,先策划、设计,得手。而捕获之后,猎人又常遭不测。在某种启示下,最终洗手不干。兽类即与人重归于好;有神仙救苦济贫类,这类“广线”多源自《天仙配》《牛郎织女》等神话传说,不过把地址和人物移到了近处。这类故事事实上也可以归在劝人行善类;由于坚持积德行善,樵夫赢得了“天仙女”的爱,耕者碰到了织女的爱情等等;有英雄崇拜类。某山有虎,某地有大力士,力士驱虎,九死一生,最终得胜,人皆景仰。有惩治恶霸的故事。先摆出某富家不仁或忘恩负义的,然后,指出其下场有多悲惨。例如延续着旧时风水先生的故事，说某某外地有名的风水先生，受雇于当地某财主，因若指出某处风水之所在，会导致盲目而踌躇，财主诺以养老送终。风水先生为其甜言蜜语所惑，道出风水宝地，财主用之，家运旺盛，升官发财。双眼已盲的风水先生却渐遭冷遇和虐待。先生无奈，暗动秘穴，致财主家道一落千丈，家破人亡……

二三百个看似十分普通的“广线”，似乎既无甚新意故事情节又并不怎么起伏跌宕，但是当它们缓缓地从一些缺牙豁齿的干瘪的老爷爷、老奶奶的口中道出时，哪怕是你以前依稀听说过的“广线”也依然别有一番泥土和草叶的清香气息。而那股弦外之音，更像是远处海面上跃动的红日，跳跃着跳跃着，“腾”地就跃出了海水，升到了天空，自此就总是悬挂在你的心头了。

而其中关于孝敬父母的故事，尤其见多。

有一些干脆就是活剥了 24 考中的历史故事，抄袭也不管，只要你聆听，就总有愿意讲的。肃敬典雅的历史故事，一旦落入民间，成了一种“广线”，它立刻就被乡土的青枝绿叶装点起来，乡土化了，口语化了，生活化了，扯呀扯呀就扯进了听众的血液当中。

景区西北一带农村，早年流传着一个类似于我们在书本读到过的一则劝孝的故事。说有户人家，据说某村里真有其人其事，早年间娶了一房媳妇，媳妇过门时不过十几岁，婆婆的年龄大概也只有 40 多岁。婆妈还有婆妈在堂，也就是媳妇的“老奶奶”。新媳妇很聪明，婚后不几日便发现自己的婆妈对“老奶奶”不孝。老爷爷早已去世，老奶奶多年就被婆婆关在西屋，老奶奶就坐在炕上熬时光。那西屋是个放杂乱物件的地方，烟熏火燎的，光线也不好，整日潮乎乎的，装了一屋子浓烈的霉味……

到了吃饭的时候，老奶奶的一只碗放在窗台上，婆婆就送过来一碗粗饭，冲着西屋那炕旮旯黑漆漆的地方，一声唤：“端过来。”老奶奶就把窗台上自己的那只碗端了过来。

婆婆接了,把手里端着的饭碗“嘭”一声扣到了老奶奶的碗中,递过去,从门帘缝里收回手,走了。

老奶奶默默地吃了这碗什么饭,又把自己的碗重新放回了一层灰毯子般积尘的窗台上。等着下一声“嘭”。

久之,窗台上的那只碗,碗边上结了厚厚的一层饭疙疤,跟那时的一只猫碗相仿佛。

婚后,按旧俗新媳妇回娘家省亲,谓之“站九”。“站九”时,小媳妇就跟自己的娘说了婆婆虐待老奶奶的事。娘只说:“孩子,咱可别学她的样,公修公德,婆修婆德,个人修个人的德……”

站了九,再回来就轮到新媳妇做饭了,给老奶奶送饭的事也都一并由婆婆交了出去。

这一回送饭,孙媳妇见外面没人,到两房间里悄声儿授了老奶奶一计——她让老奶奶在自己下一次送饭时,故意将她自己的那只“猫食碗”摔破,说到时候我对我婆妈自有话说!

可是这时候老奶奶却并不敢摔。新媳妇见状,夺走那碗,“呯”一声摔在地上,然后扯着嗓子喊:“妈,妈呀,快来看,看俺奶奶把她的碗给打碎了!”

刚过们的新媳妇,婆妈还没有稀罕得够,看在她的面子上不好发作,只悒悒地说:“打,打了吧,一只碗就算了。”

新媳妇却正色道:“那可怎么行,等你老了,你可用什么?”

婆婆一下子愣在了地当间。

——这件真实的故事,早已化作了“广线”,在四乡里扯,乡间多孝媳妇,你能说与这类“广线”没什么关系吗?

五 机智的“应对”和尖厉的话锋

“应对”是一门学问，也是一门艺术。

我区尽管是一个山区，民风淳朴，乡民一般也不擅言辞，多沉默寡言；但事实上这只是事物的一个方面——从另一个方面看，也许由于属“城市高地”，自古就虽山区而近卫城，也许其自身民风本就不乏机敏，这里的百姓，在他们感到必要时，会适时地显露出应对的机敏，并自有他们尖厉的话锋。

城郊寨子村，清光绪年间出了名“刀笔”①叫吕锡觉，外号叫“吕取脚”。古时候有一种刑法叫“刖刑”，就是把犯人的一只脚砍掉。寨子这位“刀笔”善于写状子替人家打官司，大概有一回锋利的言辞说动了法官，判了被告一个刖刑。故此人们背地里就喊他“吕取脚”。吕锡觉的故事很多很多，我在《威海旧事》一书中讲述过几则，而此后关于他的新故事仍不绝于耳，让我深感人们对他机敏、幽默的应对和敏锐话锋的欣赏。我以为吕锡觉就是区内的邓析②和区内的阿凡提。

清朝末年，威海城里有户寡妇，膝下唯有一子。早些年因为家道过于贫困，无力抚养儿子，便把儿子送到了庙上，当了名小和尚。后来儿子长大，寡妇也老了，就极想把儿子要回家来。可是庙上不肯放人。这事儿当时在城里和城郊都广为人知，吕锡觉便挺身而出，主动免费帮助寡妇要儿子。状子的言辞，早年间城乡里尚有人能背诵下

---

① 旧时民间对“讼师”的称谓。

② 邓析：春秋末期著名的思想家，是中国律师领域的先驱者。其善于辞辩，又是中国“讼师”之祖。

来；而最厉害的两句，至今仍在民间流传。曰："和尚无儿'孝子多'，寡妇有子只一个！"你想想是不是这么个理儿，和尚不结婚不生子，即使半路出家，儿子也跟娘走了，谁还有带着孩子出家的？但是尽管无子，可是围绕他们的那些信徒不是很多很多吗？他们哪一个不是对和尚孝敬有加呢？而寡妇呢，有子，却仅此一个，还留在了庙上，你让寡妇的晚年怎么打发？和尚有众多徒弟，多一个也觉不出多，少一个也觉不出少；而这一个在寡妇那里却是她的全部呀！

一是此话合情合理、鞭辟入里自有它非凡的力量；一是吕锡觉的名声在衙门里的影响——官司还真的打赢了，寡妇的儿子判给了寡妇。寡妇无以为报，让儿子认了刀笔为义父。

又是数年过去了。由于义子家境一直比较艰难，就和做刀笔的义父很少往来。而直到义子要成婚之际，寡妇才让他带着礼物，赶着毛驴，到寨子村去请义父提前到家喝喜酒①。

义父义子由于多年不见，已到了对面相见不相识的地步了。那天也巧，一大早吕锡觉就去村子靠大道边的一块荒地里，准备在那里溜达溜达。义子牵驴进村正好也要经过此地。父子二人相向而行，于荒田里相遇。

义子上前打听义父住在何处："老伯，请问贵村是不是有个叫吕锡觉的人？"

吕锡觉倒背着手看着眼前这个小伙子，也不知道他从何而来？找自己干什么？为了使自己有回旋的余地，他并不急于告诉义子实情，这就是一个老刀笔的经验之处，只把头仰起来看天，瞅着初升的太阳道声："那吕锡脚是你什么人，你准备找他干什么？"

义子说："那是我干爹……"就把自己小时候舍在了庙上，长成后

---

① 旧时，有办喜事时，提前三两天去搬来年老的亲戚回家喝喜酒的习俗。

干爹替他打官司，得以从庙上返回老母身边的事，述说了一遍。后又说："这会儿娘给我说了房媳妇，叫我早早来搬我干爹到家吃酒。"

吕锡觉一听，觉得这干儿子说话还成；然而说归说，做归做，他还是要试一试这个义子的心肠。他手指荒田边上一座新坟道："嗨，干爹是个好爹；干儿子也是个好儿子，可惜你们缘悭一面，现在已阴阳相融，不能相见了——孩子，你来得太晚了，吕锡觉已经死了，就埋在这座新坟里；你若是早两天来还能赶上他过'三七'，这，这会儿他连三七也过啦！"

义子一听，扑身就拜，伏在坟堆上号啕大哭……

过了两天吕锡觉去了城里寡妇家。寡妇问他，"怎么前两日儿子去寨子听说你已经过世了呢？"

吕锡觉笑哈哈地说："可不是吗？50多岁的我已经死去了；60岁的我还活得挺硬朗呢！"

不妨体会一下这种认人的技巧，这种留有余地的智慧和令人佩服的幽默之语……而这种智慧事实上在区内乡间我们会不时地遇到，从容、自如、轻幽默，我以为大概其正是一种吕锡觉遗风吧。

至于语言上的机智，如果你是久居乡村，你肯定会不知不觉就见到它。它在形式上总是和蔼的、恭顺的、不带半点儿刺激；而有时候你往深里琢磨琢磨。那些由和缓包裹着的内容，事实上一点儿也不缺乏立场和观点的表达，有时候还显得更生动、更有力。所以说作家要向民间学习语言……

早年在亲戚之列，舅舅的权威是高之如天的。舅舅对外甥，不但有教训乃至呵斥的权利；即使在家里拷打外甥，也不犯"私设公堂"之罪。平日里甥舅相遇，永远是外甥先跟舅舅打招呼，否则舅舅就可以视外甥如不见。过年的时候，尤其讲究：初一拜的是自家先祖之辈；初二转过头来你就得赶紧背着饽饽去拜姥爷、姥姥和亲娘舅。不仅不去则为大逆不道，连去得晚了也属于冒天下之大不韪……老辈子的时候，在一个乡村大集上，是正月里的一个大集，刚过了年，赶集的人仍穿得新新色色的，毡帽头、蓝布袍、集上充满了一股新布的碱腥味儿。这时，在柴草市的一角，人们看到有一位老者，挽起袖子从那边柴禾捆里抽出了一根柴棍儿，殴打一个十七八岁的小伙子。小伙子被老者打得趴在地上，却一声不哼，也并不逃走。集上的人纷纷围拢过来看热闹。

老者越打越来气，嘴里还骂骂咧咧的，看眼的人们问其故，老者道："这小×养的，他是我个外甥，过年的时候他到我家来拜年，顺手把我家供桌上的一把'浇滴壶'①揣走了，你说我能不打他！"

众人说，"该打！"

这时那挨打的小伙子急了，爬起来抹着眼泪说："没有呀，没有呀，我都三年没去老舅家了，怎么会偷他的浇滴壶？"

众人一听，怎么，这小子三年未去给舅舅拜年，齐声道："那就更该打了！"

我们分析分析这老舅的语言技巧。这算是一种什么修辞手段呢？我曾经零星读过许多语言研究类学术著作，可是至今也没有弄清这种好像带着钓钩似的语言，它应该属于哪一门类？也许它至今也没有被纳入语言学家的研究课题吧？

我们可以清楚地看到它的"门道"：先顺着一个正确的意向，向下推→推呀推呀推过了头→引起他的反击→而他一反就错，越发越错→最终达到了使对方"自我坦白"的目的。关键是这"反击"不是攻方做出的，而是被动方的自我揭露。这就使攻方获得了一种不战而胜

---

① 浇滴壶：旧时祭祀先人的供桌上摆放的一种酒器，可用来洒酒于地。多为锡制的一种小壶，细高，长嘴，小巧玲珑。

的结果。

有父子两个石匠，父师子徒。父亲时常教育儿子，在立较厚的墙壁时分内外两层，这时候，一定要不时地从外层加入一种叫“通石”的长条石，而里层也要注意把通石垫好，这样才能把内外两层勾连起来而不至于内外脱开，造成石墙倒塌。这一日父子恰好共砌一道厚墙。父在外砌墙面，子在内砌里层，谓之“补里子”。砌到一人多高，石墙轰然倒塌。子奇之，父问，注意那种带钩钩的语言又来了：

“你小子是不是在我送进去通石的时候，你硬在里面垫呀垫呀，都垫翘了你还垫，到底把墙给垫倒了?”

儿子：“……”

父：“是不是硬垫来着?”

儿子：“哪里，哪里? 我根本就没垫，一块石头也没垫!”

父：“呔，那还有个不倒的?!”

一木匠带一徒弟，各凿一榫眼。凿呀凿，凿呀凿，师傅事先告诫徒弟，每凿一下，必要把凿子在木头中摇晃三五下，欲拔凿子时，在摇完之后，以锤轻轻击之，自然拔出。好，咔咔咔咔凿呀凿；咔咔咔咔凿呀凿。徒弟一凿子打进去以后，欲拔凿子，忘了师傅的话，也不摇，敲一锤便拔，凿子“咔嚓”一声断为两截。这时候师傅并不问他“你是不是没有摇晃凿子，砸下即拔?”而是出语颇多风趣：

“这什么声儿，这么清脆?”

徒弟：“……”

师傅“怎么不像是凿子折了的声儿?”

徒弟：“就是我的凿子折了!”

师傅：“我说你小子，你是不是(注意，钓钩这就进来了。)每一凿子凿进去以后，你就把着凿子猛劲地摇，摇啊摇啊摇啊摇啊的，生生把个凿子掰断了?”

徒弟:"没呀,没有呀,我根本就没摇那凿子啊!"

师傅:"一下也没摇?"

徒弟:"一下也没摇。"

师傅(厉声喝道):"你就那么往后拔,啥样的凿子折不断?"

第十三章

里口山九大自然景观

这里所说的“自然景观”，是天然的，或历史遗留下来的，而非人工现设现造的；是天地缔造的，或古代活动的印记而非着意添加的。在写过了比较抢眼的民风民俗之后，反顾全区风景，我以为现在的这一章乃是一道不可或缺的“补白”。这补白的重要如同画龙点睛。

精中选精，我选择了里口山中的九大景观。

说起里口山，不枉是景区中的核心高地：古树参天耸君子之风，群山巑岏列峥嵘之意；奇石碧水；长谷幽洞……可谓处处成景、步步可诗。而此番景致竟能在城市的比邻——可由城西南的李家夼，或税务宾馆等地，沿着近年来修造的人行盘山道，好比先前的越过“釜台筒”而到达山里；也可乘公交40路车，过了张村向东一拐，经过福德庄之后，北面而进后里口王家疃；向南进入前里口谷家疃。就是这一拐，所有的市声刚才还盈沸于耳，这会儿都已被山谷吸收尽净，倏然呈现出“桃源”的幽静。我们会惊讶地发现，原来与繁华、拥堵、钢筋水泥的耸列决然相反的清净、天然的优美之境，竟然就在这一岭之背！

在“三亩地”那一站你便下车，向北、向东地往山里走，九大景观或扑面而来，或侧映眼帘；再往南到前里口，另外一些景观又寻之可得……

一　老孤庙顶主峰入云

老孤庙顶，山势高峻，摩天擦云，是大自然在里口山中心山区的群山中之一尊代表之作，是里口山的主峰，海拔418.2米。

我早就说过，对比中国各地的名山大川，威海这儿事实上是大自然设造的一个“盆景”。四百多米的高山，在这里已算得上是崇山峻岭了。

远眺老孤庙顶，山色苍绿；近观山上多松多柞，竞相争高。而时而又繁茂突止，岩石裸露，嶙峋异常……

山峰在王家疃之南，所以王家疃喊它为“南林子顶”。

苍青雄浑的老孤庙顶

山上据说早年曾有一座孤零零的小石庙，故山得名“老孤庙顶”；而村里也有人认为应是“老姑庙顶”。姑子怎么不住庵而居庙呢：因为早年山下的沟夼里，深处，有一条“姑子沟”，传说不知哪个朝代曾有一位外乡尼姑，寄身沟中的一所庵堂。后来，山顶小庙中的和尚云游无归，尼姑遂进住庙中，于是这庙就成了一座罕见的“姑子庙”。又传说这尼姑宅心仁厚，与人为善，经常在附近村落间化缘行走，偶遇有灾病祸殃，尼姑辄出“神药”相救。而神药自有神效，患者之受益众矣！患有不治之疾，常一服即祛之。尼姑故此赢得了乡民们的爱戴。庙就越发成了“姑子庙”，山也成了“老姑庙顶”山了……

蓝天云光下面，群山逶迤，一峰突起，峰尖上早已不见了小庙，而“老姑庙顶”的山名犹存。那是一面高树在云中的仁德之旗，飘扬至今。

二　佛儿顶圆静如佛

佛顶也称佛儿顶，位于整个里口山中心地带之西北部。沿王家疃村中进山的通道一直向东，大体在公交站点“三亩地”之左，群山中有一峰拔起，如鹤立鸡群者，那便是佛儿顶了。而此峰一出，又相继连带出了再往东的北天顶、布袋庵等一派山峰。山势仿佛是一篇美文，也讲究一种起伏、跌宕和高潮迭起……

群峰中的最高点就是佛儿顶

佛顶的主峰海拔417.8米，仅次于其南面的老孤庙顶0.4米，是里口山北行支脉的最高峰。

它的山头是圆润的，似有佛气笼罩，这便形成了它独特的地理品貌。董氏山园中的后辈人物，董氏十代孙的明末董作昌，在其为董氏山园所写的《山园记》中，称佛儿顶是“峰头圆静，半崖天际”①；乾隆本《威海卫志》中说它“圆为佛顶”②，

① 《山园记》中说：“此地山峰无数：乾地有佛儿顶，峰头圆净，半崖天际……”

② 乾隆本《威海卫志·山川》：“佛儿顶在卫西南十里，山最高，圆如佛顶。久旱之岁见云生顶上，辄致甘雨。”

生云必雨;民国时期的外交农王正廷来威海旅游,写下了《威海卫游记》,其中略举数山,便点到了“佛顶”,说它与环城诸山,“各有争长竞峻之势……”①

足见佛顶的韵味、氛围、佛气盈然。

因为,佛顶相传是达摩祖师东巡祸难,而在山下打坐,所留下的影子啊!② 或者,由于山,山的灵性在先,而后才有人们的各种附会,传出了达摩打坐,留影成山的美丽传说?

同时,佛顶还是威海卫佛顶以西以北诸村的一处“望雨台”。天每旱,附近村庄的乡民,必仰望佛顶,祈之求之。一旦有云起于山头,便有望甘雨普降了。故,民间至今有歌曰:“佛顶戴帽,(‘戴帽’,指山头云雾笼罩)喜雨必到。”

而且,逢雨季,雨水自山头向下流淌,集壑纳川,又培育出了三条河流,向着田村、张村和城南河流去。见下表:

发源于佛顶的三条河流③

河流名称	流域面积/平方千米	干流长度/千米	流经地
田村河	9.0	5.5	黄家沟、东河北、西河北、东涝台,在西涝台入海
柳沟河	7.0	6.0	东夼、柳沟、东塘,在皂河北入海
城南河	6.8	4.7	大岚寺,于啤酒厂北入海

① 王正廷的《威海卫游记》,载于1932年第10号《旅行杂志》上。其中有云:“环卫城诸山其在东北、西南两处者,峻若佛顶、雕窝山、松顶山,类比穹隆突兀,各有争长竞峻之势。”

② 参见本书“卧佛山中的空谷幽兰”章。

③ 三条河流的统计资料,来自于2007年12月版《环翠区志》。

三条河，是佛顶向威海卫西北土地奉献的三条银色佩带、三道醇和的乳流。

三　断腰沟横切一道沟

民间故事的普遍特点就在于：奇巧、神秘，而又充满了遗憾。

里口山中的断腰沟（或称“断腰岭”）所承载的民间故事，就是这方面的典型。这一类故事，我曾将其归纳为“南蛮采气类”，不仅在区内，在整个胶东大地上也比比皆是。盖由于自古以来，北方的文臣武将总是出不过南方的缘故吧？盖由于北方人的脑袋似乎总比不上南方人聪慧的不自信吧？盖由于的的确确，早年间真的有南方人来我们这一带采过地气、埋过先人的骨灰罐的缘故吧……

断腰沟这里，早年间传说地下有一对“金马驹”，这是一个火眼金睛的采地气的“南蛮”首先发现的。那时候的乡民，他们在山上耕种的时候，圪蹴在田垄间抽烟的时候，在春日的阳光下昏昏欲睡的时候，往往就会发现一个陌生人站到眼前。陌生人手里提着一个圆盘似的什么东西。陌生人的长相和当地人大相径庭，高颧骨、大眼睛、阔嘴巴，瘦筋筋的，一般都比较矮小。人倒是很客气，努力地模仿北人说话，问些此地名称、本地地理之类的话；然后就弯腰作揖而去。此后，人们就说：“看，采地气的！看到他手里提的那个圆盘没有？那叫‘罗盘’。他们用它来采，采中了一块地方，他们就使上了。”①

里口山这里，山高峰众，地势高翘，自然云集了许多独一无二的“地气”，有的甚至把采地气的惊得目瞪口呆，几乎停止了呼吸。断腰

---

① 使上了：方言，即“使用上了”的意思。这里指“南蛮”在“地气”处埋下了其祖先的骨灰。

断腰岭

岭这儿就是一处。据说这位采地气的“南蛮”，是位有名的风水大师。那些日子他提溜着那个罗盘到处测，准知道就在这一带，可就是找不准位置。他干脆住在了山下的一个村子里，然后天一亮就踏露进山，据说这寅时尾卯时头的宁静时刻是采地气的最佳时段。他逐个儿山脉、沟岔地奔波，除了用罗盘测，自己还趴在地上静静地谛听，听地气的运走，听地脉的律动……

他在后来叫作“断腰岭”的一带发现了一些奇怪的“白银石”。他认定，这些“白银石”下，必定有罕见的宝物。

终于，他固定住了那个“点”，准确地说是那条“线”。他看到了这条线下的罕宝——一对金马驹。

天哪，金的马驹，还是一对！你算算能有多大重量，能值多少钱！

为了保守机密，风水大师龇牙咧嘴地吞下了一种江湖上叫作“封喉丸”的毒药，一直把自己药翻过去三天三夜，（事后，再服一剂解药，人即还原如初，只是不会说话。而事后，过些日子，再服一剂什么药，连说话的功能也都恢复了。）成了一个地道的哑巴。

哑巴花重金雇了一帮民工，在山坡上横向开渠。已开出了一条长约 20 米、宽约 3 米的深沟，哑巴还让再开。谁也不知道他想干什么。问他，他“吧吧吧吧”地指东指西，好像是在说：自己有什么东西掉在这地下；问他什么东西？怎么就能掉进这地底下？“吧吧吧”道：他的那什么东西，无腿能行，无翅能飞，从南方跑到这里，然后一头扎到这地下，就像鱼鹰的长喙扎进了水下一样。（从他的手势里，人们这么猜想）又像是说，他有个“土行孙”朋友，从江南入土，在地下行走，到今天，算算里程和方向，应当恰在此处……

民工中有位老石匠，对大伙说：“我看过《封神榜》，土行孙那主儿，你开这么深条沟就能截住他？少也得丈八开外！”把大伙说得一愣一愣的。半晌，人们说：“咋，能钻下那么深吗？”

“可不，那是土行孙，天上的神哪，你以为是条‘翻地龙’①吗？”

“那，那可怎么办？”

“这样，”老石匠说“我家里有一张炸药配方的药单子，我找出来，咱配些炸药，用药来炸开不是省劲得很嘛？”

老石匠找来了配方的单子，什么硝呀、木炭呀、硫黄呀，弄来放在村口碾子上掐巴掐巴，按一硝二磺三木炭的比例配成，装上火捻，放在半山坡上点燃。轰隆隆的巨响惊天动地。

这一惊，又惊动了地下的山神爷爷和山神奶奶。神话传说就是这样，四面八方，头上脚下，六合中布满了神灵——轻轻一碰，故事就流泻而出。而有意思的正是这老山神，一对翁媪的对话。

山神奶奶：“听，听，老头子你这双聋耳朵，你听见了吗？外面正在开山放炮呢！”

山神爷爷：“那是放炮吗？我今儿这耳朵怎么突然灵了呢？我以为是在打雷嘛！”

山神奶奶：“你再听，好好儿听，这声音像是在头顶上扔斧头一样，这能是雷吗？”

山神爷爷：“这两年的人哪，就是爱瞎折腾——让他们敲去！”

山神奶奶：“别，别价呀，咱那对金马驹可别叫他们趁乱掠走了！”

山神爷爷：“说什么呢？他们就这么敲呀挖的，就能把金马驹

---

① 翻地龙：蚯蚓的又名。

牵走?”

山神奶奶:“我是说……”

山神爷爷:“你放心,除非他们弄些驴粪扬上去,就是挖一辈子也甭惦记那对金马驹!”

得,这就把秘诀泄了!就这么着,在一没人逼,二没人骗的情况下,贼不打自招,自个儿就把自家的机密吐露无遗。这,大概也是人性的弱点之一吧:自我暴露癖。当我们有一个惊人的秘密藏在心头之时,这时我们就冲动起来,人一下子就漂起了老高,那隐秘就像水面上的漂浮物一样,不时地窜到胸口以上,甚至喉头的上节,千方百计地要找机会溜达出来,不吐不快。没人可说时就自己念叨,醒时不说就梦中说!对比之下,大抵又以北方人尤甚,要不然,我们的山神爷爷和山神奶奶怎么就会如此轻浮,轻浮得跟一对老小孩儿似的?

而,恰在这时,那位南蛮哑巴正侧卧在那里,耳朵贴在地皮上,一字不漏地听着呢!

第二天,他就弄来了干驴粪,撒扬在刚刚炸开的沟中,继续挖,终于抱得金马归。

金马驹被带走了,此地空余一条断腰沟。

断腰沟就在王家疃村东南山中“八岔夼”那里。八岔夼,八道山夼,有七道与山脉走向是并行的,唯有一条与之相反,横穿而过,把其他的“岔”从中挑断。故称“断腰沟”或“断腰岭”。

四 哭女崖前哭不休

哭女崖,里口山王家疃村东,佛顶再东的一道山口;即“18 里血染担架道”一章里屡次提到过的那个“釜台筒”;也就是整个卧佛山之最西,貌似佛的颌颈那周围的山口。现在的那一带,为了旅游方便,目前在西侧铺设了一道翻山而过的步行道。而即使如此，没有一定的体力，翻山过去依然不轻松；同时那未曾改变的旧日山口的险峻和陡峭仍会令今天的旅游者有着深深的感受；山势的那股逼人的气息，仍然透过岁月的间隔扑面而来。

这地方，由于它的险峻，曾真的有人摔断过胳膊腿的，由于它的不可思议的地理构造——不可避免地出现过许许多多传说故事、神话故事和传奇故事……有英雄劈山，劈出了“釜台筒”的故事；有神枪挑岭，挑出了这道山口的故事；有大禹一只脚踏下去，后人跟着辈辈世世翻山而过的故事等等。这是关于它的形成。关于它的险峻，此类故事也是不胜枚举。有打外面来的棒小伙，充好汉，一人独闯釜台筒，结果摔折了双腿的笑话；有常住于山下的人家，其女一日不慎，山崖上跐蹭①了脚，跌入山谷酿成了身亡的悲剧。故，此山口又叫“哭女崖”。

近年来，作者在里口山里从一个老者的口中又听到过一个关于“哭女崖”的故事：

“釜台筒”山峰

釜台筒为什么又叫哭女崖？有人说是由于山口陡峭令人生畏，行者尤其是女过客往往到此愁得没法攀越，因而叫作哭女崖。其实不对。这村里和周围村里，也是走得多了，早年间大闺女、小媳妇，哪个不是从这儿翻山去威海城里的？而走得最急的就是古陌岭战斗的担架队，在敌人飞机的轰炸下，穿越

① 跐蹭脚：方言，因踩偏而失足的意思。

哭女崖，哪个还嫌路不好走来？而平时山外人，就另当别论了。

早年间城里有个财主家的闺女，父母指派的女婿她不干，非跟自己的相好来往不成。结果怀了孕。一看在家藏不住肚子了，就一个人跑进了里口山。她想折腾掉她肚子里的孩子，哪儿高就攀哪儿，哪儿险恶就朝哪儿爬。这就爬上了“釜台筒”上的一道悬崖。站上山口往下一看，悬崖峭壁，下不去了。

女子在那儿待了一夜，被人发现，捎信给她父母，父母急忙赶来了。财主老两口已是风烛残年，只能站在崖根那儿呼喊而不得攀上。

闺女一见父母，发慌了，亦哭着喊着向前扑，一个脚跟没站稳，扑到了悬崖下。连肚子里的胎儿一齐摔死了。父母抱着闺女的尸体号啕大哭。因此山口在釜台筒之后又得名“哭女崖”。

晴朗的天空里，站在广福寺下往北面卧佛山上看：一道灰白色的山口，层层铺叠，方方砌垒，以一种既严格又优雅的组合，擦云而过……山的旁边仿佛有几棵短松，松针儿齐齐地插进了云朵；还有一排什么树，叶子托着行云流雾……

那仿佛就是这边的城市和那边的山区，设在高处的一扇天窗。

五 凉水湾里水凉凉

里口山里不仅崇山峻岭，风景秀美，同时季节性的飞瀑水流也在这里独占一绝。每逢夏季，山外面的世界挥泪如雨，呵气成烟；而那里却阴凉清爽，习习山风让旅人顿生“换了人间”之感。这不仅仅是因为山，因为地理优势；因为树，绿树成荫；因为空气，大气中的平流层在里口山的上空，臭氧的浓度似乎分明比别处厚了许多……

除了这一切之外，还有一个重要的因素：因为水。

夏季你到里口山来，山谷沟壑里、石缝里，到处都是悬挂的瀑布，石上的水流和山间的水塘。村中那条河里更是流水哗哗，白浪翻涌，山乡成了水乡。

而最为珍奇的还数那些生于地下的山泉。山泉源于高山的体内，雨季过后仍泉水沛然，自成一景。

王家疃后夼，也就是广福寺身后的那条山夼，有一处被称之为“凉水湾”的山泉。这山泉在过去仿佛是极平常的，路过的行人、在附近劳作的村民、采灵芝的村姑，在干旱的夏日每每成群结队地来到这水湾跟前，以手掬水，喝一个痛快。顺便再装走一小罐，提到那边地堰子上，让田里更多的人分享。

由于山泉处于山沟狭凹之处，一次只能容一人跪下，才能伸出胳膊捧到泉水，所以人们又称这“凉水湾”为“跪泉”。

现在“跪泉”在修造的步行道之一侧，由于道路的加高和水位的下降，大概即使躺下去也掏不出一捧水了。然而旧址尚在，只要泉下有水，水质也应依然如故。

至于它的形成传说，自然很多。这方面的文字我就见过好几种版本。不过都是大同小异的传统式的民间故事类……

六 蟾蜍石上有“蟾蜍”

里口山上的裸石多矣，而有形有状又有故事，且耐人寻味的并不太多。但蟾蜍石却够得上是这样的一个。

蟾蜍石在里口山王家疃东山的山夼里。那山沟也因此石得名“疎巴（蟾蜍的当地俗称）沟”。蟾蜍石也叫“疎巴石”。

蟾蜍石浑身黑黪黪的，表面粗粝，坑坑洼洼，形如蟾蜍。

本来就是山体很自然的一处山石，只为了其形体和颜色而得来此名。

人们望而生想：这棘巴石，这石棘巴，它从哪儿来？它为什么而来？它的前世也许真个是只棘巴吗？也许并不是？那又是什么所化呢？有着怎样的一段神奇的故事呢？

一代一代过去了。疑问和猜想、迷茫和幻觉、寻求和创作，世世代代扑朔的意识、善良的心愿和美丽的希冀，都像看不见的云气一样聚集在蟾蜍石的上空。而有的变成了乡亲们口头上的叙述；有的变成了民间写作者的记录；而它们又都在里口山喜爱者的眼前，影子一般地晃动。

很早很早以前，山里住着一户樵夫人家，樵夫手里有两件宝贝，就是他经常使用的一把斧头和一条扁担。有一天樵夫正在山路上行走，忽见一个铁一般黑的孩子坐在路当间……

很早很早以前，山里有一家老两口，种地、打柴、采药，过着穷苦的日子。老两口唯一的缺憾就是膝下无子。一夜他们忽然做了一个梦，梦中有个黝黑的汉子来到面前……

很早很早以前，里口山里时常闹灾，旱灾刚过又来了雨灾，雨灾刚过又来了风灾，风灾刚过又来了蝗灾。这一年下了一场大暴雨，而大雨过后，山洪暴发，波浪滔天，经久不息。这期间传说有一只蟾蜍跳进了里口山山夼，在那里兴妖作怪……

很早很早以前……

而蟾蜍石，就那么蟾蜍着，似有闻焉，似无闻焉。

冬去春来，寒来暑往，蟾蜍石一直待在山谷，一如既往地守望着里口山，而已。它仿佛受命不迁，守望里口风景，守望里口山的精神。因无觉而永恒。

那是一种并存、一种见证、一种忠诚。

七　牛仙山与砘打夼

文登与荣成之交界处（今属荣成市）有座牛仙山，是关于全真教王玉阳的故事之所在地。

里口山里也有一座牛仙山，有一个不知名的道人的故事。也有人说是王玉阳的故事，但证据似显不足。在此我仍然沿用道家“仙子”的说法。

这牛仙山就在王家疃之南，刘家疃村东。不知什么年代，有位道人在此修炼。当然也炼丹，道家是讲究炼丹的。老君炉支在山顶。炉火照天。白气袅袅。香味飘散。道人服之。乾隆本《威海卫志》载：“既服，有打场牛闻香，曳滚而入，触鼎舐汁，仙子遂骑牛上升，若缑山云驾鹤然。”

此山因此叫作了“牛仙山”。

而牛仙山上又有一夼，从山顶笔直地通到了山根，其整齐、其刷直，又使这则故事在民间得到了奇妙的延续。

牛在天上踩云而行；而它身后的石磙呢？石磙仍是凡间之物，是不会跟着飞行的。所以随被牛拉上了天，但一会儿便从天上砸落到了山头，接着就往下滚，一滚到底。这一砸一滚，“砘打夼”成。

砘打夼

你站在山前看，可不真是石砘打出来的？那夼的宽度、边缘如切割般的整齐，无不如石砘砸出来的一般模样。我们还是看看乾隆本《威海卫志》中的刻画吧，来得非常逼真而生动。它称夼为“石渠”：

“里口大山巑岏中，石渠如裁，自麓至巅长阔深浅一例。”

牛仙山起砘打夼，大自然的手笔鬼斧神工；人类的想象阐释也是天衣无缝！

春夏之际，草木葳蕤，也许这夼的特点不太明显；那么最好在秋冬之日，再来观赏，那效果就足了：不由你不想到仙人、牛和石砘。

八　砘打夼下的王师傅洞

接着上面砘打夼的故事——打场牛饮了仙家的丹汁，便飞升而去；在场上一并被带入了空中的石磙半道里落下，像一辆失闸的铁车一样，疯狂地冲开了一道“砘打夼”；而当那石磙滚到了山根下面时——石磙自然不会自动停住——一蹦而起，又猛地一落，两次夯砸就礅出了一口石井。石井后来渐渐被落下的泥土、石头填塞，又成了一个深深的石洞，由于又有一个王姓道人带着一位童子，住在山里，时常到洞中取水，所以此洞被唤作“王师傅洞”。

一位飘然道仙、一位红衣童子、一个山间残洞，自然而又生出了许多相关故事，这里不再赘述。

现在此洞，虽历岁月的沉淀和尘封，仍有一个比较清晰的痕迹。而它的大名仍是：“王师傅洞。”

即使“痕迹”，也依然受到乡民们的尊崇和关爱。

于是又有种种新的故事相继而生。

但似乎终不及那原始的传说来得妥帖自然而经久不泯。

九　英雄山:邓家寨

在前里口,姜家疃东夼,往里面走到原海军炸药库那里,往北一瞥,突一片东西走向的巍峨群山,长约4里,主峰海拔404米,如屏而树,摩天擦云,这就是里口山中赫赫有名的“邓家寨”。

邓家寨

干脆以一个明朝起义军的兵寨命名此山,事实上是人们对邓心可起义军最直接、最生动、最牢固的纪念!

邓心可,也称邓小可,明朝正德年间人,据说祖籍是今泊于镇岛邓家村。曾于牟平(也有人说是长峰)为人雇工,以被逼而怒杀东家为缘起,率众聚义里口山,成立了威海有史以来第一支农民起义军。此间详情,我曾以民间的多方面调查为基础,而写就了《秩序化生活的异类》一文,作为一章而载于《行走的里口山》一书中。读者诸君可找来一读。

这场起义,聚军两千有余,历时十几年之久。曾给予了朱家明朝以有力地撼动,致使朝廷多次派出各寨各营、四外驻军,一齐镇压而无效;最终不得不派出“京操军”①——以大军围压邓家军。邓小可在敌众我寡的情势下,坐骑受伤,下马,步战,砍杀明军无数。最终在混战中身负重伤,无力抗敌,怒而自刎!

因此,在前里口留下了一个传承至今日的地名:“自刎道。”

还有许多蕴含着当年起义军故事的地名。听这些名字,谁都会

① 参见1986年版《威海市志》。

浮想联翩，心潮澎湃。见下表：

邓家寨故事地名举凡

山名（或地名）	地　点	名称由来	现　况	备　注
石砬子	邓家寨主峰山巅稍之处，一堆小块石子从上堆下来	据说是邓家军挖山洞，挖出来的石子，堆于此处	一堆“石砬子”犹存	然而挖的那山洞在哪儿，却一直未被发现。这石砬子传说很神：白天搬走，晚上回来；晚上搬走，白天回来。搬走多少，回来多少。所以这石砬子经年不散。还传说，邓家军的财宝就藏在这未被发现的山洞之中，有谚语：邓军的财宝一山洞，谁找到了值半个山东省！
房基地	邓家寨之山北麓，有四五处同一名称	邓家军当年的军队营房地基遗址	今天挖挖，仍会有印迹可辨	前些年曾有人在此挖，挖出过坛坛罐罐
石　门	邓家寨山前	邓家军当年当作“辕门”的地方	似乎很难找到；连村里人知道的也很少	1986 年版《威海市志》中有石门照片，可供读者一睹
晒粮台	从姜家疃走进邓家寨的半路山崖旁	邓家军当年晒粮食的地方	已无痕迹	
旗杆眼、撒马沟、马槽、晒粮台……	均在邓家寨山根、山沟、山坡等处	均系邓家军当年活动之地	山川原貌不曾变动	
自刎道	邓家寨之西南山岭上	邓心可在此道上自刎	岭上山道，清晰可见	

邓家寨，不仅仅是一道山岭。

邓家寨，使里口山，使威海在反封建的历史上有了非凡的意义。此地自此有了一股不屈的“硬气”。

威海，在清朝以来，反抗封建统治者的压迫；反抗外国侵略者的入侵，堪称一座英雄的城市，涌现了千千万万个战斗英雄；清顺治五年(1648年)，栖霞于七，在锯齿山(今“牙山”)上揭竿抗清，胶东人民纷纷响应。十三年后的顺治十八年秋，于七派驻扎在昆嵛山上的常和尚一支义军，进攻文登县。义军在常和尚带领下所向披靡，一路畅通。那时威海卫归文登县管辖，可把威海卫掌印守备徐宏谟吓坏了，率领所部，“居城头六月”，风声鹤唳，草木皆兵。那一回，威海卫的封建统治者可真尝到了农民起义军的厉害……

以后还有抗清起义军占领刘公岛；还有陈尚义率领的一支抗清起义军占领鸡鸣岛等，这毫无疑问都受到了邓小可精神的影响。邓小可无异于为后世做了一次“示范”，他的经验教训像火种一样在历史的旷野撒播开来。

再后来就是反英租占，威海老百姓敢于豁上性命去拔英国人埋下的“界碑”，我认为这也是邓小可精神的继承和发扬。

再后来的抗日战争、解放战争，威海人民在中国共产党的领导下进行了英勇卓绝的殊死搏斗，而要追根溯源的话，这里面仍不乏邓小可的影子。总之威海，再也不是块任人宰割之地了！“邓家寨”耸立在那里，事实上是在纪念一个人、一支队伍和一种精神！

啊，邓家寨！

刘家疃村西，赫赫有名的"活龙山"。"龙头"处已遭采石破坏

北上夼村西南的"狮子石"，此照是遭到破坏后的狮子石残迹

沿福德庄进入里口山，扑面而来的首先就是这座铁拐山，俗称"抓髻山"

后　记

在调查寻觅、集体回忆、梳理资料、构思与写作之中，一路摸爬行进过来，朝朝暮暮，日出日落，已经跨过了两度寒暑往来！当全部脱稿，回顾全书时，正赶上草长莺飞，骄阳烈烈的节气，“立夏”正足音跫然。

不仅没有释然的感觉，反有点莫名的焦躁。

此时，除了对环翠区委、区政府以及里口山景区管委领导和每一位对于本书的出版而付出过心血的同志，致以由衷的谢忱之外(这种感激曾使我的内心似乎多少有种不安的感觉)；我深深感到：最少有两点值得记之于此。这两个“点”，事实上是很重要的不容忽视的两点。

其一，关于民风民俗也就是“乡愁”在民间的蕴藏。

我们整个威海，对本地风俗的挖掘、整理，大抵开展有十来年了吧。是的，我们取得了一些不容忽视的成绩；这些成绩使乡土的和外来的人们更加热爱威海和认知威海，使威海的海外游子更加思念家乡和回归故土；也使我们今天能够比较有力地把那些“里仁之风”传承下来，促进今日威海的文明建设。然而这些民风民俗的挖掘和整理，我们不客气地说，事实上仍不过“冰山一角”。

前些年，为了给张村镇写一本关于里口山的书，我曾经在镇内把所有里口山的主脉、支脉所流经的村庄悉数采访过一次。而对每一个村庄都抱着很认真、很仔细的态度，最终竟整整用了两个大笔记本。但那时，在采访时，我就觉察到有很多“与我写书无涉”的资料，被我遗弃了。那时候我对我自己记录下的资料，已经有一种“冰山一角”之叹。在《行走的里口山》的后记中我就写过“有机会的话，再写几回里口山也仍将是我莫大的幸事！”

机缘还真的到了，这一回又应景区管委之托，再写里口一带之民风民俗。

与里口山暌违数载，前度刘郎今又来时，尤对这里的景致，那些山岭和村舍绸缪在一起的趣味；那些马远夏圭的山势和或传统或经过改造的村落与小区的美妙，感到令人陶醉。而这里蕴藏着的传承不泯的民风民俗——更是惊人的丰厚和深远！每一座山丘，每一道沟壑，甚至到每一块石头、每一堵墙、每一所老屋、每一个院落，都散发着风习的浓重品味，都暗藏着乡俗的完整密码。

我又一次发出了“以蠡测海”和“管中窥豹”的喟然长叹。

我在民间行走，只要我是寻觅的，那就一定会有人给以相关的回应；而我甚至没有问及的，我原来暗暗以为是没什么可谈的，但是一旦触上了话题，我便一定会惊叹不已……比如我想了解新中国成立前景区里学文化的内容，事先我想，旧社会，那么穷，大概乏善可陈；不经意间，我们触上了“私塾”的话头这才知道，事实上穷归穷，穷有时候反刺激出念书的渴求和狠劲。清朝时差不多每村就都有“私塾”，有的村还会有三处两处。

我想说的是，包括我在内，我们的有关部门和作家写手，对本土民俗新开展的工作，对比我们拥有的历史资源，仍然呈现出严重的滞后状态！

我曾经历过许多谙解民俗的老人溘然而逝；我曾经历过许多现有保留价值的物件毁于一旦……不要继续让"根"与我们断裂远去吧！

其二，关于民俗研究。

民俗研究是一个系统工程。它是在挖掘、调查的基础上；通过梳理、理清而辨认其历史走向、振动幅度及影响长度等；从而探讨其对现今和历史可能产生的参与作用；由此而采取一套相应的有效措施以传承之、充实之、激活之、更新之等。

而我们这里，据我了解，民俗传承工作在有的人那里基本停留在整理、推介，最大限度地剀切详明上。追问细节、还原全貌、寻找故事，许多人的思路仅此而已。而且多年来这种做法，在一些人的头脑中似乎成了一个固定的模式……

真正的研究高潮，尚未到来。

辉煌的研究成果，尚未出现。

拿文学为例，历史上哪一部伟大著作不同时也是一部伟大的"民俗学"？《红楼梦》《水浒传》《阿Q正传》《祝福》《子夜》《丰乳肥臀》……哪一部不是淹灌在民风民俗之中？曹雪芹、施耐庵、鲁迅、茅盾、莫言、贾平凹等，古代的、近代的、现代的、当代的，哪一位不是谙解民风民情的通达高人？

再放眼全国民俗研究进程，我们自当有所觉悟。

天津的民俗研究学者冯骥才，大气恢宏，覆盖南北，其深入、其博大，概莫之抵也。我尤其羡慕他能够恰切地从过往的旧俗中拖出一些震动古今的人物，以先生之笔灌注以时代精神，从而丰富了现代人的精神世界。

文化学者余秋雨，在阐释中华文明的同时，偶尔对民俗也有所涉及。而每一次都在中华文明的大背景下，去认知、表现和表达，赋予民俗以不俗的历史地位和新的现代价值——其气魄之宏以及情感之丰，几乎让人望尘莫及。

近年来，河南又涌现出了一位年轻的女学者，写文学评论，也写纪实类作品。在她那里重在探讨旧民俗如何发展成为新民俗；一些昔日的风习是如何被摧毁和被取代的，这里面又预示着一些什么趋向？她能够通过自己的田野调查，向社会发出基层的呼喊，以至于有许多机关要求公务员，梁鸿（这位女学者）的书要人手一册，以学习她是怎样深入历史和深入基层的……

再看看主流媒体的做法：中央人民广播电台，长期坚持播放有关民俗的专题节目；央视 10 频道的“记住乡愁”栏目；报纸杂志不胜枚举的报道等等，都是我们学习的典范。

是不是扯远得太远了呢？再次对约请我、帮助我完成本书的领导和同志们，致上我的敬意，感谢大家！

本书的舛误之处，读者诸君一一指教为盼！

作　者

2016 年 8 月